OVERWATCH®

눔바니의 영웅

제우미디어

눔바니의 영웅

초판 1쇄 | 2021년 2월 17일

지은이 | 니키 드레이든
옮긴이 | 고경훈

펴낸이 | 서인석
펴낸곳 | 제우미디어
출판등록 | 제 3-429호
등록일자 | 1992년 8월 17일
주소 | 서울시 마포구 상수동 324-1 한주빌딩 5층
전화 | 02-3142-6845
팩스 | 02-3142-0075
홈페이지 | www.jeumedia.com

ISBN | 978-89-5952-985-8
• 파본은 구입하신 서점에서 교환해드립니다.

제우미디어 네이버 포스트 | post.naver.com/jeumediablog
제우미디어 페이스북 | facebook.com/jeumedia

만든 사람들
출판사업부 총괄 손대현 | **편집장** 전태준 | **책임 편집** 안재욱 | **기획** 홍지영, 박건우, 양서경, 이주오
디자인 총괄 디자인 수 | **영업** 김금남, 권혁진

1장

황금처럼 반짝이는 따스한 빛줄기가 에피의 작업장 창 사이로 쏟아져 들어오며 한 가닥 희망을 전했다. 마치 이 새 로봇이 잘 작동할 것이라고, 친구들 앞에서 다시는 얼굴 붉힐 일은 없을 것이라고 말해주는 듯했다. 다시는 그런 일이 없어야 했다.

에피는 다리가 여섯 개 달린 거미 로봇이 빠른 속도로 나무 탁자를 가로지르는 모습을 지켜보았다. 새까만 금속으로 만들어진 로봇은 에피가 천재적인 재능과 용돈을 모조리 쏟아부어 만든 최신 인공지능을 탑재하고 있었다. 로봇이 탁자 끄트머리에 이르자 에피는 숨을 죽였다. 이 로봇은 세상을 뒤바꿀 거야. 에피는 확신했지만 눈앞의 로봇에게는 커다란 결함이 있었다.

쿵!

로봇은 탁자 가장자리에서 넘어지더니 바닥으로 고꾸라졌다. 그러고는 마치 현기증이라도 난다는 듯 이리저리 휘청이며 비틀댔다. 곧이어 걸음걸이를 고쳐가더니 안정적인 자세로 몇 발짝을 내디뎠다. 로봇이 향한 곳에서 누군가의 끈 풀린 운동화가 보였다. 에피의 가장 친한 친구인 나아데와 하사나였다.

나아데는 얼굴을 찌푸리며 로봇을 집어 들었다. 로봇은 잔뜩 겁을 먹은 게처럼 공중에서 다리를 허우적거렸다.

"그렇게 똑똑하지는 않네, 안 그래?" 나아데가 물었다.

"아직은. 그렇지만 똑똑해질 거야. 누구나 이 로봇을 탐내게 될걸."

에피가 친구의 손에서 조심스럽게 로봇을 받아 들며 말했다.

다운로드받은 공간 처리 프리웨어에는 심각한 버그가 있었다. 물론 에피가 고치지 못할 버그는 아니었지만 시간이 필요했다. 이미 백오십 명이나 되는 고객들이 주문한 물건을 기다리고 있었다. 작업장 구석에 있는 노트북에서 '새 주문' 알림이 울렸다. 에피는 순간 움찔했다.

151번째….

싫어서 움찔댄 건 아니었다. 오히려 에피는 홀라그램에 올린 로봇 시제품에 대한 좋아요 1,023개, 칭찬 850개, 공유 332회라는 사람들의 관심에 진심으로 감사했다. 그렇지만 처음 주문을 받아 첫 생산품을 제작하는 동안, 에피는 이런 인기가 스스로 감당할 수 있는 수준 이상이라는 것을 깨달았다. 언제나 그랬듯 에피의 포부는 원대했고 그러한 꿈을 현실로 이루기에는 손이 부족했다. 에피는 수년 전 불운했던 과학박람회 사건 이후 가장 친한 친구가 된 나아데와 하사나가 자신의 혁신적인 로봇을 보고 먼저 도움을 주겠다고 나서기를 바랐지만, 시제품은 썩 만족스럽지 않았다.

"지금도 하나 갖고 싶은걸. 탁자에서 멋지게 떨어지는 여섯 발 로봇을 갖는다니 생각만 해도 신나는데?"

하사나가 빙그레 미소를 지으며 말했다.

“하하, 재미있네.”

에피는 두 손으로 로봇을 쥐고서 다시 작업대에 올려놓은 다음 가장자리에서 멀찌감치 떨어뜨렸다. 로봇이 아직은 어설플지 몰라도 이걸 보여주면 친구들도 분명 놀랄 것이라고 확신했다. 에피는 로봇의 등에 있는 은색 버튼을 눌렀다. 그러자 탁자 위로 다리를 꼬고 앉은 나아데의 홀로그램이 실물 크기로 투사되었고 깜빡거리며 모습을 드러냈다. 홀로그램은 진짜 나아데를 바라보며 눈을 깜빡였다.

“우와!”

나아데는 홀로그램을 이리저리 기웃거리면서 탄성을 질렀다. 교복 바지 아래로 비죽 나온 짝짝이 양말부터 셔츠 소매에 묻은 콩 스튜의 얼룩, 코피 아로모 앞 주차 금지 푯말에 부딪혀 이마에 생긴 상처까지… 정말로 똑같았다.

“네 말이 맞아. 다들 가지고 싶어 할 거야.”

“난 괜찮아. 안 줘도 된다고. 내 인생에서 나아데는 한 명이면 충분해. 혹시 다른 나아데로 바꿀 수 있다면 모를까….”

하사나의 말에 나아데는 날름 혀를 내밀었지만, 하사나는 그런 나아데를 못 본 체하고는 홀로그램이라는 물감으로 그림을 그리듯 투시 영상에 손을 대고 쓸어보았다. 하사나의 손이 닿자 픽셀들이 흩어졌다가 곧 재결합했다. 나아데의 홀로그램이 하사나를 향해 고개를 돌리고 미소를 지었다. 하사나는 몸을 움찔했다.

“누군가를 무언가로 바꾸거나 하는 게 아니야. 그리고 나아데 한 부대를 만들 생각도 없어. 혹시라도 그렇게 생각한다면 오산이야. 이 친구는 주니라고 해. ‘주니어 조수’라는 뜻이야. 사회 활동이나 직업 활동을 대신할 수 있게 설계했어. 예를 들면 약속 장소에 나갈 수 없을 때 주니를 보내면 주니가 영상을 찍고 어떤 일이 있었는지 알려줄 수 있어."

에피가 자신의 가장 친한 친구들을 바라보며 말했다.

"그럼 역사 시간에 나 대신 필기하라고 시켜놓고 자도 되겠네?"

나아데가 신이 난 듯 눈을 동그랗게 뜨고 물었다.

에피는 눈썹을 찡그렸다. 사실 필기해주는 것 역시 가능했지만, 나아데
는 그 생각에 지나치게 들뜬 것 같았다.

"공부는 로봇한테 맡겨두고 수업 시간에 딴짓해도 된다는 뜻은 아니야.
나아데 주니어, 수업을 열심히 듣는 게 왜 중요한지 여기 이 친구에게 설명
해주겠어?"

에피가 절레절레 고개를 저으며 말했다.

그러자 홀로그램 영상이 에피가 이전에 녹음한 테스트 음성에서 오디오
를 검색하느라 깜빡거리며 고개를 끄덕였다. 마침내 홀로그램 영상이 입을
열어 소리를 냈다. 하지만 입에서 튀어나온 것은 영어와 요루바어, 피진어,
프랑스어, 그리고 무엇인지는 몰라도 광둥어처럼 들리는 언어가 뒤섞인 말
이었다. 홀로그램 영상은 말을 하면서 두 팔을 이리저리 흔들었다.

"그만, 나아데!"

에피가 명령했다. 순간 화가 치밀었지만 에피는 곧 자신이 친구 나아데
가 아닌 AI에게 이야기하고 있다는 사실을 기억해냈다.

"나아데 주니어, 처리를 중단해!"

주니는 동작을 멈추며 깜빡거리더니, 흩날리는 먼지만을 남긴 채 사라
졌다.

"좋네, 나아데가 평소에 떠드는 것보단 확실히 나은 것 같은데."

하사나가 손으로 입을 가린 채 킥킥대며 말했다.

나아데는 에피가 잔뜩 화가 났다는 것을 알아차리고 어깨동무를 하며 부드럽게 말했다.

"난 로봇이나 AI 프로그래밍은 잘 모르지만 처음부터 잘하는 사람은 없어. 그 정도는 알아."

"어련하겠어."

에피가 콧방귀를 뀌며 대꾸했다. 에피는 또래 아이들이 알파벳 블록을 쌓아 올릴 때부터 로봇을 만들기 시작했다. 버그가 있는 건 지극히 당연했다. 에피도 버그 한두 개 정도는 예상했다. 다만 로봇 전체가 완전히 오작동하는 건 생각지 못한 일이었다.

"그런데 이미 주문을 다 받아버렸어. 모두들 들뜬 마음으로 자신의 주니를 기다리고 있다고. 틈날 때마다 작업장에 틀어박혀서 이 녀석을 완벽하게 만들려고 했단 말이야."

"그럼 뭐라도 도와줄까? 우리가 있다는 걸 잊지 마."

하사나가 금속 의자를 작업 테이블로 끌어당기며 말했다.

에피는 기운이 났다. 에피에게는 친구들이 있다. 중력자 광선이 오작동했다고 해서 평생 동안 친구도 만나지 않겠다는 듯 학교 도서관 바닥에 몇 시간이고 주저앉아 있을 필요는 없었다.

"고마워. 그럼 새시*에 다리를 조립해줄 수 있겠어? 납땜이랑 회로 작업이 좀 필요한데 이게 도움이 될 거야."

에피는 로봇 부품이 잔뜩 쌓여 있는 작업 테이블의 상자 두 개를 가리키며 말했다.

---

* 새시(chassis): 자동차나 기계 등의 몸체를 받치는 부분으로 바퀴나 다리 등이 연결되어 있는 틀

에피는 벽에 걸린 대형 홀로그램 모니터를 켜고 비디오를 틀었다.

"오호라! 캄 칼루 주연 영화야?"

나아데는 한쪽 눈썹을 치켜세우며 좋아하는 놀리우드*액션 영웅의 남성미 넘치는 표정을 흉내 냈지만, 눈곱만큼도 비슷하지 않았다.

"실은 케이블 색상과 단자에 대한 교육 비디오야. 가장 효율적인 보정…."

에피는 친구들을 바라보며 겸연쩍은 듯 미소를 짓다가 말을 이었다.

"비디오를 보는 게 아마 제일 쉬울 거야. 정말 도와주는 거지?"

"금요일 밤은 원래 로봇 만드는 시간 아니야?"

나아데가 여러 갈래로 나뉜 전선 한 쌍을 코 밑에 대고 콧수염을 만들어 보이며 말했다.

"물론이지. 힘들 게 뭐 있겠어?"

하사나가 납땜 총을 서보모터 더미에 겨누고서 퓨, 퓨 소리를 내며 말했다.

"음… 총구 방향이 잘못됐어."

에피가 당황하며 납땜용 총의 방향을 돌려놓고 스위치를 당기자 옅은 푸른빛이 총구에서 뿜어져 나왔다.

나아데는 깔깔거리며 웃다가 하마터면 의자에서 떨어질 뻔했다.

"납땜해서 눈썹을 서로 붙여버리게? 하하, 월요일에 학교에 가서 네가 아이작 흉내를 냈다고 떠벌려줄게. 상상만 해도 재밌지?"

나아데가 하사나를 보며 말했다.

"그래, 실수 좀 했다고 쳐. 그렇다고 아이작과 비교하다니, 너무한 거 아

---

* 놀리우드(Nollywood): 나이지리아와 할리우드의 합성어

니야?"

하사나가 받아들일 수 없다는 듯 쏘아붙였다.

"아이작이 자기 손바닥을 이마에 딱 붙이고 돌아다녔던 거 말이야! 완전 명장면이었는데."

"너네 무슨 얘기를 하는 거야?"

에피가 비디오를 잠시 중단시키고 물었다.

"아, 별거 아니야. 오늘 과학실에서 작은 사건이 좀 있었어."

"작은 사건이라고?"

하사나의 대답에 나아데는 과장되게 팔을 흔들며 되물었다. 그 행동은 나아데 주니어가 보여준 모습 그대로였다. 적어도 에피가 그 모습만큼은 정확히 포착한 셈이었다.

"그건 정말이지 충격적이고 엄청나고 말도 안 되게 멋진 과학실 재앙이었…."

하사나에게 팔꿈치로 옆구리를 찔린 나아데는 하던 말을 멈추고 숨을 삼켰다. 하사나는 나아데를 쏘아보며 조심하라는 듯 엄한 표정을 지었고, 나아데는 이내 자세를 고쳐 잡으며 웅얼거렸다.

"응, 별거 아니었어. 대단한 걸 놓친 건 아니야."

에피는 입술을 깨물었다. 학교에서 일어날 수 있는 가장 재미있는 사건을 또 놓치고 말았다. 그것은 다름 아닌 일상이었다. 에피는 초등학교 1학년 때, 고급 수학과 과학 수업을 듣기 시작했다. 학년 중반쯤에는 중학교 수업에 배치되었다. 이듬해 말에는 대수학과 기하학을 혼자 공부했다. 현재는 점심시간 이후 고등학교 수업을 받았고, 국제 학력 평가 과정에서 가장 좋아하는 과목으로 미적분학과 물리학을 들을 만큼 그 수업들을 좋아했다.

그렇지만 나아데와 하사나가 겪는 평범한 학교생활의 상당 부분을 놓칠 수밖에 없었다. 시간이 지날수록 부쩍 더 그런 생각이 들었다.

"뭔지 말해줄래? 자세히 좀 말해줘, 응?"

에피가 사정하듯 말했다.

"그건 직접 봤어야 했는데, 에피. 그런 이야기 꺼내서 미안해. 다음엔 더 조심할게."

나아데가 말했다.

"그러지 마, 난 알고 싶은걸. 재미있는 얘기잖아!"

에피가 최대한 환한 미소를 지으며 말했다. 에피는 친구가 자기 때문에 미안해하는 모습은 원치 않았다. 에피는 그저 함께하고 싶을 뿐이었다.

"알겠어… 너도 알다시피 아이작은 항상 모두의 관심을 끌고 싶어 하잖아?"

나아데가 마지못한 듯 이야기를 시작하자 에피는 웃음을 터트리며 고개를 끄덕였다.

"당연하지, 관심병 환자니까."

"웃기는 걸 넘어서서 눈물이 날 지경이야. 너무 애쓰는데 나쁜 뜻은 없거든. 어쨌든 우리가 과학실에서 반투막성 물체에 대해 이야기하고 있었는데 아이작이 군용 방벽을 가지고 왔어. 그런 고급품을 어디서 구했는지는 모르지만 방벽의 사용 지침은 분명 옴니코드로 적혀 있었고, 아이작은 자기가 그걸 읽을 수 있다고 우기기 시작한 거지."

나아데가 눈썹을 치켜세우며 말했다.

에피는 여기가 이야기의 재미있는 부분이라고 확신하며 다시 웃었다. 증강되지 않은 인간이 옴니코드 같은 복잡한 언어를 읽을 수 있다고? 에피는

3년 가까이 옴닉의 문자 언어를 공부했지만 드문드문 단어를 알아볼 뿐, 그이상은 이해할 수 없었다. 에피가 옴니코드를 읽을 수 없다면 아이작이 옴니코드를 읽어낼 확률은 거의, 아니 전혀 없었다. 에피는 웃다 말고 억지로 헛기침하는 시늉을 했지만 나아데는 에피를 빤히 바라보기만 했다. 에피는 다시 진지한 표정으로 고개를 끄덕였다.

"그래서 어떻게 됐어?"

"어쨌든 아이작은 머리와 한쪽 손 주위에 방벽을 활성화시켰어. 마치 어항을 뒤집어쓴 모습으로 말이지. 공기가 통하는 쪽으로 얼굴이 눌린 게 다행이었다고 해야 할까…."

에피는 웃지 않으려고 입술을 깨물었다. 여기인가? 이쯤에서 웃어야 하나? 아이작은 아직 '아이작 흉내'를 내지 않은 건가? 에피가 언제 반응해야 할지 한참 동안 갈피를 못 잡자 나아데는 어깨를 으쓱이며 말했다.

"실제로 봐야 진짜 웃긴데. 얼른 이 교육 비디오나 보자. 난 아직 캄 칼루가 나올 거라는 희망을 버리지 않았어. 나오지 말라는 법도 없잖아."

나아데는 결국 이 상황을 무마하려는 듯 서둘러 대화의 방향을 바꿨다.

"스포일러 하나만 말해주자면, 안 나와. 그래도 작업하는 동안 배경 음악은 적당히 틀어줄게. '위 무브 투게더 애즈 원(We Move Together as One)'이지?"

에피는 소외감을 떨쳐버리려는 듯 자신이 즐겨 듣는 루시우의 음악 비트에 맞춰 몸을 들썩거렸다.

"물론이지!"

하사나가 맞장구를 치며 함께 춤을 추었다.

에피와 하사나는 서로 뒤질세라 자신이야말로 루시우의 진정한 열성 팬임을 자처하고 나섰다. 보통은 좋아하는 활동가이자 DJ이자 영웅인 루시우의 인적 사항과 정보를 모조리 달달 외워서 상대보다 앞서 있다는 것을 보여주는 식이었다. 예를 들면 에피는 루시우가 42 스케이트 사이즈를 착용한다는 것을 알고 있었다. 그리고 루시우의 음파 증폭기가 최대 8미터 떨어진 목표물을 타격할 수 있다는 것도 알고 있었다. 또한 루시우가 민중 봉기를 이끌면서 억압적인 비슈카르 코퍼레이션을 첫 번째 파벨라*에서 몰아냈을 때 연주했던 음악을 정확히 알고 있었다. 바로 치유와 재생의 음악, '헤주베네센시아(Rejuvenescência, 회복)'였다. 에피는 항상 그 노래가 참 적절하다고 생각했다. 비슈카르 코퍼레이션은 사람들에게 깊은 상처를 남겼지만, 루시우는 그 상처 또한 시간이 지나면 치유되리라는 것을 알고 있었다.

반면에 하사나의 지식은 본질적으로 사소한 것에 가까웠다. 예를 들면… 루시우의 배꼽 깊이, 사용하는 치실의 종류, 그가 좋아하는 음식은 팡 지 케이주 등이었다. 하사나는 루시우 음악을 처음 들었던 날을 기념할 때마다, 그 작고 둥근 치즈 빵을 곧잘 준비하곤 했다. 나아데 역시 두 친구 못지않은 루시우의 팬이었지만, 열띤 경쟁의 틈바구니에서 물러나 있기로 했다.

나아데와 하사나는 교육 비디오를 다 본 다음 작업에 들어갔다. 둘은 익히는 속도가 빠른 편이었기 때문에 주니를 적어도 20기는 조립할 수 있으리라 생각했고, 에피는 그동안 코드의 버그를 잡을 생각이었다. 에피는 루시우 오즈 시리얼 그릇을 손가락 끝에 올린 채 프로그래밍 인터페이스에 파묻혔고, 재생 중인 음악의 잔잔한 비트를 들으며 모니터 화면에 집중했다. 한 줄, 한 줄, 에피는 논리의 허점을 수정하며 컴퓨터로 주니의 동작 시뮬레이

---

* 파벨라(favela): 브라질의 빈민가 또는 슬럼가를 가리키는 말

션을 실행했다.

프로세서가 음악보다 시끄럽게 윙윙거리며 속도를 올렸다. 에피의 컴퓨터는 업그레이드 시기가 지났지만, 업그레이드에 시간과 돈을 쏟아부을 여력이 없었다. 해야 할 일이 산더미처럼 쌓여 있는 지금은 더더욱 그랬다. 에피는 언제 끝날지 모르는 시뮬레이션의 힘겨운 컴파일 과정을 끈기 있게 기다렸다. 영원히 끝나지 않을 것 같던 시간이 지나고 마침내 작은 와이어프레임 버전의 로봇이 장애물을 피하며 화면을 가로질렀다. 시뮬레이션에서는 성공적으로 테이블 가장자리를 비껴갔다. 이제 주니의 펌웨어를 업그레이드하고 실제로도 그렇게 작동하는지 확인해볼 차례였다.

모니터에서 고개를 든 에피는 방이 어두워진 것을 알아차렸다. 이미 해가 진 지 오래였다. 뒤집힌 상자 아래 모아둔 주니는 4기가 전부였다. 나아데는 죔쇠에 끼인 채 뒤집혀진 로봇을 작업대 삼아 앉아 있었다. 나아데는 재생 중인 음악의 박자에 맞춰 유압식 다리를 조절하는 서보를 조작하고 있었다.

"나아데! 제발 작업에 집중 좀 해주겠어? 나도 알아. 주말에 이러고 있는 게 좋진 않겠지. 그렇지만 우리가 하는 작업은 중요한 일이라고."

"죄송합니다, 대장."

나아데는 대꾸와 함께 에피가 들을 수 없는 작은 목소리로 하사나에게 무어라 속삭였고 둘은 또다시 낄낄대기 시작했다.

작업이 진행되는 동안 에피는 미소가 사라지기 시작했지만 속마음을 억누른 채 미소를 지으려 애썼다. 에피와 하사나와 나아데 셋은 분명 가장 친한 친구들이다. 다만 나아데와 하사나가 에피의 가장 친한 친구라면, 나아데와 하사나 둘 사이는 최대한 좋게 말해서 서로 참아주는 사이라고 할 수 있었다. 보통은 서로 놀리고 빈정대기 일쑤였고 심할 때는 두어 번 격렬한 말다툼을 벌인 적도 있었다.

그런데 지금은 두 친구가 서로 가까워졌고 에피는 모든 농담에서 소외된 채 점점 더 외로움이 커져갔다. 에피는 두 세계 사이에 갇혀 있었다. 에피의 고등학교 같은 반 학생들도 마찬가지였다. 자기들끼리 주고받는 농담이 있었지만 에피는 전혀 해석할 수 없는 농담들이었다.

"에피?"

작업장 문 쪽에서 엄마의 목소리가 들렸다. 에피의 엄마는 작업장 안을 들여다보다가 나아데와 하사나를 발견하고는 인사를 건넸다.

"어머나! 안녕, 얘들아! 너희들이 여기에 있는지 몰랐구나."

"안녕하세요, 폴라 이모."

하사나와 나아데가 열 번도 넘게 함께 연습한 것처럼 합창하듯 답했다.

"에피가 일을 시켰어요."

나아데가 반쯤 조립된 주니를 들어 보이며 말했다.

"그러니?"

엄마가 물었다. 그녀는 발랄하고 화려한 청색 부바, 즉 소매가 흘러내리는 넉넉한 블라우스 차림에 캔디핑크색 구슬이 박힌 목걸이를 걸고 있었다. 엄마는 활기찬 색상의 옷을 즐겨 입었고 볼은 통통했으며 눈에는 수년간의 지역 사회 활동 경험에서 우러나오는 친절함이 배어 있었다. 에피는 엄마가 하는 일들이 자랑스러웠지만, 엄마는 그런 활동 때문인지 에피가 간섭받고 싶지 않은 문제들까지 나서서 해결해주려는 경향이 있었다.

"에피, 얘기 좀 할까?"

에피의 어깨가 축 처졌다. 엄마가 또 그 얘기를 할 모양이다. 에피는 엄마를 따라 복도로 나갔다.

"에피야, 내가 친구들과 어울리라고 말한 건 이런 뜻이 아니란다."

"친구들이 먼저 하겠다고 했어요!"

에피가 스스로를 변호하며 말했다.

"알지, 좋은 친구들이니까. 그렇지만 네 삶의 모든 것이 로봇을 중심으로 움직이는 건 아니야. 친구들과 함께 밖으로 나가서 뭐든 재미있는 걸 하면 어떻겠니? 카트 몰기 경주 같은 것 말이야. 아니면 오락실에 가서 게임이나 미니 골프를 해보는 거야!"

"미니 골프요?"

"글쎄, 난 요새 애들이 뭘 좋아하는지 모르겠구나."

에피는 기분이 더 나빠졌다. 에피도 모르기는 마찬가지였다. 에피는 모든 시간을 작업장에서, 아니면 학교에서 공부하는 데 보냈다. 인정하기는 싫지만, 적어도 일반적인 의미에서는… 놀 시간이 별로 없었다. 에피는 작업하는 게 재미있었고, 발명을 무척 좋아했다. 엄마를 비롯한 대부분의 사람들이 보기에는 에피가 힘들게 일하는 것처럼 보이겠지만.

에피의 작업장에서 또다시 두 친구의 웃음소리가 터져 나왔다. 에피는 얼굴을 더욱 찡그렸다.

"에피야, 왜 그래? 무슨 일 있니?"

엄마의 물음에 에피가 한숨을 쉬었다.

"나아데와 하사나 때문에요."

"또 싸우고 있어?"

"아뇨, 더 안 좋은 상황이에요. 잘 지내고 있으니까요."

"그럼 좋은 일 아니니? 보통은 서로 다투잖니."

에피가 어깨를 으쓱했다.

"예전으로 돌아갈 수 있다면 좋을 것 같아요. 모두 같은 반에서 지냈을 때요."

"관계는 복잡해질 수 있지. 그건 너희가 자라고 있다는 의미야. 성장하는 거란다…."

엄마는 저녁 파티에서 그럴 듯한 차를 마시며 이야기하듯 '성장'이라는 단어를 언급했다. 마치 조각조각 금이 가고 있는 에피의 인간관계가 시답지 않은 이야깃거리에 불과하다는 듯이.

에피는 자신이 기초 수학반으로 돌아갈 수 없다는 것을 잘 알고 있었다. 하지만 친구들이 에피의 학업 수준에 맞춰 고등학교 수업으로 올라오도록 도와주는 건 가능할지도 모른다. 에피는 친구들이 깨어 있는 내내 공부를 가르치도록 맞춤화된 로봇 가정교사를 만들어줄 수도 있었다. 아니면 실존했던 오버워치의 구 지휘관 이야기를 다룬 옛 오버워치 만화에서 에피가 좋아하는 영웅 중 하나인 소전처럼 인공신체 뇌 업그레이드를 받도록 친구들을 설득해볼 수도 있을 것이다.

"됐어요, 엄마. 알아서 할게요."

"그래, 나도 알지. 그래도 이 사실은 기억하렴. 그런 건 논리로 해결할 수 있는 게 아니란다. 나아데와 하사나는 진짜 감정과 진짜 욕구가 있는 진짜 인간들이야."

"그래요, 엄마."

에피는 그렇게 답한 후 작업장으로 걸음을 옮겼다. 테이블 위에 가득 쌓인 주니 부품을 본 순간, 에피의 머릿속에서 아이디어가 떠올랐다. 생체 뉴런을 뇌에 주입하지 않고도 하루 종일 친구들과 연락할 수 있는 방법이었다.

에피의 뒷모습을 지켜보던 엄마는 에피가 다시 생각에 빠져 있다는 것을 알아차렸는지 단호하게 말했다.

"그리고 흔히 생각하는 것과 달리 로봇이 모든 문제를 해결할 수 있는 건 아니야."

"알아요, 엄마."

에피는 또 한 번 큰 목소리로 답했지만 마음속으로는 다른 생각을 하고 있었다. 두고 보라고요.

작업장에 있는 친구들에게 돌아왔을 때 에피는 아찔한 쾌감을 느꼈다. 에피는 심호흡을 하며 좋아하는 장소의 공기 사이로 감도는 긍정적인 기운을 한껏 들이마셨다. 이 공간은 에피가 기어 다닐 때부터 지금에 이르기까지 언제나 그녀의 놀이터였다. 한때는 커다랗고 순한 눈망울을 지닌 원색의 화려한 만화 속 괴물들로 가득한 공간이었다. 하지만 언제부터인가 장난감들을 하나씩 분해해보기 시작했고 말하는 인형과 빛이 들어오는 전자 장치들은 어느덧 회로와 구동기, 센서 더미들로 바뀌어갔다. 에피는 부품들이 작동하는 방식을 알아낸 후부터 자신의 창작물을 직접 만들기 시작했다. 에피의 부모님은 값비싼 장난감들이 때 이른 최후를 맞이하는 것이 처음에는 달갑지 않았지만 어느 날인가 호기심 넘치는 딸을 위해 로봇 키트를 마련해주었고, 그 키트를 시작으로 지금에 이르렀다.

"좋아, 다시 해보자."

에피가 두 친구들을 바라보며 말했다. 에피의 긍정적인 태도는 전염성이 있었고, 곧이어 세 명 모두 작업장 테이블 주위로 모여들어 작은 주니가 가장자리를 향해 1센티미터씩 이동하는 모습을 응원하며 지켜보았다. 마침내 더 이상 공간이 남지 않았을 때 로봇은 걸음을 멈추었고 방향을 틀더니 가장자리를 따라 이동했다. 작은 성공이었지만 에피는 자부심을 느꼈다. 에피는 추가로 몇 차례 더 테스트를 마치고 친구들이 조립한 모든 로봇에 새로운 펌웨어를 업로드했다. 하사나와 나아데는 업로드가 끝난 로봇을 상자에 담고 배송 준비를 마쳤다.

"하루에 열두 개야. 그 말은 즉 기뻐할 고객이 열두 명인 거라고."

나아데는 주니가 담긴 상자 더미를 보며 고개를 끄덕였다.

"기뻐할 고객은 일단 열 명이야."

에피의 말에 하사나가 놀란 눈으로 에피를 바라봤다.

"뭐라고? 그새 취소한 사람이 있는 거야?"

"아니. 너희들이 하나씩 학교에 가져가면 좋겠어."

에피가 상자 두 개를 집어 들며 말했다.

"끝내주는데!"

나아데가 주먹을 불끈 쥐며 소리쳤다.

"이제 남은 작전은 가방에 작은 베개를 몰래 넣어서…."

"수업 중에 자는 건 안 돼, 나아데."

에피가 끼어들며 말을 이었다.

"주니가 너희를 따라다니면서 너희들이 보는 걸 함께 보고… 나한테 알려주면 좋겠다고 생각했어. 그러면 내가 점심시간 이후 고등학교 수업에 가더라도 무슨 일이든 놓치지 않을 테니까."

미소 짓던 하사나의 입꼬리가 굳어졌고 나아데는 고개를 저었다. 아마 그 운명적인 날, 그러니까 학교 도서관에서 에피가 과학박람회 프로젝트 시연을 도와줄 자원자 두 명을 요청하던 그날이 떠오르는 듯했다. 우발적으로 중력장을 과증폭한 게 전부였지만 쉽게 잊히진 않겠지, 라고 에피는 생각했다.

그 후 에피가 열 번 이상 발명에 성공하는 동안 누구도 다친 사람은 없었다.

에피는 두 친구를 바라보며 힘주어 말했다.

"알았지? 그냥 해봐. 테스트 구동이라고 생각해줘. 판매를 늘리는 데 도움이 될 수도 있잖아! 응? 잘못될 게 뭐가 있어?"

HollaGram

BotBuilder11님이 사람들을 돕는 로봇을 제작하고 있습니다.

팬 **349** 명

홀로비드 스크립트
TranscriptMinderXL 버전 5.317로 자동 생성됨

주니 배커 업데이트 #4

틈날 때마다 작업장에 들어가 있었어요. 바로 오늘, 첫 주니들을 배송한다는 즐거운 소식을 알립니다!

오랜 기다림과 성원에 감사드려요! 여러분이 없었다면 해내지 못했을 거예요!

'주니어 조수' 주니 배송일은 상태 업데이트 메시지를 확인해주세요. 잊지 말고 여러분과 여러분의 새로운 로봇에 대해 의견을 올려주세요!

반응

 285  233   214

의견(23)

BackwardsSalamander 멋져요! 도착할 때까지 어떻게 기다리지!

RealDealDuckBill 당장 받아보고 싶어요!

NaadeForPrez 벌써 받았지! 다음 주 역사 시간에 코 고는 소리가 들려도 난 아냐!

더 읽기…

2장

오코리 선생님은 교실 홀로그램 모니터에 미적분 함수를 휘갈겨 썼다. 숫자와 연산자가 화면에서 하나씩 벗겨지더니 표면 5센티미터 상공에 떠올랐다. 에피에게 오코리 선생님은 DJ나 마찬가지였다. 비트 대신 방정식을 사용하는 게 다를 뿐이었다. 선생님은 좌표와 상수와 도함수를 넘나들며 문제를 풀었고, 옆에서는 3D 탄젠트 모델이 백댄서처럼 돌아갔다. 평소의 에피였다면 책상 위 태블릿으로 방정식을 푸느라 여념이 없었을 테지만 오늘따라 집중이 되지 않았다.

에피는 화면에서 깜빡이는 라이브 피드 버튼을 바라보았다. 하사나와 나아데의 주니 로봇에 연결되어 있었지만, 에피는 피드를 보고 싶은 마음을 억누르고 있었다. 오코리 선생님은 좋은 선생님이었고 그녀가 싫어할 만한 행동은 하고 싶지 않았다. 그렇지만 눈앞의 유혹에 마음을 빼앗긴 에피는 지금 이 순간 친구들이 무엇을 하고 있을지 몹시 궁금했다. 오늘은 누가 과학실에서 '아이작 흉내'를 냈을까?

잠깐 보는 건 괜찮겠지.

에피가 버튼을 누르자 혼자 비트박스를 하며 복도를 따라 걷는 나아데의 모습이 나타났다. 주니의 카메라는 360도 시야를 제공했다. 즉 무슨 일이 벌어져도 에피는 놓치지 않을 것이다. 나아데는 미술실을 지나며 왼쪽으로 방향을 틀었다. 에피는 살짝 그 안쪽을 들여다볼 수 있었다. 에피는 그 찰나의 순간에 스티비 이그웨가 시베 오이에게 쪽지를 건네주는 모습을 본 것 같았다.

종이쪽지다. 무엇이 적혔든 학교 디지털 필터에 걸릴 위험을 염려할 만큼 중요하고 비밀스러운 내용이 틀림없었다. 이것만으로도 관계가 충분히 의심스러웠지만 스티비와 시베가 서로 싫어한다는 것은 익히 알려진 사실이었다. 시베는 학생회장이었고 스티비는 토론 팀의 주장으로 모든 논쟁거리에 끼어들어 반대하고 누구에게든 시비를 걸 수 있었다. 스티비는 특히 학교의 옴닉 경찰들을 위한 특별 감사일을 만들자는 시베의 의견에 활동 기간 내내 딴지를 걸었다. 스티비는 그 의견을 끔찍하게 생각했고 옴닉은 이미 골칫거리에 신뢰할 수 없을 뿐만 아니라 학교에서도 언제든지 소규모 옴닉 사태가 발생할 수 있다고 주장했다.

에피는 미간을 잔뜩 찡그렸다. 에피는 스티비를 그다지 좋아하지 않았다. 다행히 눔바니에는 스티비처럼 생각하는 사람들이 많지 않았다. 어쨌든 종이쪽지는 에피의 호기심을 자극했다. 앙숙인 저 둘이 쪽지를 주고받은 거야? 에피는 이미지를 일시 정지하고 크게 확대해봤지만 너무 흐릿해서 형태를 제대로 확인할 수 없었다.

잠깐, 하사나가 지금 미술 수업 중이었지. 에피는 피드를 전환해서 30초를 되감았다. 하사나가 캔버스에 선을 긋는 모습이 보였다. 주니는 하사나의 어깨 위에 있는 것이 분명했다. 하사나는 자화상을 그리는 중이었다. 선들은 시원시원했고 색깔은 진했다. 하사나는 작은 것 하나 놓치는 법이 없었다. 여러 갈래로 땋아 깔끔하게 위로 올린 머리는 분명 머리카락 한 올, 한 올까지 그대로 그려질 것이다.

에피는 교실 뒤쪽을 볼 수 있도록 피드의 방향을 돌렸다. 복도를 지나 걸어가는 나아데의 흐릿한 형상이 나타났다. 그 순간 에피는 설마 했던 광경을 정확히 목격했다.

쪽지가 건네졌다. 둘 사이에 미소가 오갔다.

장난 아닌데. 대박이야. 이럴 수가….

그때 에피의 사촌이자 반 친구인 다요의 메시지가 화면에 나타났다.

선생님 가는 중.

에피는 피드를 밀어서 닫고 재빨리 방정식을 다시 불러낸 다음 급하게 숫자를 써내려가며 문제를 풀기 시작했다. 순간 오코리 선생님의 강렬한 향수가 에피의 코를 자극했다. 에피의 시선은 계속 아래로 향해 있었지만 책상 옆에 멈춰 선 선생님의 치맛자락을 볼 수 있었다.

"에피, 괜찮다면 Y 좌표 푸는 방법을 친구들에게 보여주겠니?"

선생님의 말에 에피는 목을 가다듬고 대답했다.

"예, 선생님."

에피는 일어서서 다요의 책상을 지나갔다. 다요는 에피를 바라보며 눈썹으로 걱정스러운 표정을 지어 보였다. 에피는 입 모양으로 '고마워'라고 말하며 메시지를 보내준 사촌에게 고마운 마음을 전했다. 다요는 고개를 끄덕이고는 오코리 선생님의 분노가 자신에게 돌아오기 전에 태블릿으로 시선을 옮겼다.

에피는 교실 앞에서 정말로 고심하듯 관자놀이에 손가락을 얹은 채 서 있었다. 에피는 푸는 방법을 알고 있었다. 사실 수업 진도보다 세 단원이나 더 앞서 있었지만 고등학생들, 그것도 IB 미적분학 교실의 머리 좋은 학생들이 열두 살도 안 된 아이가 잘난 척하는 모습 따위 달가워하지 않는다는 사실을 깨닫는 데 오래 걸리지 않았다. 속이고자 하는 것은 아니었다. 답을 모르는 척할 생각도 없었다. 다만 연기가 조금 길어질 뿐이었다. 마침내 에피는 이제야 알겠다는 듯 '아하!' 하는 동작을 해보이고는 방정식을 풀기 시작했다. 에피는 문제 풀이를 마치고 손을 턴 다음 자리로 걸음을 옮겼다. 그러나 오코리 선생님에게서 익숙하게 듣던 "아주 잘했어, 에피"라는 말 대신 "거의 근접하게 풀었구나, 에피. 어디서 잘못됐는지 설명해줄 사람?"이라는 말을 들어야 했다.

에피가 붙들린 듯 제자리에 서 있는 동안 선생님은 다요를 지명했다. 다요는 지팡이를 짚고 교실 앞으로 걸어가 에피의 풀이 중 마지막 네 번째 줄을 지웠다. 픽셀이 분리되어 사라진 곳에 깨끗한 칠판이 나타났다. 다요는 차분히 문제를 풀었다. 곧바로 에피가 실수한 부분이 분명하게 드러났다. 어쩌다 저렇게 한심한 실수를 한 거지?

에피는 그 이유를 잘 알고 있었다. 공부에 집중하지 않고 수업 시간의 반을 빈둥거리며 보냈던 것이다. 나아데에게 하지 말라고 충고했던 바로 그 '딴짓' 아닌가? 에피는 친구들이 무엇을 하고 있는지 신경 쓰는 대신 수업에 집중했어야 했다.

"잘했다."

오코리 선생님의 말과 동시에 수업 종료를 알리는 종이 울렸다.

"내일은 34 A, B, C 연습문제까지 풀어오렴. 풀이 과정을 분명히 보여줘야 한다!"

에피는 재빨리 가방을 챙기고 교실에서 빠져나왔지만 사촌 다요가 곧바로 따라 나왔다. 교복 차림의 다요는 마치 정장을 입은 것처럼 보였다. 누가 보아도 직접 재단한 것이었고 학교 휘장을 나타내는 금빛 장식물과 소맷동에 바느질이 더해져 있었다. 복도에서는 충분히 눈에 띄었지만 선생님이나 교직원의 시선을 끌 정도는 아니었다. 다요는 아주 작게 157가닥으로 머리를 땋았다. 언젠가 다요는 숫자 157을 가장 좋아하는 소수라고 말한 적이 있었다. 에피는 무심코 그 이유를 물었다가 곤경에 처하고 말았다. 다요는 그 숫자에 중요한 의미가 있다고 말하면서 오코리 선생님이 지금껏 홀로보드에 적었던 것보다 더 많은 탄젠트를 동원하여 수학 역사에 대한 즉석 강의를 늘어놓았다.

"에피, 기다려. 어딜 가려고 그렇게 뛰어가는 거야?"

다요가 서둘러 빠져나가는 에피의 앞을 가로막으며 물었다.

"몰라. 그냥 바람 좀 쐬고 싶어. 사람들 앞에서 수학 풀이를 그렇게 망친 적은 처음이야."

"누구든 항상 완벽할 수는 없어."

다요의 말에 에피가 고개를 끄덕였다. 에피도 자신이 완벽하지 않다는 것을 잘 알고 있었다. 과학 프로젝트에서 B를 받은 적도 있었다. 자신의 로봇 모터 기어에 머리카락이 끼인 적도 있었다. 다요도 그 창피했던 현장에 있었다. 다행히 다요가 재빨리 가위로 잘라준 덕분에 에피의 머리카락 대부분이 무사할 수 있었다. 이후 에피는 머리카락을 자연스럽게 땋아 하나로

묶고 실험 장치에 걸리적거리지 않도록 주의했다.

그랬다. 에피는 실수를 했지만 그 실수를 통해 배웠다.

"그런데 뭘 보고 있었던 거야? 태블릿을 뚫어져라 보고 있던데. 화면 속으로 빠지는 줄 알았어."

다요가 물었다.

"나아데와 하사나에게 준 주니의 라이브 피드를 보고 있었어. 오후에는 여기 오빠네 학교에 와서 공부하는 것도 좋지만 친구들과도 같이 있고 싶으니까."

"여긴 네 학교이기도 해. 이곳에도 네 친구들이 있어!"

"오빠? 그래, 오빠는 내 친구지. 우리는 사촌이니까."

"천만에, 네가 괜찮은 녀석이 아니었다면 난 아는 척도 안 했을 거야."

다요는 에피의 어깨를 쿡 찌르며 말을 이었다.

"몇 주 전에 트램 중앙 통로에서 형을 봤거든. 문이 막 닫히려고 할 때 말이야. 손을 집어넣어 문을 열어줄 수도 있었지만 그냥 무시해버렸어."

"진짜? 이모한테 말했어?"

에피가 숨을 삼키며 물었다.

"아니. 괜히 또 엄마의 화를 돋울 필요는 없지. 어쨌든 비시 형은 자기 길을 선택했어. 네가 원한다면 눈앞에서 트램 문이 닫히는 것보다 더 곤란한 일을 당하게 해줄 수도 있어."

비시는 다요의 형이었지만 둘은 거의 1년 넘게 말을 하지 않았다. 에피는 다요가 왜 비시를 꺼리는지 이해했지만, 그렇다고 좋았던 추억까지 전부 사라지는 것은 아니었다. 에피는 어렸을 때 비시와 함께 놀곤 했다. 비시는 에피에게 첫 공구 세트를 선물로 주었다. 에피가 네 살 생일을 맞이했을 때 부모님에게서 받은 플라스틱 세트가 아니라 탄소강 재질의 진짜 공구였다. 비시는 똑똑했다. 어쩌면 다요보다도. 마음만 먹는다면 뭔가 대단한 일을 해냈을 것이다.

하지만 고등학교 때부터 몇몇 나쁜 사람들과 어울리기 시작했다. 비시는 그 나쁜 사람들에게 무언가 빚을 졌고 그 사람들이 빚을 회수하러 왔을 때, 다요를 비시로 착각하고 말았다. 그들은 다요를 두들겨 패고 빚을 받아갔다. 다요는 엉덩뼈가 부서지고 심각한 뇌진탕을 일으켰으며, 그 사건은 집안의 커다란 상처로 남았다.

비시는 입원 중인 다요를 찾아와 웅얼거리며 사과한 뒤… 그냥 사라졌다. 다요가 분노를 털어내게 된다면 형과 다시 마주쳤을 때 반가워할까? 에피는 이따금 궁금증이 일었다. 자신이라면 분명 반가울 것 같았다.

"야, 다요!"

복도 저편에서 누군가 부르는 소리가 들렸다.

"이 꼬마 아가씨가 널 슬프게 하는 거야?"

목소리의 주인공이 웃으며 다가왔다.

"내 사촌 에피 알지? 에피, 이쪽은 샘이야."

"알지! 천재 소녀, 맞지?"

샘은 에피가 수학마술을 선보이며 소맷자락에서 무리수라도 꺼내 보이기를 기대하는 눈빛으로 에피를 바라보았다. 에피는 그 시선이 거슬렸다. 그런 시선 후에는 으레 "뭔가 천재다운 이야기를 해봐"라는 식의 말이 뒤따르곤 했다.

에피는 도드라지기보다는 다른 이들과 어울리고 싶었다.

"에피가 이곳에서 친구를 사귀는 건 어려운 일이야."

다요가 샘에게 어깨를 으쓱해 보이며 말했다.

에피의 두 눈이 휘둥그레졌다. 안 돼, 설마 그런 말을 입 밖으로 한 거야? 정말? 에피는 귀를 의심했고 당황스러움을 넘어 끔찍한 기분을 느꼈다.

"나… 난 가야 해. 트램을 놓치겠어!"

에피는 최대한 서둘러 그곳을 벗어났다. 에피는 다요를 좋아했다. 정말로 그랬다. 다요는 에피에게 다정했고, 학교에서 이름으로 자신을 부르도록 해주었다. 존칭을 써야 하는 어린 사촌이 아니라 동급생으로 생각하라는 의미였다. 하지만 가끔씩 눈치라고는 눈곱만큼도 없을 때가 있었다.

에피는 학교에서 집으로 가는 47번 트램에 올라탔다. 트램 창밖으로 눔바니의 온갖 풍경이 지나갔다. 자연을 품은 땅과 사방으로 뻗은 아름다운 풍경 속에서 매끈한 최첨단 고층빌딩이 스카이라인을 그리고 있었다. 커다란 건물 유리창은 무척이나 푸르른 하늘 사이로 섞여 들어갔다. 거의 모든 층마다 발코니에 갖가지 정원을 품고 있어서 어디까지가 건물이고 어디부터 자연이 시작되는지 구분하기도 어려웠다.

창밖을 바라보던 에피의 눈에 어느 테라스에서 옴닉과 인간이 난초 가득한 테라리엄을 함께 가꾸는 모습이 보였다. 에피는 자신이 살고 있는 도시에서 흘러나오는 에너지가 느껴지는 것 같았다. 그것은 마치 모든 이들을 조화롭게 묶어주는 호흡과도 같았다.

에피는 엄마와 이모가 오리사에 대해 이야기하는 것을 몇 번인가 들은 적이 있다. 오리사는 자연 세계의 필수적인 요소이자 영적 존재로서 에피가 아직 이해하기 어려운 방식으로 그들의 삶과 연결되어 있었다. 에피는 그모든 것에 기술과 AI를 조화시키는 방법에 대해서 질문하려 했지만 무시당하곤 했다.

에피는 한숨을 내쉬며 이어폰을 끼고 태블릿으로 시선을 돌렸다. 라이브 피드에서 나아데는 수업 중 코를 골고 있었고, 하사나는 쪽지 시험 중 혼잣말을 중얼거리고 있었다. 에피는 보관 영상으로 전환해 하루 중 앞쪽 시간으로 되감았다.

그리고 무언가를 발견했다. 4교시와 5교시 사이, 스티비 이그웨와 시베 오이에가 서로 손을 잡고 있었다!

에피는 하사나가 하교하는 시간을 기다렸다가 곧바로 문자를 보냈다.

> 말이 돼? 스티비와 시베가 사귄다니!

사귀었지. 고작 2시간 동안이었지만.

> 정말?

너도 갈라서는 걸 봤어야 했는데. 대단했거든.

> 잠시만. 찾아볼게. 그게 언제였어?

몰라. 체육이 끝난 후였는데.

에피는 체육 시간 이후의 피드를 찾아 스크롤했다. 그리고 곧 찾아냈다. 그 장면이 있었다! 그런데 온통 어두웠다. 낮게 말하는 소리가 간신히 들릴 뿐이었다. 그리고 이름을 부르는 소리도. 시베가 스티비에게 "구역질 나고 냄새나고 아이스크림 카트에 치인 악어 혓바닥아"라고 말하는 것 같았다. 아니면 "고리타분하고 냄새나고 얼음처럼 차가운 옴닉 혐오자야"처럼 들리기도 했다. 아무리 귀를 기울여도 제대로 알아들을 수가 없었다.

> 어떻게 된 거야?
> 그 장면부터 피드가 안 보여.

아, 체육관에서 주니를 가방에 넣었거든.
농구할 때 애들이 거미처럼 달라붙으면서 건드릴까봐.
다시 꺼내는 걸 깜빡했어.

미안.

에피는 나아데의 피드에서 같은 시간대를 찾았다. 어쩌면 뭔가를 봤을지도 모른다. 그러나 그 이별의 순간에 나아데는 화장실로 가고 있었다. 고맙게도 나아데는 사생활 보호 설정을 켜두는 걸 기억했고 비디오는 꺼졌다. 하지만 코드에 약간의 문제가 있는 것이 분명했다. 오디오가 계속 녹음되고 있었기 때문이다. 에피는 제시간에 태블릿의 스피커를 껐고 최악이 될 뻔했던 녹취 부분은 피할 수 있었다. 그러나 에피의 생각은 한참 잘못된 것이었다. 제대로 된 이야깃거리 한 조각을 찾기 위해 몇 시간이고 지루한 부분들을 뒤지며 추려내는 일은 그보다 더 끔찍했다. 껌 씹기, 머리카락 꼬기, 다리 떨기, 숨 쉬는 소리 등 사소하고 거슬리는 수많은 소리와 장면이 주니의 마이크와 카메라를 통해서 전해졌다.

에피의 시간을 활용하는 데 있어서 분명 최선의 방법은 아니었다. 에피는 온라인에서 데이터 정렬을 수행하는 알고리즘을 검색했다. 학교에서 집으로 트램을 타고 오는 동안 볼 수 있도록 지루한 부분은 건너뛰고 재미있는 부분들만 멋지게 짜깁기할 수 있는 방법을 만들고 싶었다.

에피는 대부분의 오픈 소스 코드를 받던 프리 씽커즈(Free Thinkers)의 게시물을 둘러보던 중 로봇 공학자를 위한 새로운 보조금 공지를 발견했다. 게시판 토론에 참여한 이들 모두가 큰 관심을 보였다. 꽤나 큰 액수의 나이라*였다. 에피는 큰 기대를 걸 만큼 순진하진 않았지만, 그 돈으로 무엇을 할 수 있을까 상상하게 되는 건 어쩔 수 없었다. 컴퓨터를 최신 버전으로 업그레이드할 수도 있었다. 그러면 코드를 컴파일하는 동안 손가락이나 부비며 아까운 시간을 허비하지 않아도 될 터였다. 어쩌면 고급형 AI가 있는 모델을 살 수도 있을 것이다.

에피가 보조금에 대한 세부 내용을 클릭하자 일반 조항이 적용되었다. 교사 전용이었다. 에피는 한숨이 나왔다. 그 사이트에는 열 가지도 넘는 보조금이 올라와 있었지만, 자격 요건을 살펴보니 에피는 해당 사항이 없는 것 같았다. 어떤 건 나이가 너무 어려서 자격 미달이었고, 어떤 건 필수 조건인 그럴듯한 학위가 없었다. 어떤 경우에는 에피의 로봇 제작 사업의 규모가 너무 작아서 또는 너무 커서 자격 미달인 경우도 있었다. 어떤 조건이든 에피의 발목을 잡는 무언가가 있었다.

에피가 실망에 젖어 로그아웃을 하려는 찰나, 화면에서 메일 아이콘이 반짝거렸다. 에피는 메일 박스를 열고 새로 받은 메시지의 제목을 확인했다.

보낸 사람: Anonymous088503
제목: 아다위 재단 지원금 추천 건

---

* 나이라(naira): 나이지리아의 화폐 단위, 1,000나이라는 한화로 약 3,000원

하, 그래그래. 에피는 메일을 클릭하지 않았다. 아마도 그 메시지에는 온갖 종류의 멀웨어와 바이러스가 심어져 있으리라. 에피는 개인의 과학적 성취에 대한 인정으로 주어지는, 세계적으로 가장 명예로운 상 중 하나인 아다위 재단의 '영재 지원상'에 대해서 잘 알고 있었다. 늄바니의 건립자인 가브리엘 아다위를 기리며 만들어진 상이었다.

아다위는 에피가 누구보다도 존경하는 인물이었다. 작년 역사 시간에 에피는 옴닉 사태를 종식시키고 평화를 유지하기 위해 활동하는 영웅들의 단체인 오버워치의 창건 과정에서 아다위가 어떤 도움을 주었는지에 대한 디오라마*를 만들었다. 비록 제작 기술은 서툴렀지만 에피 스스로도 자랑스러워할 만한 과제였다. 에피는 종이와 풀 같은 재료보다 와이어와 회로판을 더 선호했다. 그럼에도 에피의 디오라마는 훌륭했다. 국제연합 사무차장이었던 시절의 오버워치 대원들, 그중에서도 원년 대원인 잭 모리슨과 가브리엘 레예스, 아나 아마리, 토르비욘 린드홀름, 라인하르트 빌헬름을 맞이하면서 주먹을 들어 올린 아다위의 모습을 재현한 디오라마였다. 에피는 자신과 마찬가지로 아프리카의 풍부한 문화적 토양에서 자라난 여성이 파멸 위기에 내몰린 세상을 구하고 그 이상의 활약을 했다는 사실에 가슴이 벅찼다. 아다위는 영웅이었다. 에피는 아다위 재단의 '영재 지원상' 지원금을 받기 위해서라면 무엇이든 할 수 있었다.

그래서 이 가짜 메일이 몹시 뼈아팠다. 에피는 홧김에 메시지를 클릭했다. 집에 돌아가자마자 태블릿에서 바이러스를 긁어낼 생각이었다. 이 '익명'의 발신인에게 불편한 마음을 전하려면 그 정도의 위험은 감수할 만했다.

---

* 디오라마(diorama): 도시 경관이나 역사적 사건을 축소해 만든 입체 모형

그러나 막상 확인해본 본문의 메시지는 전문적이었다. 흔히 볼 수 있는 419 연산자의 사기 표시가 없었다. 신용카드나 계좌 정보를 요구하지도 않았다. 에피의 일부 로봇 발명품에 대한 세부 내용을 시작으로 에피의 천재성이 지역 사회에 기여한 바를 인정해 추천이 이루어졌으며, 더 훌륭한 업적을 달성할 수 있는 잠재력이 있다고 평가했다. 이어서 지원금을 신청하라는 권고가 있었고, 하단에 링크 하나가 걸려 있었다. 변형이나 스푸핑*도 없었다. 링크는 아다위 재단 웹사이트의 암호화된 페이지로 곧장 연결되었다. 링크 아래에는 '팬으로부터'라는 간단한 서명이 보였다.

신청서를 바라보며 에피는 손이 떨리는 것을 느꼈다. 지… 진짜야? 정말로 누군가가 나를 추천한 거야? 누구지? 홀라그램 팔로워 중 한 명일까?

에피는 서서히 마음을 가라앉혔다. 기꺼이 아다위의 이름을 드높이고 싶었다. 그 지원금으로 주니 사업을 확장하고, 일손을 채용하고, 로봇이 단순한 시각적 형상 이상이 될 수 있도록 홀로그램 영상을 경화광 기술로 업그레이드할 수 있을 것이다. 그렇게 된다면 노인이나 장애가 있는 사람을 도울 수도 있었다. 에피의 머릿속에서 여러 가능성들이 꼬리에 꼬리를 물고 맴돌았다.

에피는 부모님께 부탁해서 이번 주에 신청을 마쳐야겠다고 생각했다. 에피는 페이지 아래쪽을 살펴보다가 붉은 글씨로 큼지막하게 적힌 마감 시간을 보았다.

오늘까지다. 자정까지였다.

이 추천이 왜 이제야 온 거지? 하필이면 마감 직전에? 그래, 안 보내준 것

---

* 스푸핑(spoofing): 웹사이트나 이메일 접속을 유도해 사용자의 시스템 권한이나 정보를 빼 가는 행위

보다는 늦게라도 보내준 게 낫지. 에피는 이 기회를 날려버릴 수 없었다. 에피가 내려야 할 역에서 트램이 멈추자마자 태블릿에서 시간을 확인했다. 오후 4시 10분이었다. 신청서를 작성하고 소개서를 쓸 시간이 8시간도 채 남지 않았다. 할 수 있어. 충분할 거야.

"에피! 식탁 차리렴. 저녁 시간이야."

에피가 노트북 앞에 앉아 신청서의 문항 중 몇 개에 답변하자마자 아빠의 목소리가 들려왔다. 에피는 입술을 깨물었다. 저녁이라니. 에피는 급히, 최대한 서둘러 저녁을 먹었다. 소고기 스튜와 모둠 야채를 입에 밀어 넣으며 아빠의 질문에 답하는 에피의 입에서 밥알이 튀어나왔다.

"학교는 좋아요. 과제는 끝냈고요. 방은 깨끗해요. 모든 것이 완벽해요!"

"에피야, 좀 진정하렴. 먹다가 숨넘어갈라."

아빠가 고개를 숙인 채 안경테 너머로 에피를 바라보며 말했다. 막 집으로 돌아온 아빠는 옷깃 아래로 섬세한 자수가 흘러내리는 적갈색 애거바드* 차림이었는데 전형적인 교수님의 분위기를 풍기고 있었다.

"로봇 프로젝트가 어떻게 되어가는지 말해주겠니?"

엄마는 질문과 함께 채소 한 움큼을 입으로 가져갔다. 엄마는 에피를 살피며 천천히 음식을 씹었다. 엄마는 무언가 낌새가 있을 때면 초인적인 능력을 발휘하여 그것을 눈치채곤 했다. 때문에 에피는 신청서 제출 여부에 따라 남은 인생의 운명이 걸려 있다는 사실을 털어놓지 않으려고 각별히 더 주의해야 했다.

---

* 애거바드(agbada): 서아프리카 일부 지역에서 남자들이 입는 옷으로 소매가 넓고 품이 큰 옷

"일부 주문은 벌써 발송했어요. 이달 안에 나머지도 마쳐야 해요."

에피가 답했다.

"대단하구나. 그 다음 주말에 근사한 식당에 가서 축하하는 건 어떨까? 하사나와 나아데도 같이 가면 좋겠다."

"정말 좋아요, 엄마. 그런데 주니에 대한 이야기가 점점 더 퍼지고 있어요. 더 많은 주문이 들어올 테고 전 벌써 3.4 업데이트를 하느라 정신이 없어요. 식사는 좀 더 나중에 하는 게 어때요?"

엄마가 한숨을 내쉬고는 무언가 말을 하려다 말고 입을 다물었다. 에피는 엄마가 무슨 말을 할지 이미 알고 있었다. 어린아이다운 시간을 더 보내야 한다는 말이겠지. 그리고 엄마 역시 에피가 뭐라고 답할지 알고 있었다. 지금 하고 있는 이 일들이 어린아이다운 시간을 보내고 있는 거예요. 다른 무엇보다 로봇 만드는 것을 좋아하는 어린아이로서 말이에요.

"그러렴. 축하 식사는 다음에 하자꾸나."

엄마는 부엌에서 디저트를 가져오기 위해 자리에서 일어났다. 에피는 식사를 즐기는 데 집중하려고 했지만 시간이 지날수록 점점 더 초조해졌다. 에피는 오늘 밤 안으로 지원금 신청을 마쳐야 했다.

"괜찮아. 뭔지 말해보렴. 무슨 일이니?"

엄마가 자리를 비우자 아빠가 넌지시 물었다.

"별로 중요한 일은 아니에요."

"에피, 넌 항상 중요한 일들을 하고 있잖니. 이번엔 무슨 일이야?"

"그게… 신청하고 싶은 지원금이 있어요. 아다위 재단의 '영재 지원상' 이요."

"우와, 그거 대단하구나!"

"맞아요. 5년 동안 1억 나이라가 지급된대요."

말을 하고 있는 에피의 귀에도 그 액수는 비현실적으로 들렸다.

"만약 지원금을 받게 된다면 지금보다 자유롭고 안정적으로 로봇 공학에 몰두할 수 있을 거예요."

"내가 도와줄 만한 일이 있니? 신청서를 확인한다거나 자기소개서에 실수가 없는지 봐줄까? 뭐든 괜찮다."

"엄마한테 오늘 디저트는 사양하겠다고 전해주실래요?"

에피는 엄마의 맛있는 바나나 튀김을 건너뛰겠다고 말했을 때 실망할 엄마의 얼굴을 감당할 자신이 없었다.

"그 정도는 할 수 있을 것 같구나. ㅎ을 ㄴ으로 쓴다거나 ㅞ를 내로 쓰는 일은 없겠지?"

아빠가 웃으며 말했다.

"당연하죠, 아빠."

에피는 한껏 미소를 지으며 답했다. 아빠는 고개를 끄덕이며 딸을 보내주었다. 에피는 재빠르면서도 엄마가 듣지 못하게 조용히 계단을 밟으며 방으로 향했다. 에피는 침대에 누워 노트북을 꺼내고 그 지원금으로 어떻게 세상을 바꿀 것인지 자신의 계획을 써내려가기 시작했다. 에피는 자기소개서의 몇 줄을 작성하다가 글을 지웠다.

잠시 뒤 더 많은 내용을 적었다가 도로 삭제했다. 에피는 무슨 말을 하고 싶은지 마음속으로는 알고 있었지만 글로 옮기는 것은 무척이나 어려운 작업이었다. 에피는 스스로에 대해서 의심하기 시작했다. 그랬다. 에피는 과학과 수학에 재능이 있었지만 언어를 통해 설득력 있는 글을 쓰는 것은 이제 막 익히기 시작한 단계였다. 에피가 다른 추천인들, 그리고 그들의 유려한 글솜씨를 이길 수 있는 방법은 없었다.

그때 에피에게 좋은 생각이 떠올랐다. 에피는 크리에이터와 지원자를 연결해주는 소셜 미디어 허브인 홀라그램에 자신의 팔로워가 있었다. 에피의 팔로워들은 에피의 홀로비드 저널을 무척 좋아했고 에피의 업데이트는 항상 수많은 '좋아요'와 여러 의견이 달렸다. 에피는 신청서의 자기소개서 규칙을 살펴보았다. 소개서를 반드시 글로만 작성해야 한다는 내용은 없었다. 에피는 브이로그 게시물에서 로봇을 판매하는 데 소질이 있었다. 이제 자신의 가치를 어필할 수 있는 방법을 알아내야 했다.

첫 번째로 무엇을 입을지 생각했다. 에피는 자신의 오버워치 잠옷들을 살펴보았다. 좀 별나긴 해도 에피는 그 잠옷들과 그 잠옷들이 상징하는 것, 즉 영웅이 되는 것을 사랑했다. 그렇지만 그 잠옷들이 에피가 찾는 옷은 아니었다. 에피는 노트북의 시계를 확인했다. 저녁 10시 30분이었다. 마감까지는 이제 1시간 반밖에 남지 않았다. 에피는 사방으로 옷들을 집어던지며 옷장을 뒤졌다. 잠시 뒤 직물에 금박이 인쇄된 검은색 드레스와 두툼한 고리 목걸이 두세 개를 걸쳐보았다. 하나는 붉은색 가죽을 땋아 만든 목걸이였고 다른 하나는 황금빛으로 반짝이는 목걸이였다. 에피는… 세련되어 보였다. 어쩌면 다소 과할 만큼 세련되어 보였다.

에피는 드레스를 던져버리고 허리에 묶는 라임색 이로를 걸치고 그에 어울리는 짧은 소매 부바를 입었다. 이로는 몇 차례 계절이 지난 작은 천이었지만 에피가 좋아하는 것이었다. 그리고 에피가 가진 옷 중에서 하사나가 유일하게 칭찬한 것이기도 했다. 하사나는 이 이로를 보고 아그바 아자가 할 만한 과감한 패션이 생각난다고 말했다. 가장 뛰어난 나이지리아 예술가이자 사회에 공헌하는 옴닉 중 한 명과 비교될 수 있다고 생각하니 자신감이 차올랐다. 아다위 재단에 가장 좋은 모습을 보여주기 위해 필요한 자신 감 말이다.

마무리로 자신의 짙은 갈색 피부에서 도드라져 보이는 흰색 물감으로 얼굴을 장식했다. 전통적인 물감 문양이 지원금 신청에는 너무 과하지 않을까 잠시 망설였지만 이야기에는 힘이 깃들어 있다는 사실을 기억해냈다. 에피에게 이 문양은 민족의 역사는 물론 미래… 즉 에피가 상상하는 통합된 미래를 의미했다. 에피는 그것이 내세울 만한 가치가 있다는 것을 확신했다.

에피는 거울 속 자신의 모습을 보면서 고개를 끄덕였다. 창의적으로 보였으나 조금은 과하다는 느낌도 들었다. 에피는 손이 지저분해지는 것 따위 조금도 개의치 않는다는 뜻을 전달할 무언가가 필요했다.

에피는 부바를 던져버리고 녹색 이로는 허리에 비스듬히 걸치도록 남겨두었다.

남은 시간이 별로 없었지만 에피는 작업장으로 뛰어 내려가 단순한 흰색 작업 셔츠와 공구 벨트, 장갑을 챙겼다. 그것들을 입고 걸치고 착용한 뒤 자신을 보았다.

세련되고, 창의적이었다.

문득 손톱 밑에 낀 윤활유가 보였다.

기술자… 기술자를 깜빡하고 있었다. 에피는 노트북 옆 바닥에 있는 잡동사니 상자를 뒤집어서 예전에 게임할 때 쓰던 헤드셋을 찾아냈다. 개조한 헤드셋이었다. 에피는 그때 고리와 뿔 장식을 직접 땜질했고 비비의 모험을 어려움 모드로, 그것도 추가 생명을 쓰지 않고 정복한 후 황금색 왕관도 달았다.

에피는 쏜살같이 자기 방으로 뛰어가 양말 서랍을 쏟아버리고 옴닉 사태

때 할아버지가 찼던 행운의 팔찌를 찾았다. 여러 차례 위험한 상황에서 할아버지를 도와준 팔찌였다. 지금 에피는 어떠한 도움도 마다할 수 없었다.

에피는 거울 속 자신의 모습을 빠르게 살펴보았다. 좋아, 이제 완벽해. 에피는 오래된 장난감 상자 바닥에서 스파키 봇을 찾아냈다. 에피는 노트북의 카메라 각도를 정확하게 맞춘 뒤 녹화 버튼을 눌렀다.

"제 이름은 에피 올라델레이고 이 친구는 스파키 봇입니다. 완전하게 기능하는 드론이죠. 제가 네 살 때 만들었어요. 여러 로봇을 만들었지만 그중 첫 번째 로봇이었어요. 이 드론으로 블록을 천장까지 쌓았고 인형들을 태워주기도 했어요. 2년 후에는 가족들을 도와 집을 청소하는 집안일 봇을 만들었어요. 저는 어렸을 때부터 로봇이 장난감 이상의 존재가 될 수 있다고 생각했어요. 기계가 사람들을 도울 수 있다는 것을 알았고, 사람과 기계 사이의 유대감이 가능하다는 걸 눈으로 확인했어요."

에피는 잠시 숨을 고른 뒤 말을 이었다.

"얼마 후 저는 이웃들을 위해 로봇을 만들기 시작했어요. 예를 들면, 에니 아주머니의 엄마가 아프셨을 때요. 항상 눕바니와 라고스를 오가셔야 했기 때문에 고양이를 돌볼 사람이 필요했어요. 저는 아주머니를 위해서 로봇을 만들었어요. 고양이에게 먹이와 물을 주었는데 그게 전부가 아니었어요. 로봇은 고양이들과 함께 놀아주기도 했거든요. 고양이들은 내장형 레이저 포인터를 아주 좋아했어요. 로봇은 고양이들을 쓰다듬어주었고 이름을 불러주었어요. 에니 아주머니는 로봇 덕분에 고양이들이 가구를 긁지 않아 좋다고 말씀하셨죠. 또 몇몇 지역 고등학교 미식축구 팀들은 제가 만든 음료수 로봇을 사용하고 있어요. 로봇은 안면 인식 센서와 의료용 센서를 사용해서 선수들이 충분한 물을 섭취했는지 확인할 수 있어요. 그리고 열

사병 징후가 감지되면 감독한테 경고해요. 승률이 올라가고 부상이 줄어들죠. 미식축구 팀들은⋯ 최고의 공격은 최선의 방어이고, 최고의 방어는 대기선에 음료수 로봇을 두는 거라고 말해요."

에피는 말을 멈추고 옆에 있던 주니를 들어 보였다.

"그리고 이건 최신 발명품이에요. 주니어 조수, 줄여서 주니라고 부르죠. 주니는 복잡한 탐색을 수행할 수 있고 360도 안의 모든 장면을 담을 수 있는 카메라가 장착되어 있어요. 내장형 AI 부품은 조사를 수행하고 의견을 생각해낼 뿐만 아니라 사용자가 일상적인 작업을 계획하고 실행하는 데 도움을 줄 수 있어요."

에피는 테이블 위를 걸을 수 있도록 주니를 내려놓았다.

"주 기능은 한 사람이 동시에 여러 곳에 있도록 하는 거예요. 주니는 아주 먼 거리에 있는 사람의 상호작용형 홀로그램 이미지를 투사할 수 있어요. 그렇게 해서 모든 일을 함께하며 살필 수 있죠. 이 발명품은 아파서 쉬어야 하는 근로자나 학생에게 안성맞춤이지만, 활용하기에 따라 만성 질병이나 장애가 있는 사람들, 군대에서 복무하는 군인들, 두 가지 직업이 있는 사람들, 혹은 많은 책임을 떠맡아야 하는 부모님들에게도 도움이 될 수 있어요."

에피는 주니의 등에 있는 버튼을 눌렀다. 주니는 에피의 3D 홀로그램 영상을 투사했다. 그러자 에피 주니어가 봇의 설계도와 추가 업그레이드로 계획한 몇 장의 청사진을 꺼내 들었고 에피는 말을 이어갔다.

"현재 저는 소화하기에 벅찰 정도로 아주 많은 주니 제작 주문을 받았어요. 저는 주니들이 긴급한 요구를 해결할 수 있다고 생각해요. 이후에는 또 어떤 것들을 할 수 있을지 아직은 잘 모르지만, 확실한 건 우리 사회를 진짜로 도울 수 있는 무언가를 계속해서 만들고 싶다는 거예요. 세계 곳곳의 문제도 해결하고 싶고요. 마치 가브리엘 아다위 님이 오버워치 설립을 지원하고, 옴닉 사태 이후 평화를 수립하고, 인간과 옴닉이 동등하게 살아가는 도시 눔바니를 건설하신 것처럼 말이에요. 언젠가는 아다위 님의 발자취를 따라… 영웅이 되고 싶어요. 제게는 멋진 아이디어들과 큰 꿈들이 있어요. 그에 맞는 지원을 받는다면 그 '언젠가'가 오늘이 될 수 있을 거예요. 아다위 재단의 지원을 부탁드려요. 실망시키지 않을게요."

에피는 녹화를 중단하고 편집을 시작했다. 밤 11시 3분이었다. 남은 시간 동안 할 수 있는 것이라고는 화면에 제목을 띄우고, 분위기를 고조시키는 배경 음악을 삽입한 뒤, 끝부분에 눔바니의 항공 촬영 영상을 넣고 페이드아웃하는 것이 고작이었다. 에피는 이전에 주니와 또 다른 발명품을 촬영한 자신의 브이로그 영상도 일부 가져왔다. 몇 가지 영상은 초짜 티가 물씬 풍겼지만 대강 얼버무리기보다는 어설퍼도 최대한 노력한 흔적이 엿보이길 바랐다.

그때 노크 소리가 들렸다. 에피는 노트북을 비롯한 모든 것들을 싸들고 이불 속으로 몸을 던지고는 코를 고는 척했다. 엄마만 아니기를, 제발… 엄마만 아니기를.

"에피? 불이 켜져 있구나. 이 시간에 안 자고 뭐하고 있니?"

문 저편에서 엄마의 목소리가 들려왔다. 에피가 답을 하지 않자 손잡이가 돌아갔다. 에피는 엄마가 조용히 침실 바닥을 밟으며 다가오는 소리를 들었고, 곧이어 이불이 젖혀지는 것을 느꼈다.

"에피."

엄마는 코골이 소리에 넘어가지 않았다.

에피는 한쪽 눈을 슬며시 떴다. 엄마의 화난 얼굴이 코앞에 있겠지. 그런데 엄마는 끝내주게 향긋한 황갈색 바나나 튀김이 가득 담긴 접시를 든 채 미소 짓고 있었다. 에피는 입에서 군침이 도는 걸 애써 참았다.

"아빠가 지원금에 대해서 말해주었단다."

엄마가 에피의 서랍장 위에 접시를 놓으며 말했다.

"정말요?"

"멋진 기회인 것 같아."

"정말로요?"

"물론이지! 우리 의견이 항상 일치하지는 않지만, 아빠와 엄마는 언제나 너를 지지한단다. 네가 신청하고 싶은 지원금이 있다면 뭐든 도와줄 수 있어."

에피는 미소를 짓고 싶었지만 '그런데'가 나올 것 같은 강렬한 느낌이 들었다.

"그런데 에피야, 난 네가 걱정되는구나. 그리고 네 친구들도. 그렇게 저녁을 급하게 먹는 것도 말이야. 가족과의 시간도 즐길 필요가 있잖니."

"네, 엄마. 난 그냥…."

에피는 할 말이 없었다. 엄마가 자신의 꿈을 응원해주고 있다는 사실을 잘 알고 있었지만, 때때로 부모님을 위한 삶을 사는 듯한 기분에 사로잡힐 때가 있었다.

에피의 엄마는 에피와 비슷한 나이였을 때, 첫 번째 옴닉 습격을 경험했다. 엄마는 당시의 이야기를 많이 하시진 않았지만, 에피는 그 시절이 상상 이상으로 무시무시했다는 걸 알고 있었다. 엄마는 옴닉 사태가 엄마에게서 앗아간 파티와 친구들, 즐거움, 걱정 없는 날들을 에피가 한껏 누리길 바랐다.

에피는 접시에 놓인 디저트를 통째로 입속에 집어넣고 싶은 충동을 억누르며 바나나 튀김을 수줍게 집어 들었다. 에피는 바나나 튀김을 얌전하게 씹으며 맛을 음미했다. 아직 뜨거웠다. 엄마는 에피를 위해서 디저트를 새로 준비한 게 분명했다. 잠시 동안 에피는 신청서 마감 시간을 머릿속에서 완전히 잊어버렸다. 엄마는 에피를 가까이 끌어당겨 이마에 키스했다.

"엄마, 약속할게요. 지원금을 받으면 좀 쉬어가면서 할 거예요. 가족 휴가도 갈 수 있을 거예요."

그 말에 엄마는 기분이 좋아졌는지 환한 얼굴로 말했다.

"어머나, 에피! 가족 휴가라니 정말 좋은 생각이구나. 라고스 해변에 푹 쉬러 간다거나 양카리 국립공원에 가서 코끼리와 하마를 구경하는 것도 좋겠다. 얼마간 멀리 나가보는 것도 큰 도움이 될 거야. 우리 모두가 코드를 뽑아둘 수 있는 곳으로 말이지. 지원금을 받게 되면 꼭 가자꾸나. 네가 결정하렴."

"고마워요, 엄마."

에피가 엄마의 품으로 파고들며 말했다. 엄마는 에피의 땋은 머리를 부드럽게 당겨서 제자리에 잘 놓아주었다.

"그럼 요즘 너와 친구들은 뭘 하며 지내고 있니?"

"로봇과 관련된 일들 말고요?" 에피가 물었다.

"로봇까지 포함해서 말이야. 너에게 일어난 좋은 일들은 다 알고 싶지."

"음, 나아데는 이번 주 쉬는 시간에 복도에서 춤추다가 걸리지 않았어요. 자신의 주니한테 선생님이 오는 걸 보면 휘파람을 불라고 가르쳤거든요."

"어머나! 왜 놀랍지 않지?"

두 사람의 시간은 불과 몇 분간 이어졌을 뿐이지만, 에피는 음식을 씹는 중간중간에도 이 기회를 이용해 최근 생각하고 있었던 것들을 모두 엄마에게 털어놓았다. 엄마는 귀를 기울이며 고개를 끄덕였고 에피가 최근 실망한 일들을 꺼낼 때마다 적절한 순간에 아하, 저런 등의 감탄사를 덧붙이며 맞장구를 쳐주었다. 에피는 엄마와 대화를 나누는 동안 자신이 사랑받고 이해받고 있음을 느꼈다. 그리고 그 시간은 너무나 빨리 흘러갔다.

"이 닦고 방 정리하렴. 자정은 넘기지 말고."

엄마는 에피에게 윙크한 후 방을 나섰다.

에피는 고개를 끄덕이고는 집안일 봇을 꺼내 들었다. 봇은 양말을 수거하고 에피의 옷을 차곡차곡 접기 시작했다. 봇은 에피가 앉아 있는 침대를 정돈하려 했으나 에피는 봇을 끄고 구석으로 돌려보냈다. 서둘러 비디오 작업을 마무리하면서 한 줄을 추가했다.

"저는 친구들을 위해서, 그리고 가족을 위해서 세상을 바꾸고 더 좋은 곳으로 만들고 싶습니다."

거기까지였다. 완벽하지는 않았지만 아다위 재단의 이사진이 열두 살 어린아이의 눈에 깃든 원대한 꿈을 보고도 지원할 마음이 들지 않는다면 더 이상 무엇을 기대할 수 있을까.

에피는 자신이 지원금의 주인공이 될 거라고 확신하고 있었다.

이제 공식적으로 결정이 날 때까지 기다리기만 하면 된다.

HollaGram

BotBuilder11님이 사람들을 돕는 로봇을 제작하고 있습니다.

팬 **419** 명

홀로비드 스크립트
TranscriptMinderXL 버전 5.317로 자동 생성됨

아다위 재단 '영재 지원상' 신청

믿을 수 없어요. 방금 마감 3분 전에 아다위 재단의 '영재 지원상'에 신청서를 제출했어요. 저는 여러분을 위해 로봇을 제작하는 게 정말 좋아요. 앞으로 어떻게 될지 무지무지 기대가 됩니다!

그 지원금으로 제가 무엇을 할 수 있을지 생각해보세요. 혹시 주니의 경화광 업그레이드에 관심이 있는 분 계신가요?

너무 늦었네요. 오늘은 정말 피곤한 하루였어요.

반응

❤ 247   👏 289   📢 229

의견(37)

ARTIST4Life 에피! 내가 좋아하는 녹색 이로를 입은 거니? 네 새로운 사진 정말 마음에 들어!(그런데 그 황금색 목걸이 좀 빌려줄래?)

BackwardsSalamander 경화광 업데이트에 한 표 드려요. 주니가 집 안에서 절 도울 수 있을 거예요. 아주 좋을 것 같아요. 아, 그리고 제 주니는 페넬로페라고 한답니다.

BolajiOladele55 아빠다. 그만 자렴.

3장

에피는 친구들이 하교하기 전 마지막 몇 분 동안 압축된 비디오 피드에서 그날의 사건들을 살폈다. 금요일은 전체 22분 분량이었고 그건 곧 재미있는 일들이 많았다는 것을 뜻했다.

에피는 스티비 이그웨가 조보 봇의 음료 공급기에 손이 붙들리는 것을 지켜보다가 혀를 깨물 뻔했다. 조보 봇은 성미가 고약하기로 유명했고, 시간을 두고 찬찬히 음료 만드는 걸 즐겼다. 그 대신 언제나 신선한 재료와 가장 향이 좋은 히비스커스 잎을 사용했다. 학생들은 눈앞에서 파인애플이나 생강이 자동 칼날에 조각조각 잘리는 모습을 좋아했다. 무슨 생각으로 그랬는지는 모르지만 스티비는 음료 병이 채워지는 걸 기다리지 않고 봇 안으로 자기 손을 집어넣었다. 꼼짝없이 손이 붙들린 스티비는 선생님이 와서 구출해줄 때까지 그대로 기다려야 했다.

새로 설정한 주니 알고리즘은 완벽하게 작동했다. 에피는 하루 종일 친구들과 함께 학교에 있는 것처럼 느껴졌다. 하사나와 나아데도 더는 투덜거리지 않고 학교 안팎에서 주니를 완전하게 받아들였다.

에피의 발명에 대한 소문은 빠르게 퍼져 나가 이번 주에만 백 개가 넘는 주니 주문이 들어왔다! 너무 바쁜 나머지 에피는 지원금을 신청한 지 벌써 한 달이 지났다는 사실조차 깜빡하고 있었다. 36.5일, 879시간. 이런 걸 누가 세고 있을까?

마침내 학교 종이 울렸다. 에피는 까치발을 하고 서서 친구들이 나오기를 기다렸다. 이번 주말 동안 함께할 큰 계획이 있었다. 그 계획을 실행하려면 작업장에서 많은 시간을 보내야 했다. 에피는 친구들이 로봇을 조립하는 동안 영화를 틀어줄 계획이었다. 캄 칼루, 테스피온 4.0, A.I. 스킬루스, 그리고 약 스무 명의 인간과 옴닉 유명 배우들이 출연하는 〈플래시 브라이튼과 옴닉 크루세이더: 듀얼 투 인피니티〉 같은 진짜 영화였다. 나아데가 그 영화에 대해서 열변을 토할 때마다 에피에게 나이라가 지급된다면 아마도 지원금 걱정은 두 번 다시 할 필요가 없을 것이다.

"나아데! 여기야!"

에피가 손을 흔들며 소리치자 나아데가 에피를 바라봤다. 느긋하게 걸어오는 그의 눈이 빛났다. 그리 멀지 않은 거리에서 하사나가 따라오며 물었다.

"그거 봤어? 스티비 대 조보 봇?"

"정말 웃겼어! 다른 애들처럼 참을성 있게 음료를 기다렸어야지. 스티비는 분명 '아이작 흉내'를 낸 거야."

에피의 대답에 나아데가 소리 내 웃었다.

"그래, 맞아. 정말 어렵게 교훈을 배운 거라고! 로 라티 순 크펠루 악포주 악포주, 지 소케 으펠루 오워 위워."

에피는 옛 속담에 고개를 끄덕이며 웃었지만 하사나는 자신이 아는 약간의 요루바어를 해석 중인지 제자리에 서서 눈을 찡그리고 있었다.

"'근질근질한 엉덩이로 잠들었다가 냄새나는 손으로 일어난다'는 뜻이야."

나아데가 알려주었다.

"윽! 나아데, 그렇게까지 자세히 알려줄 필요는 없어."

하사나가 입술을 오므리며 말했다.

"뭐? 난… 그게… 아빠가 항상 해주신 말씀이거든. 작은 문제라도 그냥 두었다가는 큰 문제가 될 수 있다는 뜻인데… 요루바어로는 훨씬 더 세련된 표현일 거야."

나아데가 더듬거리며 설명하자 에피가 웃으며 말했다.

"나아데, 해석은 사양할게. 다들 주말을 맞이할 준비는 된 거지?"

"그래, 그거 있잖아…."

웃음기가 가신 표정으로 하사나는 가방을 열고 주니를 꺼내더니 에피에게 건넸다.

"뭐야? 고장 난 거야? 작업장에 가서 봐줄게."

"아니, 아무 문제없어. 수요일에는 큰 도움이 됐고 말이야. 내가 미술 경연대회에 있는 동안 합창 연습에 보냈거든. 주니가 없었다면 합창 팀에서 빠져야 했을 거야."

에피는 조용히 자리에 서서 하사나의 이야기를 듣고 있었는데, 불현듯 하사나가 고개를 저으며 이를 꽉 문 채 말했다.

"그런데 오늘 밤 약속이 겹쳤어. 앰버가 화합의 날 축제 때 입을 옷 고르는 걸 도와준다고 약속했는데 그만 깜빡했지 뭐야. 그래서 너와 나아데한테 주니를 보낼까 했거든. 그럼 적어도 내 마음은 너희들과 함께 있겠지?"

"으윽, 어쩌지… 사실 나도 오늘은 못 갈 것 같아. 그렇지만 내 주니가 대신 갈 수 있을 거야."

나아데도 자신의 주니를 에피에게 건네며 말했다.

"너도 약속이 겹쳤니?"

에피가 약간 짜증을 느끼며 물었다. 그 짜증은 점점 더 커지기 시작했다. 급속도로.

"그런 것 같아… 난 외출 금지야."

"이번에는 무슨 일인데, 나아데?" 하사나가 물었다.

"그러니까 말이지, 에피가 수업을 잘 들으라고 했던 말을 생각하다가 계획을 세웠거든. 난 주니한테 모든 수업을 녹화하라고 했어. 내 시간을 좀 더 효율적으로 사용하면 좋잖아? 역사 시간에 수학 숙제를 할 수 있어. 과학실에서 역사 숙제를 할 수 있지. 국어 시간에 과학 숙제를 할 수도 있고. 그럼 집에 돌아오면 숙제는 이미 대부분 끝나 있을 거라고. 그렇게 되면 비비의 모험을 플레이할 수 있는 시간이 더 많아지는 거야. 근사하지 않아?"

"그럼 수업 피드를 보는 시간은 언제야?" 에피가 물었다.

"그게 핵심이지. 너도 알지, 과학실에서 삼투압에 대해서 배웠잖아? 분자 간 장벽을 허물어서 자유롭게 이동하는 거 말이야."

"삼투압은 그런 게 아니야."

에피가 끼어들었지만 나아데는 자기 이야기에 빠져 계속 말을 이었다.

"그래서 내가 이걸 생각해냈어. 봐봐, 내가 삼투압을 활용한다면 어떨까? 정보가 꿈나라의… 장벽을 뚫고 들어오게 한다면?"

"삼투압은 그런 게 아니라니까, 정말로…."

"그리고 내가 매일 자면서 녹화 영상을 틀어놓으면… 수업이 7시간이고 잠은 8시간 동안 자니까, 딱 맞지. 그러고도 1시간이 남잖아. 그래서 모든 수업 내용이 확실히 머리에 들어오도록 녹화 영상을 10배속으로 한 번 더 재생했어."

나아데가 머리를 톡톡 두드렸다.

"그건 말도 안…."

"그런데 에피, 네 기술에 뭔가 문제가 있는 것 같아. 왜냐하면 지난 2주 내내 성적이 계속 나빠졌거든. 수학 쪽지 시험에서 D를 받았는데 그게 아빠한테는 결정타였어… 외출 금지야, 당분간. 일단 내 주니를 가져가. 혹시 버그가 있는지도 확인해봐. 그동안 나는 다시 옛날 방식으로 공부해야 할 것 같아."

나아데는 어깨를 축 늘어뜨리며 말했다.

"그래, 한번 확인해볼게."

에피는 진실을 말해주고 싶었지만 입 밖으로 꺼내지 못했다. 나아데의 이야기는 에피가 이제껏 들어본 계획들 중 가장 어처구니없는 계획이었다. 하지만 에피는 나아데의 주니를 꺼두고 성적이 다시 올라갈 때까지 작업장에 잘 놔둬야겠다고 생각했다.

그런 에피를 보며 하사나가 찡긋 윙크했다.

"넌 좋은 친구야."

에피는 간신히 미소를 지어 보였지만 집으로 향하는 트램에서의 20분이 쓸쓸하지 않았던 건 아니다. 반쯤 왔을 때 에피는 눈 한쪽에서 무언가 반짝이는 것을 보았다. 에피는 창문에 바짝 붙어 바깥을 살폈다. 10기가 넘는 OR15 로봇이 네 발로 시내를 순찰하며 행진하고 있었다. 그 로봇들은 켄타우로스와 비슷한 형태로 설계되었는데, 무광의 회색 티타늄 골격은 광택이 나는 흰색 흉갑으로 덮여 있었고 거대한 네 다리는 녹색 판금이 입혀져 있었다.

에피는 공연장의 조랑말처럼 껑충거리며 함께 움직이는 로봇들의 모습이 마음에 들었다. 거대하고 매우 치명적이며 중무장한 조랑말들이었다. 무슨 일이 있는 모양인지 평화를 수호하는 OR15 로봇의 임무를 수행 중인 듯했다.

에피는 OR15가 수행하는 안보 활동에 감사했으나 누가 되었든 눔바니의 아름다움을 담아 모든 부대의 외관을 멋지게 업그레이드해주었으면 하는 마음이 있었다. 그들은 물론 옴닉 사태 때 활동했던 구형 OR14 '이디나' 모델보다 날렵했지만 눔바니의 핵심적인 유산들이 빠져 있다고 생각했다. 로봇들은 위압적이었고, 무뚝뚝했다. 그 로봇들은 고개를 숙여 존중을 표하지도 않았고 높임말을 쓰지도 않았다.

에피는 그렇게 말하고 싶진 않았지만 OR15는 지나치게 '단도직입적'인 태도를 보였고, 사람들 속에서 어우러지기보다는 범죄자를 체포하는 데 치중했다. 만약 프로그램을 손볼 수만 있다면 눔바니의 시민들을 돕고 보호하도록 바꾸고 싶었다. OR15는 테러리스트를 무력화하는 영웅도 될 수 있지만, 노인들을 돕는 형태의 영웅도 될 수 있는 것이다. 또한 탈론 요원들과 전투를 벌이는 데 익숙한 만큼 아이들에게 도서관 책을 읽어주는 것도 익숙해질 수 있다. 머릿속에서 아이디어가 샘솟기 시작했지만 에피는 덜컹이는 트램에 깜짝 놀라며 다시 현실로 돌아왔다.

OR15의 개량과 통합은 에피가 상관할 일이 아니었다. 에피는 자신의 문제만으로도 벅찼다. 주니 생산은 계속 지체되고 있었고 아다위 재단의 지원금이 절실했다. 에피는 아다위 재단의 지원금 웹사이트에 로그인한 후 상태를 확인했다.

보류 중…

에피는 페이지를 새로 고침했다. 이어서 한 번 더, 두 번 더… 집에 다다를 즈음에는 새로 고침 버튼을 백 번쯤 누른 것 같았다.

집착하지 말자. 에피는 스스로를 다독이며 작업장에 도착한 후 함께 있어줄 나아데와 하사나의 주니를 모두 작동시켰다. 홀로그램 영상들이 에피를 바라보며 서 있었다. 멍한 시선, 생기 없는 미소. 홀로그램 영상들은 쓸쓸함만을 더해줄 뿐이었다. 에피는 주니들을 끄고 작업에 매달렸다.

딩동, 딩동, 딩동. 노트북에서 알림 소리가 났다. 주문이 더 들어오고 있었다.

에피는 한숨을 내쉬며 새 루시우 오즈 상자를 열고는 볼륨을 10까지 올리고 납땜 총을 쏘았다.

에피는 미적분학 수업이 끝난 후 복도로 나와 홀라그램에서 하사나의 피드를 살펴보았다. 학교에서 가장 멋진 여학생인 앰버 오예바와 어울리며 찍은 셀카가 족히 서른 개가 넘었다. 둘은 함께 옷을 사러 간 모양이다. 앰버는 하사나와 어깨동무를 하고 있었고 둘의 손에는 근사한 애트리아 쇼핑백이 들려 있었다. 앰버와 하사나는 무척이나 기분 좋은 미소를 짓고 있었다.

너도 초대하고 싶었는데. 하사나가 에피에게 보낸 메시지였다. 하지만 넌 주말 내내 로봇 때문에 바쁠 테니까.

"무슨 걱정거리라도 있어?"

다요가 불쑥 에피 옆에 다가서며 물었다. 에피는 그제야 복도가 텅 비었다는 것을 깨달았다. 얼마나 오래 서 있었던 걸까?

"친구 문제야."

에피가 사촌인 다요에게 말했다.

"무슨 일인지 들어줄까?"

"괜찮아. 가야 해. 트램 시간에 늦을지도 몰라."

"잠깐만, 기다렸다가 연극반에 가보는 건 어때? 화합의 날 연극 세트 만드는 걸 도와주면 좋을 것 같은데."

"음… 됐어."

그런 일이라면 페인트가 마르길 기다리는 고되고 지루한 작업일 것이다.

"그러지 마, 에피. 마음만 먹으면 여기서도 친구를 만들 수 있어. 네가 멋지다고 생각하는 애들이 있다는 걸 알았으면 좋겠는데."

다요의 말에 에피는 기분이 좋아졌다.

"날 멋지다고 생각한다고?"

"천재, 발명가, 사업가, 사회 활동가. 네가 멋지지 않은 게 뭐가 있지?"

"그럼 잠깐 있어볼까."

에피의 대답에 다요는 주먹을 불끈 쥐어 보이더니 에피를 데리고 복도를 지나 극장으로 향했다. 극장 문이 열리자마자 페인트와 톱밥 냄새가 물씬 풍겨왔다. 무대에서는 열 명가량의 학생들이 소품과 세트 작업에 매달린 채 진땀을 흘리고 있었다.

다요는 에피와 함께 중앙 통로 중간까지 내려갔다. 처음 보는 여학생과 샘이 함께 작업하고 있었다. 여학생은 키가 훤칠하고 날씬했으며 기다란 두 팔은 높은 캐비닛에서 물건을 꺼내는 데 안성맞춤일 것 같았다. 머리에는 화려한 색상의 히잡*이 느슨하게 걸쳐져 있었고, 스카프의 한쪽 끝은 페인

---

* 히잡(hijab): 이슬람권의 여성들이 머리에 두르는 천

트 통에 닿을 듯 아슬아슬하게 매달려 있었다.

"에피, 샘 기억하지? 그리고 이쪽은 우리 무대 매니저인 조케라고 해. 에피가 오늘 우리를 도와줄 거야."

다요의 말에 조케라는 이름의 여학생은 하던 일을 멈췄다.

"어머나, 만나서 반가워. 악수를 하고 싶지만…."

조케는 페인트가 묻은 손을 펼쳐 보였고, 다요는 무대를 둘러보더니 에피를 보며 말했다.

"아주 멋질 거야. 무대 위의 모든 소품은 우리가 주워온 물건들을 재활용한 것들이야. 가브리엘 아다위가 눔바니 옴닉 연합의 지도자에게 선물했던 조화의 열쇠는 수영 막대로 만들었어. 그리고 믿기지 않겠지만 둠피스트의 건틀렛은…."

"둠피스트 얘기는 하지 마. 꼬마가 겁먹을 거야!"

샘이 작업을 멈추고 고개를 들더니 피식 웃으며 다요에게 말했다.

"난 둠피스트가 무섭지 않아."

에피가 딱 잘라 말했다. '꼬마'라고 불린 것도 달갑지 않았다. 에피는 둠피스트가 저지른 몇 가지 일들을 기억하고 있었다. 에피의 부모님은 눔바니의 재앙, 아킨지데 아데예미가 저지른 최악의 만행들을 에피에게 감추려 했지만, 에피처럼 조각난 퍼즐을 잘 맞추는 아이가 그런 걸 모른 척하기란 쉽지 않았다.

경고 사이렌이 울리면 에피와 부모님은 모든 것을 놔두고 아파트 안쪽 욕실로 달려 들어가곤 했다. 에피는 그 상황을 '정말 재미있는 가족 시간' 놀이로 기억하고 있었다. 욕실에 보관된 작은 상자에는 공들과 찰흙, 그리고 평소 같으면 부모님이 허락할 리 없는 달콤한 과자들이 가득했다. 심지어 오버워치 만화도 연속으로 볼 수 있었기 때문에 에피의 태블릿에는 책들이 끝없이 쌓여가곤 했다.

하지만 재미있고 멋진 그 모든 흥밋거리에도 에피의 마음은 평온하지 않았다. 어쩌면 아빠의 미소 뒤에 숨겨진 두려움을 알아챘는지도 모른다. 어쩌면 엄마가 에피를 조금 더 깊이 안아주었기 때문인지도 모른다. 혹은 광고 중간에 잠깐의 침묵을 타고 멀리서 들려오는 무너지는 건물의 굉음 때문이었을지도 모른다. 에피는 부모님의 걱정을 덜어드리기 위해 스스로 두려워하지 않으리라 다짐했고, 그 다짐 덕분인지 어떻게든 대담함을 유지할 수 있었다.

에피는 고개를 저어 얼룩진 기억을 떨쳐버린 뒤, 눈을 가늘게 뜨고 건틀렛 소품을 살펴보았다. 커다란 굵은 주먹에 황금색 페인트가 칠해져 있고, 손가락 마디마다 금속 가시가 뻗어 나와 있었다. 에피는 주워온 물건들로 소품을 만들어본 적은 없었지만 역설계 기술이라면 요령을 알고 있었다. 에피는 마음속으로 건틀렛을 그려가며 선과 각도를 유추했다. 팔 아래를 감싼 작은 가닥의 분절과 그 유기적 형태를 살피던 중 무언가가 에피의 뇌리를 스치고 지나갔다.

"번콜 식료품점 해산물 코너 천장에 걸려 있던 플라스틱 랍스터 모형이잖아!"

"정답! 집게발을 개조해서 커다란 손가락을 만들었어. 네가 알아볼 줄 알았어. 벌써 연극쟁이 다 됐네!"

다요가 즐겁다는 듯 말했다.

"난 눔바니가 다시 평화로워져서 기쁠 뿐이야. 이제 너희 중 누가 공연 첫날 밤부터 대사를 말아먹을지 그것만 걱정하면 되는 거지."

조케가 샘을 노려보며 말했다.

"나? 악당들이 긴 독백을 쏟아내는 게 내 잘못은 아니잖아. 화합의 날까지 다 외울 거야, 맹세해. 누구도 보지 못한 최고의 둠피스트가 되고 말겠어!"

샘이 자신만만한 표정으로 받아치자 조케는 고개를 흔들며 에피를 향해 눈썹을 들어 보였다. 마치 '얘를 믿을 수 있겠니?'라고 묻는 것 같았다.

에피는 미소를 지었다. 다요와 샘, 조케 등 연극반 학생들과 어울리는 것도 조금은 자신감이 생기는 것 같았다.

"둠피스트의 감옥 창살을 조립할 건데 도와줄래?" 샘이 물었다.

"사실 둠피스트의 감옥은 미터 두께의 고형…."

에피는 샘의 얼굴이 찌푸려지는 것을 보고 말을 멈추었다. 에피는 입술을 깨물었다. 연극에서 소품이나 배경을 고증까지 해가며 정확히 만드는 작업이 과연 필요할까? 재앙과도 같은 아킨지데 아데예미는 죽었고 계승자인 아칸데 오군디무는 영원히 갇히는 신세가 되었다. 두 명의 둠피스트가 눔바니에 불러온 재앙은 이제 과거가 되었다.

"좋아. 창살 만드는 걸 도울게."

에피는 대답하며 샘 옆에 앉았다. 한 뭉텅이의 종이 수건 두루마리와 알루미늄 호일이 발 앞에서 나뒹굴었다.

"엄청 간단해. 두루마리 세 개를 사용해서 끝과 끝을 연결하면 돼. 테이프를 조금 붙여 고정한 다음 호일로 감싸. 그러면 짠! 절대 뚫을 수 없는 감옥 창살 세트가 되는 거야. 내가 한 일이라곤 두 달 내내 학교 화장실을 터는 것뿐이었지만!"

"정말, 이 안에 둠피스트가 갇혀 있다면 확실히 마음이 놓이겠어!"

에피는 어색하게 웃으며 말했다. 에피는 그 단순한 디자인이 마음에 들었다. 에피는 샘과 다요와 조케의 이야기에 귀를 기울이며 일곱 개를 만들었다. 에피는 그들이 사용하는 단어에 세심하게 귀를 기울였다. 연극반만이 공유할 수 있는 언어들도 많았지만 대부분 알아들을 수 있었다. 열심히 노력한다면 이들과 어울릴 수 있을지도 모른다.

"화합의 날 때 내가 가장 기대하는 게 뭔지 알아? 축제 음식이야! 특히 고기 파이랑 계란말이, 삶은 땅콩이 좋아. 쿨리쿨리도 빼놓을 수 없지!"

에피는 그 튀김 요리들을 생각하자 입에 침이 고였다. 혀를 델 만큼 뜨거울 때 먹어야 가장 맛있는 음식들이었다.

"그래, 정말 맛있지. 난 코코넛 사탕 상인이 왔다 갔다 하면서 사람들에게 봉지를 던지고 소리 지르는 걸 듣기만 해도 몸이 자동으로 반응한다니까."

샘이 페인트로 얼룩진 손을 추억에 잠긴 표정으로 바라보며 말을 이었다.

"손가락은 캐러멜 범벅이 되어서 다 들러붙고 말지. 그건 꼭 핥아먹어야 해. 부모님이 못마땅한 얼굴로 흘겨보셔도 어쩔 수 없어."

샘의 이야기를 듣고 있던 에피가 만족스러운 미소를 지으며 고개를 끄덕였다. 군것질거리 덕분에 끈적이는 손가락은 인간과 옴닉의 조화와 평등을 기념하는 화합의 날에 누구나 한 번쯤은 경험했을 추억이다. 인간과 옴닉은 각자 나름대로 즐거움을 누렸다. 유기농 오일이 와인 잔에 담겼고 민트나 라벤더, 시트러스 혼합 향이 나는 옴니웍스 합성 윤활유가 디자이너 상자에 포장되어 팔리곤 했다. 에피는 항상 돈을 조금 챙겨두었다가 선생님과 이웃, 친구 등 일상에서 만나는 특별한 옴닉들을 위해 몇 상자씩 사두곤 했다. 사실 에피는 기름진 음식으로 배를 채울 때보다 고마움의 인사를 들을 때 훨씬 더 기분이 좋았다.

이제 화합의 날까지 한 달밖에 남지 않았지만 에피는 벌써 조바심이 났다.

에피는 작업에 열중하면서 눕바니 화합의 찬가를 흥얼거렸다. 그러자 다요도 함께 불렀다. 썩 훌륭한 합창은 아니었지만… 에피 집안의 노래 실력은 그다지 특출나지 않지만 샘과 조케가 그 엉성한 노래를 받아 살려냈다. 다요가 마지막 클라이맥스 부분에서 음정을 이탈한 가성으로 힘겹게 고음을 내질렀을 때, 에피는 어금니를 물고 웃음이 터지는 걸 간신히 참아냈다.

에피가 당황한 표정을 지어 보이자 다요는 미소로 답했다.

잘하고 있어. 다요는 소리 없이 입 모양으로 말했다.

샘이 감옥 창살의 개수를 헤아려보더니 충분하다고 생각했는지 고개를 끄덕였다.

"끝내주는데. 너 같은 사촌이 있다니 다요는 정말 운이 좋은 거야."

샘의 말에 에피는 그를 바라보며 웃음을 짓다가 샘의 손이 자신의 머리를 향해 내려오는 것을 보았다. 에피는 0.5초 정도 반응할 시간이 있었다. 에피가 싫어하는 많은 것들 중에서도 머리를 쓰다듬는 것은 최악이었다. 에피는 샘이 자신을 어린아이처럼 대하도록 더는 놔둘 수 없었다. 동시에 다요의 연극반 친구들 앞에서 무례한 모습을 보이고 싶지도 않았다. 결국 에피의 자아가 승리했다. 에피는 손을 들어 샘의 속목을 잡았다.

"내가 푸들처럼 보여?"

에피가 샘에게 물었다.

"아니."

"코커스패니얼 같아?"

"아니."

"그럼 래브라도 레트리버 같아?"

"아니."

"그럼 쓰다듬지 않았으면 좋겠어."

에피는 할 수 있는 한 가장 근엄한 어른의 목소리로 말했다. 학생들이 모두 웃기 시작했고 샘을 가리키며 어린아이한테 야단을 맞았다며 큰 소리로 놀려댔다. 친구들이 놀리는 것은 샘이었지만, 그들의 눈에는 에피가 그저 어리게만 보인다는 사실에 마음이 따끔거리는 기분이었다. 그랬다. 에피는 어린아이였다. 다만 그것은 잠깐씩… 스쳐가는 생각에 불과했다. 하지만 자신보다 연장자인 고등학생들이 웃어대는 지금은 그렇지 않았다.

에피가 이런 상황을 참아야 할 이유는 없었다.

"그래, 이제 난 가봐야 해. 미안하지만 연극은 못 볼 것 같아. 이곳에 없을 거야. 화합의 날 기념 주간 동안 여행을 가거든."

에피는 다짐하듯 고개를 끄덕였다. 부모님은 에피가 지원금을 받게 되면 여행을 가자고 했으니까.

물론 아직 회신을 받진 못했지만 에피는 그 순간 확신이 들었다.

"여행이라고? 어디로 가는데? 이모가 왜 말씀을 안 하셨지?"

다요가 물었다.

"왜냐하면 대단한 거니까. 엄청난 거야. 엄마는 자랑하듯 떠벌리는 것처럼 보이는 게 싫으셨을 거야."

"이모가? 우리 엄마한테 말하지 않으셨다고? 흠!"

"그래. 왜냐하면… 음…."

에피는 그럴싸한 구실을 찾아야 했다. 뭐라도 말이다. 곧이어 루시우의 콘서트 투어 일정을 기억해냈다. 투어가 처음 발표된 날, 에피는 눈꺼풀 안쪽에 투어 일정을 새기다시피 했다. 에피와 하사나는 루시우의 콘서트 투어가 거의 끝나갈 때, 그러니까 여덟 달 후에야 눔바니에 들른다는 것을 알았을 때, 들고 있던 초콜릿 아이스크림 그릇에 얼굴을 파묻고 눈물을 흘렸다.
어쨌든 둘은 가상 티켓 대기선에서 기다려보았지만 허사였다. 표는 27분도
채 되지 않아 모두 매진되었다. 하지만 천만다행으로 루시우의 고향인 브라
질 리우데자네이루의 콘서트 티켓이 남아 있었다. 오늘 아침에 확인했을 때
도 1,014개 좌석이 남아 있었다.

그렇다고 매일 아침마다 남은 좌석을 확인하는 것은 아니었지만.

"루시우를 보러갈 거야. 브라질에!"

에피가 소리치자 샘도 놀라며 큰 소리로 외쳤다.

"우와! 끝내주는데!"

모여 있던 학생들 모두 에피 주변으로 모여들기 시작했다.

"어디에서 묵을 거야?"

"언제 출발해?"

"누구랑 가는 거야?"

질문이 쏟아졌다. 왜 이런 얘기를 했을까? 에피는 지원금을 받을 수 있을
지 아직 아무것도 알지 못했다. 설령 지원금을 받는다 해도 부모님과 함께
대서양 너머로 여행을 떠나는 건 무리였다.

에피는 도와달라는 듯 다요를 바라보았으나 다요는 어깨만 으쓱할 뿐이
었다. 에피는 자신이 뱉은 말을 모두 주워 담아 쥐구멍 깊숙이 숨고 싶은 심
정이었다.

"맞다, 트램! 미안. 붐비기 전에 막차를 타야 해. 안 그러면 자리가 없어!"

에피는 서둘러 그곳을 떠났다. 텅 빈 학교 복도에서 새빨간 거짓말의 악
취가 에피의 뒤를 쫓아왔다. 저녁이 가까워지고 있었다. 눕바니는 더없이
안전했지만 에피는 혼자서 돌아다니는 게 무서웠다. 문득 뒤를 돌아보다가

자신을 따라오는 다요의 모습에 안도했다. 화가 난 모습은 아니었다. 오히려 반대였다. 다요는 이제껏 본 적 없는 표정으로 활짝 미소 짓고 있었다.

"에피."

다요의 목소리는 에피가 예완데 이모 댁에 방문할 때마다 들었던 이모의 목소리와 매우 흡사하게 들렸다. 에피는 인정하고 싶지 않았지만 다요의 엄마인 예완데 이모와 다요의 말투가 꼭 닮았다는 걸 느낄 때가 많았다.

"어떻게 손을 쓸 수 없는 상황이었지, 안 그래?"

다요는 지팡이의 크리스털 손잡이에 두 손을 얹은 채 전에 없이 에피에게 가까이 몸을 기울였다. 구부러진 눈썹 모양은 영락없이 예완데 이모의 표정이었다. 그것이 유전인지 아니면 학습된 것인지 알 수 없었지만 그 구부러진 눈썹에는 고집쟁이 어린아이에게서 진실을 끄집어내는 마력이 있었다. 그리고 그 눈썹은 열받게도 잘 통했다. 에피는 곧 입 밖으로 쓸데없는 말이 튀어나오리라 직감했다.

"안에서 있었던 일은 미안해. 내가 그런 식으로 굴지 않았다면 좋았겠지만… 난 그냥 어른스러워 보이고 싶었던 거야. 계속 날 어린아이 취급했다니까!"

"내가 얘기할게. 일부러 기분 나쁘라고 그런 건 아니야. 어쨌든 네 말은 충분히 이해했어. 별종 취급받는 건 절대 유쾌한 일이 아니지. 돌아가자. 연극반 일 다 끝내고 함께 집에 가자."

"난 못 가. 브라질에 간다고 그렇게 난리를 쳤는데."

"사실대로 말하면 돼. 이해할 거야. 기억할지 모르겠지만 나도 네 나이였을 때, 우리 아빠가 오버워치 소속이고 라인하르트의 제일 친한 친구인데 극비 중 극비인 비밀요원이라서 아무도 이름을 모른다며 떠벌리고 다녔다니까."

다요의 말에 에피가 웃음을 터뜨렸다. 어렴풋이 기억나는 듯했다. 다요는 아빠의 '오버워치 비밀요원 메달'을 보여준 적이 있었다. 나노 콜라 캔을 정교하게 잘라 몇 겹으로 쌓아서 만든 것이었는데 광을 내기 위해 투명 매니큐어를 통째로 쏟아부었는지 자극적인 냄새가 코를 찔렀다. 그러고 보니 다요는 예전부터 재활용품을 이용해서 그럴듯하게 물건을 만드는 재주가 있었다.

"돌아갈래? 연극에서 네게 어울리는 배역을 찾을 수 있을지도 몰라."

에피는 다시 한 번 부딪쳐보고 싶었다. 다음번에는 친친*을 몇 상자 가져가서 좋은 분위기를 만들어보는 것도 괜찮은 방법 같았다. 에피는 친친의 시큼한 맛 때문에 한 입 베어 물 때부터 입술이 일그러지긴 했지만 어째서인지 이곳 학생들은 진한 레몬향의 친친을 좋아했다. 에피가 그렇게 하겠다고 입을 채 떼기도 전에 태블릿에서 알림 소리가 들려왔다. 에피는 고개를 숙여 화면에 뜬 알림을 확인했다.

메시지 발신자: 아다위 재단

제목: 지원금 신청과 관련해서

에피는 심장이 멎을 뻔했다. 이렇게나 빨리?
"무슨 일이야? 귀신이라도 본 것 같은 표정이네."
"그거… '영재 지원상'이야. 결정이 났나봐!"

---

* 친친(chin chin): 밀가루 반죽을 굽거나 튀겨서 향을 가미해 만든 서아프리카의 과자

"영재 지원상? 뭐라고 하는데?"

다요가 들뜬 목소리로 다그쳤다.

"몰라. 못 보겠어."

에피가 다요에게 태블릿을 건넸다.

"여기, 열어봐."

다요가 마지못해 태블릿을 받아 들었으나 에피는 다시 태블릿을 낚아챘다.

"아니야. 내가 직접 볼래."

에피가 길게 심호흡을 하더니 이내 고개를 저었다.

"알고 싶지 않아. 아니, 잠깐. 자…."

에피가 다요에게 또 한 번 태블릿을 넘겼지만 다요는 받지 않았다.

"이번엔 진짜야. 확인해주면 좋겠어."

에피가 겸연쩍은 듯 중얼거리자 결국 다요는 태블릿을 받아 들었다. 그는 화면을 클릭하더니 아무 말 없이 메일 내용을 읽어 내려가기 시작했다.

"어떻게 됐어…?"

에피는 비명을 지르듯 물었다. 허물을 벗고 그 안에서 기어 나오기라도 할 듯이 온 신경이 곤두서는 기분이었다.

"읽어줄게. 에피 님, 주택 대출 차환에 대해서 생각해보셨습니까? 현재 이율이 기록적으로…."

"그 메시지가 아니야! 다시 줘봐."

다요는 큭큭 웃으며 태블릿을 건네주었다. 링크를 누르는 에피의 손가락이 덜덜 떨렸다. 에피는 눈에 불을 켜고서 첫 두어 줄을 재빨리 읽어 내려갔다.

에피 올라델레 님, 축하합니다!

올해의 아다위 재단 지원금 수령자로 선정되셨습니다.

세상이 빙글빙글 도는 것 같았다. 지원금 끝에 붙은 수많은 0자가 에피의 눈에 들어왔다. 에피는 그대로 타일 바닥에 주저앉고 말았다.

"좋은 비명이지?"

다요가 소리쳤다. 내가 소리를 질렀나? 그랬다. 너무나 분명한 비명이었다. 그것도 아주 큰 비명 소리였다. 그 소리를 듣고 연극반 학생들 모두 복도로 뛰어나왔다.

"무슨 일 있어?" 샘이 물었다.

다요가 잔뜩 기대하는 표정으로 에피를 바라보았다. 에피는 그들에게 사과하기로 되어 있었다. 정말이다. 브라질 여행 같은 건 거짓말이라고 솔직히 털어놓기로 했는데!

그런데 영재 지원상을 받게 됐으니 부모님은 에피를 데리고 휴가를 떠날 것이다. 부모님은 에피가 루시우를 얼마나 좋아하는지 알고 있었다. 그리고 화합의 날 기념 주간에는 수업이 없기 때문에 애써 수업을 빠질 필요도 없었다. 모든 것이 더없이 완벽했다.

"루시우를 보러 브라질에 갈 거야!"

에피는 학생들을 향해 소리쳤다.

여행을 떠날 거야, 진짜로 말이야! 부모님이 안 된다고 할 리 없잖아!

HollaGram

BotBuilder11님이 사람들을 돕는 로봇을 제작하고 있습니다.

팬 **483** 명

홀로비드 스크립트
TranscriptMinderXL 버전 5.317로 자동 생성됨

지원금을 받게 됐어요!!!

꿈은 아니겠죠? 조금 전 지원금을 받는다는 소식을 들었어요! 집에 가는 트램에서 이 홀로비드를 찍고 있어요. 창밖으로 펼쳐진 멋진 풍경을 잠시만 봐주시겠어요? 가브리엘 아다위 님은 오버워치를 만들어 누구보다도 앞서 인간과 옴닉 간의 평화를 이루겠다는 미래를 꿈꾸었고, 눔바니의 시민들이 자랑스럽게 고향이라고 부르는 이 조화로운 도시를 건설했어요. 이제 저는 그녀의 유산을 계승하는 사람 중 한 명이 되려고 해요. 그래도 부담감은 갖지 않아도 되겠죠? 그렇죠?

그보다 먼저 저에게 꼭 필요한 휴가를 떠날 계획이에요. 어서 부모님께 소식을 전하고 싶어요. 부모님한테 받은 게 너무 많거든요! 그리고 수상 후보로 절 추천해주신 익명의 주인공에게도… 누군지는 몰라도 감사해요!

반응

의견(98)

NaadeForPrez 축하해! 네가 해낼 줄 알았어, 에피! 퍼프퍼프 먹으면서 축하할 일만 남았네. 네가 사^^

ARTIST4Life 잘했어, 나아데. 당연히 축하해야지. 퍼프퍼프 예약이요! 원하는 만큼 먹는 거야!

BackwardsSalamander 대단해요! 그 경화광 업그레이드에 대한 소식은 없나요? 페넬로페가 계속 물어봐서요. 페넬로페는 너무 재미있어요. 진짜 자기 생각이 있는 것 같다니까요!

더 읽기…

---

* 퍼프퍼프(puff puff): 밀가루 반죽을 공 모양으로 튀겨 만든 아프리카의 전통 음식

4장

"절대 안 돼."

엄마의 목소리는 단호했다.

"생각해보세요. 우리는 그 주에 학교를 쉬어요. 눔바니에서 리우까지 직항으로 4시간밖에 안 걸린다고요. 비행기 표부터 호텔까지 프라이스포인트 항공권 사이트에서 저렴한 표를 구할 수 있어요. 환율까지 생각해보면 라고스나 동물 보호 구역에 가는 것보다 많이 비싸지도 않단 말이에요."

"라고스에 좋은 콘서트 장소가 있단다. 그 주에 토널 어비스가 공연을 한다던데, 거기는 어떠니? 번거로운 것도 없고 너와 친구들도 루시우 콘서트만큼이나 재미있게 즐길 수 있을 텐데."

에피의 아빠가 태블릿을 들여다보며 말했다.

"토널 어비스요? 일곱 살 때 앨범이 나온 이후로 새 앨범이 단 한 장도 나오지 않은걸요?"

에피는 순간 말도 제대로 나오지 않았다.

서른여덟 명으로 구성된 그 옴닉 팝 밴드는 한때 에피가 멤버들의 이름을 모두 외울 만큼 좋아했다. 그러다 내부의 극적인 사건으로 인해 밴드가 분열되었다. 음악의 표준 시간 단위를 두고 의견이 갈라진 것이다. 밴드를 결성한 리드 보컬인 콘스탄틴은 양자 시계 제네바 시간을 선호했고, 베이스 연주자인 객스 게이터는 일부 이름난 옴닉 연주자들 사이에서 인기를 얻고 있었던 양자 시계 그리니치 시간으로 바꾸기를 원했다. 밴드는 정확히 두 편으로 갈라졌고 누구도 양보하지 않았다. 밴드는 어느 공연 중 두 시간대를 모두 사용하려고 시도했지만, 시계의 고도 차이로 인한 중력시간확장이 발생하여 동기화가 심하게 어그러지는 바람에 최후의 수단으로 이미 녹음되어 있던 음악을 콘서트 현장에서 재생해야 했다.

에피는 그들이 다투었던 마이크로분율과 마이크로초가 어떤 차이점이 있는지 구분할 수 없었지만, 눔바니의 옴닉 주민들은 토널 어비스가 마성을 잃었다며 충격을 받고 그에 격분했던 것을 기억하고 있었다. 에피가 루시우의 음악을 발견한 것도 그 무렵이었고, 결국 어린 시절 반복해서 들었던 토널 어비스의 음악보다 더 좋아하게 되었다.

"제발요, 아빠? 엄마? 제 또래 아이들이 하는 것들을 하라고 하셨잖아요. 애들은 콘서트에 간다고요! 친구들과 함께요. 비행기를 타고 바다를 건넌단 말이에요. 전 비행기도 타본 적이 없잖아요."

에피는 한껏 슬픈 목소리로 애원했다.

에피는 애절한 눈빛으로 아빠를 바라봤다. 엄마한테는 통하지 않을 것이다. 하지만 아빠의 마음을 흔들 수 있다면 가능할지 모른다. 에피는 말을 이었다.

"리우에 가는 일이 가까운 데 머무는 것보다 번거롭다는 건 알아요. 그렇지만 사람들이 적게 간 길을, 그러니까 등에 동력원을 메고 발에는 합금판을 달고서 위대한 미지의 영역을 가로질러 가는 건 어떨까요? 우리는 가족으로서 함께해야 한다고요. 우리를 한데 묶어주는 것들은 소중하니까, 떨어지지 않도록요!"

그랬다. 에피는 아빠가 제일 좋아하는 문학의 대가 세 명, 즉 프로스트, 블랑쉐771, 아체베를 모두 꺼내 들어 어설프게 인용했지만 해볼 만한 시도였다.

"라고스도 분명 재미있을 거예요. 하지만 리우에 간다면… 모든 게 딱 맞아떨어지는 절호의 기회인데… 평생 잊지 못할 시간이 될 거예요."

엄마와 아빠가 눈빛을 교환했다. 부모님은 눈짓과 고개의 기울기만으로도 모든 대화를 나눌 수 있었다. 에피는 엄마의 얼굴에서 아주 희미한 미소의 흔적을 읽었다고 생각했다.

그렇다. 정말 그랬다. 효과가 있었다.

"아빠랑… 생각해보마."

엄마가 말했다. 엄마의 그 말은 사실상 지붕 위에서 '좋아, 그렇게 하자!'라고 고함친 것이나 다름없었다.

하지만 에피는 괜스레 일을 그르치고 싶지 않았기에 고개를 끄덕이며 말했다.

"생각해주셔서 감사해요, 엄마. 조르지 않고 결정 기다릴게요."

에피는 가장 예쁜 옷들을 골라 짐을 싸는 상상을 하면서 전속력으로 작업장을 향해 달려갔다.

여행을 기다리는 몇 주 동안 에피는 도저히 마음을 가라앉힐 수 없었다.

가장 친한 친구 둘과 함께 대서양을 건너 제일 좋아하는 영웅을 직접 만나러 여행을 떠난다는 사실, 이 사실을 모르는 사람은 이제 눔바니 내에는 없을 거라고 에피는 생각했다. 그리고 마지막 날 밤, 에피는 세부 일정을 두 번, 세 번 확인하며 늦게까지 잠을 이루지 못했다.

월—호텔 체크인, 옥상 수영장에서 놀기…
화—리우 시내 경화광 스케이트 여행…
수—이파네마 서핑 연습, 식물원 관광…
목—파벨라 거리 모금 행사, 루시우 홀로그램과 기념촬영…
금—콘서트!!!

에피는 2시간도 채 자지 못했기 때문에 피곤한 게 당연했지만 오히려 기운이 넘쳤다. 커튼 틈 사이로 햇빛이 들어온 순간 아드레날린이 솟구쳤다. 에피는 커튼을 확 젖히고는 창문까지 열고서 가젤 머리처럼 생긴 탑을 향해 소리쳤다.

"오늘 루시우 콘서트를 보러 리우에 간다!"

가젤 탑이 그게 나와 무슨 상관이냐는 듯, 오늘이 에피의 일생에서 가장 완벽한 최고의 날이든 말든 내 알 바 아니라는 듯 에피를 쏘아보았다. 에피는 곧장 이틀 전 옷가지들을 펼쳐놓은 곳으로 달려가 2주 전부터 싸기 시작한 여행 가방을 들고, 옷장에서 포장지에 담긴 선물들을 챙겼다.

아직 잠에서 덜 깬 엄마가 비틀거리며 거실로 나와 딸을 맞이했다.

"벌써 일어났어? 비행기 출발하려면 아직 9시간이나 남았는데."

엄마가 졸린 눈을 비비며 말했다.

"안녕히 주무셨어요, 엄마?"

에피가 공손하게 말했다. 엄마가 미소 지으며 고개를 끄덕일 때까지 에피는 들뜬 기분으로 기다렸다가 손에 든 선물을 내밀었다.

"열어보세요."

"지금? 아침 먹고 열어봐도 되겠니?"

엄마의 말에 에피는 고개를 가로저으며 제자리에서 폴짝폴짝 뛰었다. 에피는 들뜬 기분을 더는 감추지 못할 것 같았다. 어느 틈에 아빠도 일어나 무슨 말인가를 웅얼거리고 있었다. "커피 좀 내려볼까"처럼 들리긴 했지만 확실하지 않았다.

어깨를 한 번 으쓱해 보인 엄마가 선물을 열어보더니 어리둥절한 표정으로 에피를 바라보았다.

"귀마개? 네가 보기엔 엄마, 아빠의 나이가 많다 싶겠지만 적당히 시끄러운 음악 정도는 충분히 들을 수 있단다. 이 엄마도 옛날에는 말이야….."

"음악 때문에 드리는 게 아니에요."

에피의 대꾸와 함께 초인종이 울렸다. 문밖에서 하사나와 나아데가 "루시우! 루시우!"라고 외치는 소리가 들렸고, 곧이어 에피의 기상나팔에서도 아직 깨지 않은 이웃들을 모조리 깨우고도 남을 시끄러운 소음이 터져 나왔다. 에피는 부모님을 바라보았다. 엄마와 아빠는 에피의 신호를 알아챘는지 재빨리 귀마개를 꼈다. 상당히 값이 나가는 다형 실리콘 귀마개였고, 에피의 부모님에게는 반드시 필요한 물건이었다.

에피가 문을 열었다. 소리는 더 커졌고 에피와 친구들은 그 와중에 재잘대기 시작했다. 에피, 하사나, 나아데의 대화는 언어와 비슷하긴 했지만 새소리에 더 가까운 날카로운 소음이었다. 에피는 자신의 태블릿에 루시우의 트랙을 하나도 빠짐없이, 멋진 순서대로, 춤추기에 적합하도록 교차 색인하여 넣어두었다.

얼마 후, 그들은 택시에 가방을 모두 싣고 공항을 향해 떠났다. 화합의 날 행진 때문에 도로가 여기저기 막혀 있었고 도시를 가로지르는 게 쉽지 않았다. 이동할수록 택시가 기어갈 만큼 정체가 심해졌다. 아직 시간이 많이 남았다는 것을 알고 있었지만, 에피는 비행기를 놓칠까봐 슬슬 걱정되기 시작했다.

나아데가 창을 내리자 따끈따끈한 튀김 냄새가 차 안으로 들어왔고 당장이라도 차에서 내리고 싶은 마음이 굴뚝같았다. 3미터도 채 떨어지지 않은 곳에서 퍼프퍼프 상인이 피라미드 모양으로 높이 쌓아 가루 설탕을 뿌린, 축복과도 같은 황금색 퍼프퍼프들을 팔고 있었다. 에피는 나아데가 차에서 내리지 못하도록 등을 붙들고 있었다.

도로를 따라 끝이 보이지 않을 만큼 이어진 긴 행렬 속에서 인간과 옴닉이 서로 어우러져 춤을 추고 있었다. 규칙적인 드럼 소리가 심장을 울렸고 에피는 발로 장단을 맞추었다. 확인되지 않은 위험 때문에 행사가 연기될 거라는 소문이 있었지만, 눔바니의 시민들은 말도 안 된다며 반발했다. 시에서 허가하든 말든 상관하지 말고 거리로 나오자고 약속했다.

하지만 축제 현장 사이로 미묘한 긴장감이 흐르고 있었다. 에피는 그것이 무엇인지 꼬집어 말할 수는 없었다. 사람들의 웃음이 불완전하게 느껴졌기 때문일까. 혹은 옴닉이 전보다 아주 조금, 인간들과 거리를 두고 있기 때문일까. 아니면 축제 장소 외곽에서 인간과 옴닉 보안 경비원들이 잠복한 채 어렴풋이 존재감을 드러내고 있기 때문일까.

에피는 눈을 깜박였다. 그러자 에피가 느끼고 있던 불안의 흔적은 사라지고 없었다. 설령 눔바니 경계 너머에서 긴장감이 높아지고 있다 해도 축제의 흥이 깨지지는 않을 터였다. 에피의 눈에 몇몇 또래 아이들이 보였다. 아이들의 두 눈은 온갖 멋진 광경에 휘둥그레졌고 얼굴은 미소로 가득했다. 달콤한 음료를 홀짝거리는 입에서는 고음 섞인 눔바니 찬가가 간간이 흘러나왔다.

에피는 지금껏 단 한 번도 화합의 날 기념행사에 빠져본 적이 없었다. 화합의 날 기념 축제는 정말로 크고, 정말로 시끄럽고, 정말로 다채롭고, 일주일 내내 이어졌으며 규모에서도 칼라바 카니발 못지않았다. 다음날 아침 배가 아픈 순서로 순위를 매긴다면 화합의 날이 눔바니에서 가장 중요한 기념일인 게 분명했다. 에피는 올해 이 축제를 놓치게 되어 아쉬운 기분마저 들 뻔했다.

거의.

나아데가 '위 무브 투게더 애즈 원(We Move Together as One)'의 베이스 라인에 맞춰 비트박스를 하기 시작했고 하사나가 쉭쉭, 긱긱, 붐붐 등의 소리를 멋지게 덧붙이기 시작했다. 그러자 그나마 남아 있던 아쉬운 감정이 모두 사라졌다. 에피는 인위적인 소리로 약간의 비트를 시도해보았다. 그리 어색하진 않았지만, 그렇다고 썩 좋은 것도 아니었다. 사실 그런 건 아무래도 상관없었다. 정확히 98시간 20분 후에는 콘서트홀에서 루시우를 볼 수 있을 것이다. 루시우는 머리 타래를 휘날리며 무대 위에서 멋진 음악들을 연주할 것이다. 루시우의 파벨라를 해방시키는 데 일조했던 바로 그 음악들을 말이다.

"트램을 탈 걸 그랬구나."

한 발짝도 나아가지 못한 채 10분이 흘렀을 무렵 에피의 아빠가 말했다.

머리 위에서는 트램이 마치 고층건물 사이로 솟아오르는 한 마리 새처럼 철로를 따라 하늘을 향해 솟아오르고 있었다.

"기사님, 박물관 옆쪽 길로 갈 수 있을까요?"

에피의 엄마가 귀마개 하나를 빼며 물었다. 뒷좌석에서 언제 시끄러운 소리가 터져 나올지 모른다는 듯 엄마는 귀마개를 귀 옆에 바짝 대고 있었다.

"경로를 계산합니다."

무인 인터페이스의 음성이 들렸다. 대시보드의 짙은 푸른빛이 깜빡였고, 이어서 부정적인 상황을 나타내는 퉁명스러운 경고음이 울렸다.

"그 경로는 약 45분을 돌아가야 합니다. 현재 입력된 경로가 가장 빠른 경로입니다."

"가장 빠른 경로는 걸어가는 거야."

나아데가 자주색과 흰색으로 인쇄된 옷을 맞춰 입은 가족을 보면서 말했다. 반항하듯 자신의 유모차를 밀어내는 어린아이와 가족들의 옷과 맞춰서 아소 에비 드레스를 입은 채 몇 걸음 뒤에서 걷고 있는 옴닉 유모도 있었다. 유모는 불만스러운 듯 희미한 빛을 내뿜는 금속제 머리를 가로저었다.

"내리시겠습니까?"

무인 인터페이스가 조금은 비난하는 듯한 말투로 물었다.

"아니, 우리가 지나쳐온 첫 번째 퍼프퍼프 상인에게 나아데를 뺏기면 곤란하지."

"아저씨! 전 퍼프퍼프를 그렇게 많이 먹지 않아요!"

에피 아빠의 말에 나아데는 인정할 수 없다는 듯 가슴에 손을 얹고 목소리를 높였다.

"그러니?"

아빠가 입을 오므리며 되묻더니 나아데를 향해 턱짓을 하며 말했다.

"거울 좀 보려무나. 퍼프퍼프를 너무 많이 먹었는지 귀에서 튀어나올 것 같은데!"

나아데는 말문이 막혔고 에피는 입을 막은 채 터져 나오는 웃음을 참았다. 지난주 나아데에게 냉장고에 있는 음식에 손대지 말라고 경고했지만, 둥글고 작은 퍼프퍼프들이 높게 쌓인 모습은 너무도 유혹적이었다. 아빠가 집에 돌아왔을 때 좋아하는 간식이 사라진 것을 보고 몹시 화를 내는 바람에 에피는 혹시 그 자리에서 여행 계획이 취소되는 건 아닌지 전전긍긍했었다. 아빠는 금방 용서하는 편이었지만 나아데가 그만 선을 넘고 말았던 것이다.

"내 말이 틀렸니? 아니면 말하는 방법을 잊어버린 거야?"

"아니요, 아저씨."

아빠의 집요한 물음에 나아데는 어쩔 수 없다는 듯 웅얼거렸다.

이 엿새 동안의 여행은 분명 흥미로울 것이다.

"모두가 둠피스트의 건틀렛을 보려고 시내로 모인 것 같구나. 새로운 전시니까."

엄마가 대화의 주제를 돌리고 싶었는지 건틀렛 이야기를 꺼냈지만 어투가 무뚝뚝하고 이상할 정도로 감정이 없었다.

"누가 그런 파괴적인 물건을 보고 싶겠어요?"

에피의 대답과 함께 나아데와 하사나가 번쩍 손을 들었다.

"그 엄청난 힘! 물론 정의를 위해서만 사용하겠어요!"

퍼프퍼프 사건에서 벗어난 나아데가 안도의 미소와 함께 주먹을 꽉 쥐어 보이며 외쳤다.

에피 일행은 도시를 느릿느릿 나아가면서 화합의 날의 묘미를 경험해야 했고, 그러던 중 마침내 아다위 국제선 터미널에 도착했다. 보안 점검 또한 영원히 끝나지 않을 것처럼 오래 걸렸다. 에피는 기내 가방에 미니 작업장이나 다름없는 물건들을 채워 넣었고, 어째서 태블릿 세 대와 주니, 그리고 노트북 두 대를 가져가야 하는지 설명해야 했다. 보안 요원은 계속해서 의심의 눈초리로 에피를 바라보았고, 에피의 부모님에게 똑같은 질문 다섯 가지를 되풀이했으며, 그 장비들이 수상한 무기가 아님을 확인할 수 있도록 모든 장비를 부팅해 확인해줄 것을 요청했다.

어린아이를 붙잡고 추궁하는 사람은 없었기 때문에 에피는 노트북 하나를 공항 Wi-Fi에 연결하여 리우 날씨를 확인하면서 시간을 보냈다. 일주일 내내 화창하고 온화한 날씨가 예보되어 있었다. 에피는 그런 행운을 믿을 수 없었다. 그 순간 노트북 화면이 깜빡거렸고 전체 웹페이지가 옆으로 몇 센티미터가량 옮겨졌다. 그러고는 자줏빛의 고스트 이미지를 남기더니 다시 제자리에 맞춰졌다.

뭐지?

에피는 이용 가능한 무선 연결을 확인했고 목록이 나타났다. 목록들이 하나씩 깜빡이다가 사라지더니 결국 단 하나, 344X-Azúcar만이 남았다. 에피가 하나 남은 목록을 클릭하려던 순간, 단단히 화가 나 있을 때 들을 수 있는 엄마의 목소리가 들려왔고 에피는 본능적으로 몸이 굳었다. 엄마를 화나게 만든 대상이 에피 자신이 아니라는 사실을 깨달았을 땐 이미 344X-Azúcar 연결도 사라져버리고 없었다.

엄마는 에피가 로봇에 빠져 있는 게 썩 마음에 들지 않았지만, 보안 요원이 자신의 딸 에피에 대해서 천재는 무슨 천재, 저렇게 어린아이가 천재일리 있냐는 식으로 말하자 말이 거칠어졌다.

엄마와 보안 요원들이 에피의 천재성 유무를 두고 다투는 동안 에피는 등을 돌린 채 OR15 부대가 눔바니 문화유산 박물관 재킷 차림으로 근엄한 표정을 짓고 있는 몇 명의 사람들을 호위하며 지나가는 모습을 지켜보았다. 그들 뒤로 수송 카트가 공중에서 날고 있었다. 짐을 운반할 때 공항에서 빌릴 수 있는 카트와 비슷했지만 훨씬 더 컸다. 그리고 가방 대신 거대한 원통 하나가 실려 있었다. 그 안에 있는 물건은 불투명한 유리로 감추어져 있었다.

에피는 온몸으로 긴장감을 느꼈다.

둠피스트의 건틀렛이 분명했다. 에피는 저 건틀렛이 20센티미터 두께의 방탄유리 속에서 보호된다는 사실이 매우 다행스러웠다.

무척이나 뜨거웠던 논쟁 끝에 보안 요원들은 에피의 컴퓨터들을 그대로 통과시켜주었다. 엄마는 사람들을 상대할 때 사용하는 사회 활동가의 목소리로, 책임과 의무에 대해서 에피에게 무언가를 말하고 있었다. 하지만 에피는 정신이 팔린 나머지 단어들을 하나씩 걸러 듣기만 할 뿐이었다. 전 세계의 모든 항공편을 추적하는 입출국 현황판의 깜빡이는 조명이 에피의 시선을 붙들었다. 런던, 모스크바, 카이로의 포스터가 에피의 주의를 끌었고 특히 아름다운 벚꽃이 만개한 도쿄 포스터에 관심이 갔다. 다음에는 부모님에게 도쿄 여행을 졸라봐야겠다고 생각했다.

"에피, 듣고 있니?"

엄마가 에피의 눈앞에서 손가락으로 딱 소리를 내며 물었다. 에피는 정신을 차리고서 자신을 내려다보는 엄마의 얼굴을 보았다. 화난 엄마를 상대로 스스로를 방어해보려 했지만, 에피는 어째서인지 자신이 실수했다는 것을 느꼈다.

"왜 그렇게 많이 싸들고 가는 거야? 이 여행의 목적은 너를 그 로봇들에게서 멀리 떼어놓는 것이었는데 말이야!"

"죄송해요, 엄마. 그런데 저는 코드를 작성할 개발 박스가 있어야 해요. 그리고 시뮬레이션을 돌릴 시험 박스가 있어야 하고, 그건 가상 해시 매트릭스에 80억 개 변수를 자동 정렬하는 맥스웰 인터프리터를 실행해야 한다는 뜻이고, 그건 전용 MI 박스가 있어야 한다는 뜻이에요. 그렇지 않으면 모든 것을 제 태블릿에 사전 설치된 3.44버전 VavmpCompiler로 실행하라는 말인데, 그건 말도 안 돼요."

"정말 정말 말도 안 되죠. 초가속 티들리윙크스를 가져오려면 이중수소화 그 어쩌고저쩌고하는 게 있어야 하고 마이크로뭐뭐는 나노뭐뭐가 없으면 안 되거든요."

나아데가 분위기를 누그러뜨리기 위해 주절주절 떠들어댔다. 잠시 하던 말을 멈추고 한쪽 눈썹을 씰룩이며 무언가 다른 말을 더 하려는 듯 입을 열었으나 에피와 에피 엄마의 싸늘한 시선을 느끼고는 입을 다물었다.

"엄마, 저한테 로봇에 대해 생각하지 말라고 하시는 건, 숨 쉬는 걸 멈추라고 하시는 것과 같아요. 여행 중 아름다운 석양을 마주친 화가에게 그림을 그리지 말라고 하시겠어요? 여행 중인 고고학자에게 유적지를 방문하지 말라고 하실 거예요? 로봇을 만드는 건 그저 일이 아니라 바로 저…."

쾅!

에피는 뒤쪽에서 발생한 폭발의 충격에 무릎을 꿇으며 넘어졌다. 족히 열 개나 되는 여러 경보들이 동시에 울렸고, 순간적으로 공항 내부 가득 콘크리트 분진이 차올랐다. 바닥이 뒤흔들리며 온 세상이 갈라지는 것 같았다.

5장

혼란스러운 정신을 진정시키는 데 조금 시간이 걸렸다. 누군가가 에피를 향해 다가오고 있었다. 아빠였다. 얼굴에 온통 흰색 분진을 뒤집어쓴 아빠를 제대로 알아볼 수 없었다.

"에피, 다치지 않았니?

아빠가 안도의 한숨을 내쉬며 물었다.

"괜찮아요."

에피는 그렇게 대답했지만 아빠는 비교적 안전한 벽면이 있는 공간으로 에피를 데려가고 있었다. 그때 나아데와 하사나를 팔에 안은 엄마가 아빠를 앞질러 달려갔다. 또 다른 폭발이 일어나면서 중앙 통로가 흔들렸다. 사람들은 폭발을 피해 정신없이 도망치고 있었다. 어떤 사람들은 휴대폰을 꺼내들고 뒤에서 벌어지는 파괴의 현장을 포착하려 했다. 에피는 심장이 내려앉는 것 같았다. 습격을 중단하고 투항하라고 명령하는 OR15의 단조로운 목소리가 중앙 통로를 채웠다.

사람들은 비명을 지르고 있었다. 그리고 울고 있었다.

에피의 엄마는 팔뚝이 깊이 베이는 상처가 나고 말았다. 그러나 그 상처보다 더 끔찍했던 것은 엄마의 멍한 눈과 마주하는 것이었다. 엄마는 마치 어딘가 멀리 가 있는 사람 같았다. 아주 멀리. 엄마는 앞뒤로 비틀거리면서도 나아데와 하사나를 꽉 붙들었고 아이들은 에피의 엄마 뒤쪽에서 벌어지는 광경을 조금이라도 보려는 듯 버둥거렸다. 에피는 엄마의 마음이 그곳으로, 기억의 언저리에서 아른거리는 오랜 악몽인 옴닉 사태가 일어났던 과거의 시간으로 가 있는 게 아닌지 걱정스러웠다. 그 순간 에피는 그 사건이 엄마에게서 무엇을 앗아갔는지, 그리고 전 세계 수천만 명의 사람들에게서 무엇을 앗아갔는지 깨달았다.

부서진 뼈는 치료되었고, 베인 상처에는 딱지가 앉았다. 그러나 옴닉 사태로 생긴 최악의 상처는 마음속에 자리 잡은 상처였다. 마음이 먼 과거를 향해 떠돌 때면 금방이라도 벌어지는 상처들이었다. 에피는 엄마의 아픔을 느꼈다. 억누르고 있었던 모든 것이 홍수처럼 쏟아져 나왔다.

"무슨 일이에요? 도대체 왜 이런 일이 벌어지는 거예요?"

에피는 소리쳤다. 입에서 콘크리트와 연기 맛이 느껴졌다.

"이야워 미, 나 좀 봐요."

에피의 아빠가 엄마에게 속삭였다. 아빠는 얼이 빠져 있는 엄마를 조심스럽게 다독이다가 문득 어딘가를 응시했다. 에피는 아빠의 시선을 따라 터미널 건너편을 바라보았다. 터미널 한복판, 십 대 소년이 떨어져 내린 콘크리트 덩어리에 깔린 채 꼼짝하지 못하고 있었다.

에피는 소년의 얼굴에 서린 두려움을 느끼고 움찔했다. 에피도 같은 두려움을 느꼈지만 굴복할 수는 없었다. 에피는 항상 영웅이 되기를 원했다.

지금이 기회다.

"구해야 해."

"우리는 누가 구해주고?"

에피의 말이 끝나기 무섭게 나아데가 따지듯 물었다.

에피가 주니를 꺼내 들자 엄마는 주니를 거칠게 가방 안으로 밀어 넣었다.

"안 돼. OR15들이 처리하게 놔둬. 그들이 해야 할 일이야. 우리가 할 일은 길을 찾아 이곳에서 빨리, 그리고 조용히 빠져나가는 거야."

엄마의 목소리는 단호했다.

"그렇지만 엄마… 난 도움을 줄 수 있어요."

에피가 귓속말로 답했다.

"안 돼, 에피."

에피는 엄마의 흔들리는 목소리가 핏속까지 전해지는 것 같았다.

부모님이 먼지가 가라앉기를 기다리며 주위를 살피는 동안 에피는 벽을 향해 돌아서서 주니를 내려놓고 태블릿을 연 다음, 탐색 소프트웨어를 사용해 주니를 이동시켰다. 주니가 이동하는 길은 사람이 이동하기엔 위험했지만 로봇에게는 그렇지 않았다. 에피가 비디오와 오디오 입력을 끌어오자 화면이 나타났다.

중앙 통로에는 콘크리트 덩어리와 여기저기 널브러진 짐들로 가득했다. 주니의 낮은 시점에서 보이는 돌무더기는 마치 산처럼 거대해 보였다. 수송 카트를 보호하는 OR15 중 하나가 누군가에게 다가갔다. 사람이었다. 에피는 먼지 속에서 형태를 짐작했다. 매우 거대했고, 매우 강해 보였다. 끊어진 전선들 사이에서 연속적으로 전기 불꽃이 튀며 잠시 환해졌고 에피는 그의 얼굴을 제대로 볼 수 있었다. 에피는 가쁘게 숨을 들이마셨다.

아니야, 말도 안 돼.

둠피스트.

에피의 어깨 너머로 화면을 바라보던 하사나와 나아데가 동시에 숨을 삼켰다. 에피는 화면을 확대했다. 에피는 사람의 근육이 저렇게까지 거대할 수는 없다고 확신했다. 아마도 카메라 렌즈 때문에 왜곡되어 보이는 것이라고 생각했다.

"감옥에 갇혀 있잖아."

"이젠 아니야."

하사나의 말에 에피가 낮게 중얼거렸다.

에피의 시선이 주먹과 척추에 이식된 황금색 판금 인공신체 장치로 향했다. 그것은 귀를 덮은 통신장치에 연결되어 있었다. 심판 직후 둠피스트는 대부분의 이식 장치를 제거했다. 그건 에피도 잘 알고 있었다. 전 세계가 지켜보는 가운데 법원에서 지명한 인공신체학 전문의가 둠피스트의 피부 밑에 내장된 기계 장치를 제거하고 재빨리 죄수의 몸을 봉합한 후, 영원히 감금될 장소로 이송했었다.

그런데 지금, 갇혀 있던 둠피스트가 세상 밖으로 다시 나왔다. 이식 장치까지 장착되어 있었고 심지어 업그레이드된 기기였다. 지역 액시움에서 구할 수 있는 기기가 아니었다. 그는 누군가로부터 도움을 받은 것이다. 가장 가능성이 높은 것은 탈론이었다. 그들은 분쟁을 통해서 인류를 강화하려는 목적을 가지고 다수의 용병으로 활동하는 테러리스트 집단이었다. 이곳에도 탈론 무리가 있었던 걸까?

둠피스트는 왼손을 들어 올렸고 인공신체 이식물에서 노란빛의 눈부신 폭발과 함께 포탄이 발사되어 OR15 측면에 있는 공간 센서를 타격했다.

OR15는 센서의 급작스러운 변화를 보정하기 위해 원을 그리며 비틀거렸다. 간신히 자세를 잡은 OR15가 둠피스트를 향해 융합 기관포를 조준했으나 이미 너무 쉬운 먹잇감이 되어 있었다. OR15가 첫 발을 쏘기도 전에 둠피스트는 더 많은 포탄을 발사하며 공격을 퍼부었다. 결국 OR15의 티타늄 장갑은 산산조각이 났고 취약한 회로망이 노출되고 말았다.

둠피스트가 웃음을 터뜨렸다. 그의 깊고 육중한 웃음소리가 가슴속까지 파고드는 것 같았다.

"날 죽이지 못한 것은 날 더욱 강하게 만들지."

둠피스트는 요르바어로 낮게 읊조리더니 OR15 2기가 돌격해오는 것을 보고 앞으로 몸을 날려 집중 포화 속으로 뛰어들었다. 둠피스트가 공기를 가르는 가운데 녹슨 쇠처럼 붉은색의 낡은 천 허리띠가 바람에 펄럭였다. 그는 무력화된 로봇 앞에 착지하자마자 노출된 액세스 패널에 곧바로 주먹을 날렸고, 회로판이 부서지는 소리가 들렸다. OR15의 얼굴에서 분노에 찬 적색등이 노란색으로, 그리고 녹색으로 깜빡이더니 이윽고 완전히 꺼져버렸다.

겁에 질린 채 탈출할 곳을 찾는 여행객들 사이로 더 많은 지원군이 비집고 들어왔다. 도망치던 여자 한 명은 로봇의 팔에 걸려 넘어지고 말았다. 로봇은 상관하지 않았다. 굳이 고개를 돌려 자기가 어떤 피해를 끼쳤는지 확인하지도 않았다. 탈론 요원들이 마치 모래밭에서 기어 나온 게들처럼 어둠 속에서 나타나더니 형체를 갖추었다. 탈론 요원들이 OR15들을 상대하는 동안 둠피스트는 수송 카트 위로 뛰어올라 유리 용기를 깨뜨렸다. 로봇들은 녹색으로 빛나는 단단한 구체 형태의 융합 기관포를 발사했고 탈론 요원 두 명을 쓰러뜨렸다. 로봇들은 방향을 바꿔 동일한 코드 명령을 따르듯 일사분란하게 움직이며 탈론 요원 두 명을 더 쓰러뜨렸다. 상황이 OR15들에게 유리해지려던 순간, 둠피스트가 건틀렛을 단단히 장착한 오른팔을 들어 올렸다.

둠피스트가 손가락을 구부리자 손가락 마디에서 금속 스파이크가 튀어나왔다. 둠피스트는 건틀렛이 자신의 손에 잘 맞는 것이 만족스러운 듯 고개를 끄덕였다. 그러고는 OR15 중 하나를 유심히 바라보았다. 둠피스트는 그 OR15를 조준한 뒤 건틀렛을 뒤로 당겼다. 전기가 집중되고 단단히 쥔 거대한 주먹에서 푸른빛의 번개가 번쩍이더니 로봇을 향해 엄청난 속도로 날아갔다. 눈 깜짝할 사이에 지나쳐버릴 정도로 빨랐다. 충격탄이 몇 미터 거리의 공기를 가르며 로봇을 타격하고 뒤쪽 벽으로 날려 보냈다. OR15 주위로 콘크리트가 부서져 내렸고 로봇, 아니 로봇의 주요 조각들이 구멍 한가운데 처박혀 있었다. 나머지 파편들은 싸구려 접착제로 간신히 붙여놓던 것처럼 충격과 함께 떨어져 나갔다.

충격으로 인해 천장은 부서졌고 에피는 이제 둠피스트가 상당히 가까이 있다는 것을 깨달았다. 위험할 정도로 가까웠다. 에피는 태블릿에서 시선을 떼고 위쪽을 바라보았다. 기다란 철근 끝에 거대한 콘크리트 덩어리가 매달려 있었다. 그 아래에서 꼼짝없이 깔려 있던 소년이 또다시 쏟아지는 분진을 맞으며 소리를 지르고 있었다.

"쳐다보지 마."

엄마는 학살의 현장에서 딸의 주의를 돌리며 경고했다. 에피는 공포에 사로잡혔지만 외면할 수는 없었다. 둠피스트는 예전에도 위험했지만 지금은 무적이나 다름없었다. 둠피스트의 전투 스타일은 빠르고 정확하고 강했으며 덕분에 그의 우아한 몸동작은 금세 잊힐 정도였다. 무엇보다도 둠피스트의 집중력은 초인적인 수준이었다.

소년에게 남은 시간이 얼마 없었다. 에피는 성공 가능한 계획들을 떠올렸다. 실패해서는 안 된다. 실패했다가는 만회할 수 있을지 장담할 수 없었다.

"가까이 가야겠어. 시선을 잠시 돌려서 구출할 수 있도록 시간을 벌어야 해."

에피는 로봇을 멀리 보낸 뒤 반대쪽 방향에서 접근하도록 조작했다. 그런 다음 둠피스트가 도저히 무시할 수 없는 인물인 눔바니의 재앙, 두 번째 둠피스트의 아바타를 불러냈다. 이 둠피스트가 건틀렛과 칭호를 차지하기 위해 제거한 바로 그 사람이었다. 뿌연 먼지 사이로 홀로그램이 모습을 드러냈고 자신을 쓰러뜨렸던 계승자와 대면했다.

에피는 주변 세상이 멈춘 것처럼 느껴졌다. 사격이 중단되었고 잠시 동안 둠피스트는 마치 유령이라도 본 듯한 표정이었다. 에피는 미친 듯이 뛰는 자신의 심장 박동 소리를 들으며 아빠와 하사나가 함께 터미널을 통과하는 모습을 지켜보았다. 둠피스트는 홀로그램을 향해 건틀렛을 차지 않은 손을 내밀었다. 그동안 아빠와 하사나가 조용히 시멘트 덩어리를 들어 올려 소년의 발을 빼준 다음 안전한 벽면 쪽으로 재빨리 돌려보냈다.

그러나 미끼는 거기까지였다. 미끼는 미끼일 뿐이었다. 둠피스트는 투사체를 쏘아 보낸 곳을 확인하고는 주니를 향해 포탄 한 발을 발사했다. 에피는 경련하듯 몸을 움찔했다. 태블릿의 화면이 밝은 푸른색으로 깜빡이다가 피드가 검은색으로 바뀌었다. 주니 없이는 깨끗한 시야를 확보할 수 없었다. 그때 둠피스트가 공중으로 높이 뛰어올랐다. 너무 높이 솟아오른 나머지 마음만 먹는다면 천장에도 닿을 것 같았다. 둠피스트는 신속한 속도와 고양이처럼 유연한 반사 동작으로 표적을 향해 내려왔다. 이번에는 주먹으로 바닥을 내리쳤다.

엄청난 충격이 전해졌다. 터미널 전체가 흔들렸고 에피는 혀를 깨물고 말았다. 입에서 피 맛이 났다. 다른 OR15들은 그렇게 쉽게 물러서지 않았으나 충격으로 갈가리 찢기며 단단한 금속이 조각나 부서졌다. 매달려 있던 부서진 천장 한쪽이 불과 1분 전까지 소년이 쓰러져 있던 지점으로 떨어지며 산산조각 났다.

에피는 자신이 할 수 있는 일은 다했다고 스스로 위안했다. 그와 동시에 콘크리트 분진을 들이마시지 않으려고 셔츠로 입을 가린 채 호흡하면서 누군가를… 꽉 붙들고 있었다. 그 모든 용기와 모든 두려움과 모든 혼란 속에서, 에피는 자신이 붙잡고 있는 사람이 엄마인지 아빠인지 아니면 전혀 모르는 사람인지 구분조차 할 수 없었다. 상관없었다. 그 누군가도 에피를 꽉 붙잡고 있었고 에피 또한 그를 절대로 놓고 싶지 않았다.

마침내 먼지가 걷히고 폭발음이 잦아들기 시작했다. 사람들은 전투가 다시 시작될지 아니면 이대로 끝날지 두려움에 떨며 기약 없이 기다렸다. 그러나 모든 것이 고요하기만 했다. 아빠는 직접 나가 상황을 살펴보려고 했지만 에피는 아빠 혼자 보내고 싶지 않았다. 그 누구도 시야 밖으로 벗어나는 것을 원치 않았고 결국 모두 함께, 천천히 움직이기로 했다.

한 발 한 발 이동하던 그들의 눈에 파괴의 현장이 보이기 시작했다. 에피는 이를 악물었다. 너무 세게 물어 턱이 아플 지경이었다. 15기의 OR15는 고철 덩이가 되어 바닥에 나뒹굴었다. 망가진 새시에서 불꽃이 튀었고, 몇몇은 머리나 팔다리가 잘려 있었다. 피바다… 아니 유압유의 바다였다. 사방에서 유압유가 흘러나왔고 기름이 고인 웅덩이는 황금색 꿀처럼 번들거렸다.

터미널 방향으로 거대한 구멍이 뚫려 있었다. 그 사이로 더 많은 OR15의 흔적이 보였다. 눔바니에서 벌어진 이 상황은 어떤 의미일까? 시민을 위해 마련된 최첨단 보안 체계가 단 한 사람에 의해 초토화되고 말았다. 둠피스트는 건틀렛을 차지했다. 그 건틀렛은 위태로운 고층 건물보다 위험했다. 그 위험은 감히 가늠조차 할 수 없었다.

여전히 충격에서 벗어나지 못했지만 세 가지 생각이 에피의 뇌리를 스쳤다.

리우 여행은 없을 것이다.

화합의 날 기념식은 없을 것이다.

그리고 둠피스트를 막을 때까지 눔바니에 평화는 없을 것이다.

에피는 커피 잔의 온기로 몸과 마음을 녹이며 잔 한쪽에 새겨진 눔바니 민방위대의 상징물을 응시하고 있었다. 에피는 커피를 홀짝이며 자신의 불안감을 카페인 탓으로 돌리고 싶었다. 커피보다 우유가 더 많이 들어 있는 커피였지만, 에피는 이 커피 한 잔을 마시기 위해 부모님을 설득해야 했다. 둠피스트에게 죽을 뻔한 소년을 구해낼 정도로 성장했으니 커피를 마실 만큼 자란 셈이라고 설득했던 것이다.

에피의 부모님은 커피를 마시기엔 너무 늦은 시간이고 밤에 잠들지 못할 거라며 걱정했다. 에피는 그런 엄청난 일을 겪은 오늘 같은 날 잠들고 싶지 않았다. 에피는 무엇이 되었든 자신이 할 수 있는 일을 하고 싶었다.

부모님이 에피의 뒤에 서 있었다. 두 분은 부모님이자 보호자였다. 에피는 엄마와 아빠가 특전사처럼 느껴졌다. 이 경찰들이 아무리 사소한 것이라도 위법한 행위를 한다면 분노의 철퇴를 내릴 것 같았다.

"그래, 에피."

경찰 한 명이 입을 열었다. 그녀의 태도는 세련되고 친절했으며 머리는 지그재그로 땋아 깔끔한 공 모양으로 묶여 있었다. 에피를 화분에 심어둔 선인장 취급하며 말을 걸지 않던 다른 경찰들과 달리 그 여자 경찰은 차분한 태도로 에피와 대화를 시작했다.

"너한테 영상이 있다는 걸 알아. 습격 당시의 영상을 우리에게 보여줬으면 좋겠어."

"네, 있어요. 보여드릴게요."

에피가 고개를 끄덕이며 태블릿의 영상 파일 아이콘 위로 떨리는 손가락을 가져갔다. 에피는 파일 받을 준비가 되었는지 묻는 듯한 눈빛으로 경찰을 바라보았다. 그러고는 경찰의 태블릿 방향으로 손가락을 밀었다. 공중에 뜬 아이콘이 사라지더니 곧이어 경찰의 태블릿 화면에 나타났다.

"영상을 봤니?" 경찰이 물었다.

"현장을 봤어요. 그렇지만 영상을 다시 보지는 않았어요. 다친 사람은 없나요?"

에피가 속삭이듯 물었다.

"작은 부상뿐이란다. 다행스럽게 말이야. 하지만 불행하게도 공항 보안 카메라가 습격 몇 분 전에 고장이 나고 말았어. 우리는 휴대폰 영상들을 바탕으로 무슨 일이 있었는지 상황을 확인하고 있는데 아직까지는 각도가 어긋나거나 동작이 희미하게 찍힌 영상들만 확보한 상태란다."

"이 영상은 그렇지 않아요. 이건 멀쩡해요. 360도 시야가 나와요. 무언가 확인해볼 게 있다면 이 영상에서 찾을 수 있을 거예요."

"정말 다행이구나."

경찰은 대답과 함께 영상 파일 아이콘을 눌렀다.

에피는 재생되는 화면을 볼 수 없었지만 소리만으로도 긴장감이 돌았다. 엄마의 손이 부드럽게 에피의 어깨를 감쌌다. 그러나 에피는 진정하지 못했다. 분노가 차올랐고 억누르고 있었던 온갖 감정들이 눈물로 터져 나올 것만 같았다. 에피는 가까스로 무수한 감정들을 추슬렀지만, 그중 어떤 감정 하나가 눈물이 되어 에피의 뺨을 타고 흘러내렸다.

영상은 비명으로 가득했다.

"이런." 경찰이 민망한 듯 중얼거렸다.

"다 내 잘못이에요. 바다로 놀러가야 했어요. 지원금을 신청하지 말았어야 했어요. 난…."

"아니야, 에피. 이건 네 잘못이 아니란다."

엄마는 다정한 목소리로 에피를 위로했다.

"정확히 우리가 찾고 있던 영상이구나. 그런데 OR15들이 전투에서 이렇게까지 무력할 줄은 몰랐어. 미안하지만 에피, 우리는 얼마간 이 일을 알리지 않을 생각이야. 둠피스트를 상대하는 데 있어서 OR15가 얼마나 쓸모없는지 사람들이 알게 된다면, 지금껏 유지되고 있던 안전과 질서가 모두 무너지고 말 거야."

에피는 고개를 끄덕였다. 그 영상을 두 번 다시 보고 싶지 않았고 다른 누구라도 그 영상 때문에 고통받는 걸 바라지 않았다.

"습격이 발생하기 전에 어떤 낌새가 있었니?"

경찰의 물음에 에피는 고개를 젓다가 불현듯 노트북을 부팅하고 공항 보안망에 연결하려던 순간을 떠올렸다.

"잠깐이었지만 '344X-Azúcar'라는 수상한 무선 신호가 보였어요. 카메라 시스템을 해킹하는 데 사용한 멀웨어일 수도 있어요. 그것 말고는… 더 기억나는 게 없어요. 죄송해요, 정말로요."

"이미 충분히 잘해주었단다, 에피. 네 친구들의 진술도 취합했는데 모두들 네가 얼마나 용감했는지 말해주었어. 너는 영웅이란다."

영웅이라고? 에피는 둠피스트를 잡으려던 민방위 수호대에게 도움을 주었다. 그 부분에 대해서는 동의했다. 그러나 '충분히'라는 말에는 동의하지 않았다. 전혀 충분하지 않았으니까.

"이제 어떻게 되나요? 누가 우리를 보호해주죠?"

면담을 마친 에피의 물음에 여자 경찰은 한숨을 내쉬며 말했다.

"그게 진짜 문제란다. 에피."

그것이 진짜 문제였다. 에피는 답을 듣지 않을 수 없었다. OR15가 둠피스트를 상대로 무용지물이라는 사실이 드러났지만, 어떤 대답이든 들어야 했다. 갑자기 에피의 머릿속에서 몹시 이상적이고 매우 야심차며 아주 많은 돈이 드는 생각들이 떠오르기 시작했다.

음, 어쩌면 아주 많은 돈이 필요하지 않을지도 몰라.

에피는 지원금의 첫 지급액, 5백만 나이라를 받았고 그 돈은 지금 눔바니 신용협동조합 계좌에 들어와 있었다. 그리고 에피의 오버워치 동전 은행에는 생일과 기념일, 그리고 100점 성적표로 모은 최소 20만 나이라가 라인하르트의 위압적인 로켓 해머의 보호를 받고 있었다. 게다가 조만간 주니들을 배송하고 나면 30만 나이라가 더 들어올 예정이었다. 에피는 주니를 고객들에게 부담 없는 가격으로 제공하길 원했던 터라 수익이 낮았다. 어쨌거나 지금은 한 푼이 중요했다.

"OR15 하나를 가지고 싶어요. 둠피스트가 파괴한 로봇들 중 하나요."

에피가 어렵사리 말을 꺼냈다. 정말로 해볼 생각이야?

"미안하지만 그건 우리가 도와줄 수 있는 문제가 아니구나. 업무적으로… 감사관이 처리할 거야. OR15는 상당히 비싸단다."

경찰이 친절하게 미소를 지으며 말했다.

"돈은 있어요."

"뭐라고?"

에피의 짤막한 대답에 부모님이 한목소리로 되물었다.

에피는 부모님의 물음에 답하지 않고 경찰을 보며 말했다.

"값을 지불하겠어요. 5백5십만 나이라요."

"에피야, 그 지원금은…."

"돈이 문제가 아니야."

멀리 구석진 곳에서 가슴팍에 팔짱을 끼고 있던 다른 경찰이 끼어들었다.

"그건 위험해. 꼬마들이 가지고 놀 만한 물건이 아니다."

에피는 그 경찰을 올려다보았다. 에피의 인생에서 누군가에게 '꼬마'라는 소리를 듣지 않고 무시당하지 않으려면 앞으로도 한참 더 기다려야 했다.

"그 지원금은 아다위 재단에서 로봇을 만들라고 제게 준 거예요. 전 그 지침에 따라 고급 기술을 연구할 생각이고요. 어리다는 건 알지만 전 경험이 있고, 아이디어가 있어요. 그리고 돈이 있죠. 저에게 저 로봇 중 하나만 주시면 돼요. 그럼 업그레이드된 개량형 OR15를 만들 수 있어요. 둠피스트보다 훨씬 더 똑똑한 로봇으로요."

지그재그로 머리를 땋은 여자 경찰이 테이블 너머로 에피의 손을 꼭 쥐고서 말했다.

"우리에게 보여준 것들만 봐도 분명 넌 언젠가 세상을 바꿀 것 같구나. 하지만 OR15를 네게 팔 수는 없어. 어떻게든 널 돕고 싶지만 이 문제는 나도 손쓸 수 없는 상황이니 이해해주렴."

경찰이 에피의 손을 놓았을 때, 자신의 손바닥에 작은 종이쪽지가 쥐어진 것을 알아챘다. 에피는 다른 경찰들이나 자신을 향한 수많은 카메라에 들키지 않도록 쪽지를 꽉 쥐었다. 에피는 고개를 끄덕여 보이고는 친구들에게 돌아가자마자 쪽지를 펼쳤다. 급하게 적은 주소였다.

4127 아틀라세 파크웨이

"이제 가도 되는 거야? 머리 아파."

하사나가 지친 듯 중얼거렸다. 에피의 눈에 비친 하사나가 문득 아주 어리게 보였다. 지친 표정의 하사나는 자신의 체구보다 훨씬 큰 민방위대 운동복을 걸치고 있었다.

"안 아픈 데가 없어. 넌 괜찮니, 에피?"

나아데도 하사나의 말에 동의하며 물었다.

에피 역시 온몸이 아프고 지쳤지만 돌아갈 준비가 되어 있지 않았다. 에피가 '4127 아틀라세 파크웨이'를 태블릿에 재빨리 입력하자 예술 지구 중심가에 있는 상자 모양의 회색 건물이 홀로그램 형상으로 그들 앞에 나타났다. 더 자세한 정보는 없었다. 상호도 등록되어 있지 않았고, 운영 시간도 나와 있지 않았다. 에피는 하사나에게 화면을 보여주며 물었다.

"혹시 이 건물 본 적 있어?"

"어? 알지. 내가 다니는 미술학원에서 길 아래로 조금 내려가면 있어. 아마 경매장일 거야. 당국의 물품이나 오래된 가구, 구식 기술용품, 고철 같은 물건들을 팔아. 옴닉 행위예술가, 사샤 라임스 알지? 저 경매장에서 재료를 잔뜩 구한다고 하던데."

"아하, 그리고 보니 휴게실에서 경찰관 두어 명이 얘기하는 걸 들었는데…."

나아데가 에피와 하사나의 대화에 끼어들며 말했다.

"휴게실에서 뭘 하고 있었던 거야?"

"휴식이지, 당연히."

하사나의 질문에 나아데가 지지 않고 눈썹을 씰룩이며 받아쳤다.

"분명히 경찰관 전용 휴게실일 텐데."

하사나의 말이 끝나자마자 나아데는 자신의 가슴팍 한구석을 가리켰다. 어린이에게 나누어주는 주니어 경찰관 스티커 배지가 달려 있었다.

"어쨌거나 경찰관 아저씨들이 말하길 OR15 성능이 그렇게 형편없으니 OR15 프로그램을 폐기한다 해도 할 말이 없을 거라고 하더라."

습격 후 처음으로 에피의 가슴속에서 응어리가 풀리는 듯했다. 그 여자 경찰이 건네준 종이쪽지를 내려다보자 제대로 숨을 쉴 수 있을 것 같았다. 그 로봇들을 모두 폐기하고 부품을 판매할 계획이라면 에피는 당장 그 경매장에 찾아가 맨 앞줄에 앉아야겠다고 생각했다.

HollaGram

BotBuilder11님이 사람들을 돕는 로봇을 제작하고 있습니다.

팬 **561** 명

홀로비드 스크립트
TranscriptMinderXL 버전 5.325로 자동 생성됨

계획 변경

루시우를 보러가기 위해 리우 여행을 기다리면서 수많은 게시물을 올렸는데요, 어떤 큰 소란 때문에 눔바니 공항이 폐쇄된 것 같아요.

하지만 전 많은 생각을 했어요. 그리고 지원금으로 무엇을 하고 싶은지 아이디어를 얻었고요. 그건 대단한 일이에요. 너무 대단한 일이라 여기저기 말해도 될지 잘 모르겠어요. 그렇지만 여러분들이 추측할 수 있도록 힌트를 드릴게요.

이제 일하러 가야겠어요!

의견(16)

BigBadSuperFan 아, 실망이에요. 루시우는 왜 눔바니에 자주 오지 않는 거죠? 우리가 가장 큰 팬이라는 걸 모르는 걸까요?

NaadeForPrez (관리자에 의해 의견 삭제됨)

BotBuilder11(관리자) 미안, 나아데! 우린 그 얘기는 하면 안 돼. 기억하지?

NaadeForPrez 실수. 당분간은 '큰 소란'이 일어나지 않았으면 좋겠어.

BackwardsSalamander 그럼 경화광 업그레이드는 '없던 일'이 된 건가요? 페넬로페가 무척 화를 낼 거예요. 기분이 나쁠 때는 절 겁주는 것 같아요. 간혹 잠든 저를 보고 있던데. 이건 정상인가요? 아니면 일종의 오류인가요?

더 읽기…

6장

경매장 내부는 곰팡이 핀 카펫 냄새가 났고, 마치 시간 속에서 오랫동안 잊힌 듯한 절망의 흔적이 느껴졌다. 나아데가 말한 대로 당국은 OR15 모델들을 조용히 대량 처분하고 대체품을 위한 자금을 마련하고자 했다. 그렇게 바닥에서 시작하는 건 근시안적인 사고가 아닐까, 에피는 이해할 수 없었다. 물론 에피도 차세대 보안 로봇이 둠피스트를 상대로 더 강력해지리라 생각했지만 모든 요구사항과 설계, 번거로운 절차를 거치려면 족히 1년은 걸릴 것이고 눔바니는 오랫동안 취약한 상태로 위태로울 게 분명했다.

"난 너를 포기하지 않았어."

에피가 다시 만들기로 계획한 OR15의 스케치를 내려다보며 중얼거렸다. 에피의 그림 실력은 썩 뛰어나진 않았지만 형태 설계도는 곧잘 그리곤 했다. 에피가 스타일러스로 동작 버튼을 두드리자 OR15는 화면을 가로질러 뛰어가더니 선으로 그려진 둠피스트를 향해 융합포를 조준하고 발사했다. 그러자 둠피스트는 선으로 그린 조각 더미 위로 고꾸라졌고 OR15는 단순한 동작으로 춤을 추며 자축했다. 에피의 얼굴에 옅은 미소가 지어졌다. 에피는 공항 습격 이후 몇 주 동안 여러 가지의 인격 모형을 실험하고 있었다. 이 인격 중에는 에피가 직접 손본 공감 모듈 애드온이 포함되어 있었다.

"다음은… 폐기된 OR15입니다."

경매인의 목소리가 입석용 스피커를 통해 장내 구석구석 울려 퍼졌다.

에피는 고개를 들고 OR15가 무대로 걸어 나오는 것을 지켜보았다. 에피는 조각난 부품들을 수집할 계획이었지만 완전하게 기능하는 로봇으로 시작할 수 있다면 몇 주의 일정을 절약할 수 있으리라 생각했다. 마침내 일이 풀리기 시작했다. 차갑고 위협적인 OR15를 가까이서 보자 훨씬 더 거대했다. OR15는 위협적으로 보였지만 둠피스트에게 단번에 부서진 것을 생각해보면 외관과 달리 사실 그렇게 강하지는 않았다. 에피의 손을 거쳐 개조가 끝나면 OR15는 더 친근해 보일 뿐 아니라 언제라도 눔바니를 수호할 준비가 된 진정한 눔바니 시민이 되어 있을 것이다. 에피는 입찰봉을 만지작거리다가 실수로 버튼을 누르고 말았다. 에피의 머리 주위로 몇 초 동안 희미한 홀로그램 광륜이 나타났다가 사라졌다.

"조심하거라, 에피. 서두르지 말자. 규칙을 기억하고…."

"경매장 내에서는 무기 테스트 금지예요."

아빠의 말이 채 끝나기도 전에 에피가 우물거리며 말했다.

아빠의 눈썹이 아래로 내려가며 못마땅한 기색을 감추지 못했다.

"정말이야, 에피. 우리는 널 믿지만 이건 엄청난 책임이 따르는 일이란다."

"알아요."

에피가 고개를 끄덕이며 말했다. 에피는 입찰봉을 다른 손에 쥔 다음 손가락으로 하나씩 규칙을 되새겼다.

"하나, 학업 우선. 자유 시간에만 로봇 작업을 할 수 있어요. 둘, 로봇은 눔바니의 모든 법규와 기준을 준수해야 해요. 셋, 로봇은 언제나 제가 제어할 수 있어야 해요. 넷, 저는 로봇이 일으키는 피해까지 포함해서 로봇의 모든 행위에 책임이 있어요. 다섯, 누군가에게 해를 입힌다면 로봇은 비활성화될 거예요."

에피가 말을 마칠 때쯤 경매인은 로봇의 사양을 거의 다 읽어가고 있었다.

"…이들 모델은 10기 단위로 경매가 됩니다. 4백만 나이라에서 경매를 시작합니다."

10기 단위라고? 에피가 필요한 로봇은 단 1기뿐이었다. 에피의 머릿속이 복잡해지는 가운데 입찰이 시작되었다.

"5.5 나왔습니다." 경매인이 말했다.

에피는 입찰봉 버튼을 눌렀다. 선택의 여지가 없었다. 그것은 에피의 전 재산이었다. 경매인은 가느다란 눈으로 에피의 눈을 바라보았다.

"앞쪽에 앉아 계신 어린이 발명가께서 5.5를 부르셨습니다."

경매인은 고개를 반쯤 젖히고서 말했다. 그것은 옴닉들이 즐거움을 표현할 때 나오는 행동이었다.

"5.6 나왔습니다."

에피는 눈을 깜빡였다. 저 옴닉 경매인이 에피를 알아본 건가? 에피는 미소를 지어 보이려 했지만 입찰가는 곧바로 에피가 제시한 가격을 넘어섰고 6백만, 8백만, 1천 2백만 나이라로 치솟았다. 1천 5백만, 2천만. 로봇 10기의 가격이라고 하기에는 도둑질이나 다름없었지만, 에피가 가진 돈으로는 어림도 없는 가격이었다. 에피는 그제야 자신이 상어 떼로 가득한 물속 피라미와 다를 바 없다는 것을 깨달았다. 계약자, 투자자, 아프리카 전역과 그

외의 여러 나라 당국의 대표자들이 있었고 그들도 에피만큼이나 간절히 이 로봇들을 원하고 있었다.

이어지는 세 차례의 OR15 세트 경매 역시 유사한 방식으로 진행되었고 에피는 작은 희망을 버리지 않은 채 매번 입찰봉을 눌렀다. 결국 경매는 끝이 났고, 사람들은 경매장에서 빠져나가고 있었다. 에피는 맨 앞줄에 그대로 앉아 부질없이 입찰봉을 만지작거리고 있었다. 이럴 수는 없었다. 에피는 버튼을 눌렀다. 한 번, 두 번. 반짝이는 입찰 표시가 에피의 머리 위로 동그랗게 떠올랐다가 사라졌다.

"에피, 이제 가자꾸나."

아빠가 에피의 등을 떠밀 듯 어루만지며 말했다.

"싫어요. 로봇을 받지 못했단 말이에요."

"입찰 경쟁이 심할 거라고 예상했잖니? 우리가 얘기했던 것들 기억하지?"

아빠의 말에 에피는 고개를 끄덕였다. 에피는 그 대화를 기억하고 있었지만 이렇게 허무하게 끝나리라고는 생각하지 못했다.

"오호, 다들 가신 줄 알았는데요."

어느 틈엔가 경매인이 무대로 걸어 나오며 말했다.

"이제 갈 참입니다."

에피의 아빠가 옅은 미소를 지으며 말했다.

"괜찮아요. 급할 것 없습니다."

경매인이 에피에게 악수를 청하자 에피는 손을 잡으며 악수에 응했다. 금속으로 된 경매인의 손은 따뜻했고 윙윙거리는 기계음이 무척이나 작았다.

"에피 올라델레 양이지요? 영재 지원상 수상자. 뉴스에서 봤습니다."

그 순간 에피의 '영재 지원상' 수락 연설 영상이 재생되면서 경매인의 목소리가 에피의 목소리로 바뀌었다.

눔바니가 조화의 도시라는 가브리엘 아다위의 선견지명에 따르고 싶어요. 지역 사회를 도울 새로운 로봇을 만드는 데 저의 창의적인 열정을 발휘할 수 있게 되어 무척 기대돼요.

"네, 저예요. 그래서 여기에 왔고요. 딱⋯."

경매인은 에피의 말이 채 끝나기도 전에 자신의 이마에 있는 점 세 개를 볼 수 있도록 고개를 숙였다.

"저는 당신을 응원하고 있습니다. 저 많은 로봇들을 눔바니 밖으로 가져가는 건 보기만 해도 괴로우니까요."

"누구든 제게 로봇을 팔 사람이 있을까요? 하나면 돼요."

"글쎄요. 그럴 수 있었다면 100기는 더 가져왔을 겁니다."

에피는 민방위대가 OR15의 패배를 비밀에 부친 진짜 이유가 경매 가격을 높게 받으려는 꿍꿍이 때문이었을까 하는 의문이 들었다.

"그런데⋯."

경매인이 신중한 태도로 입을 열었다.

"그런데요?"

에피는 옴닉 경매인을 바라보며 되물었다. 경매인의 '그런데'가 마치 엄마의 '그런데'처럼 들렸다. 어쩌면 정말로 듣고 싶은 말을 해주려는 것일지도 모른다고 생각했다.

"OR15 몇 기는 심하게 파손되어 경매품에서 제외된 상태입니다. 입찰자들에게 좋지 않은 인상을 주면 안 되니까요. 그 OR15는 고철로 판매할 계획입니다."

옴닉 경매인은 고개를 들고 주변을 둘러보았다.

"절 따라오세요."

"가도 돼요, 아빠?"

에피의 물음에 아빠는 어깨를 으쓱이며 말했다.

"물론이지."

에피는 옴닉 경매인 뒤에 바짝 붙어 그녀를 뒤따랐고 경매인은 그들을 보관실로 안내했다. 보관실 한쪽 구석에는 잔뜩 망가진 OR15 3, 4기가 새시와 모든 무기가 제거된 채 놓여 있었다. 에피의 도전 의식을 불러일으키기에 제격이었다. 로봇 중 하나가 에피의 시선을 붙들었다. 사라진 네 개의 다리, 부서진 팔⋯ 둠피스트가 공항 벽에 내던졌던 로봇이 틀림없었다. 에피는 입술을 깨물었다. 다른 기체들보다 훨씬 더 엉망이었지만, 그 망가진 쇳덩이를 바라보면서 에피는 어떤 확신이 들었다. 이 로봇이다. 에피가 원했던 바로 그것이었다.

경매인은 마치 에피의 생각을 읽기라도 한 듯 고개를 끄덕였다.

"물론 저 로봇을 그냥 드릴 수는 없습니다. 공식 경매는 기록이 남아야 하니까요."

에피는 입찰봉을 꺼내 손가락으로 누를 준비를 하며 물었다.

"정말⋯ 이렇게 해도 되는 거예요?"

경매인은 다시 고개를 반쯤 젖혔다.

"가브리엘 아다위는 오버워치를 설립한 후 물러나 있지 않았어요. 아다위는 계속 싸웠고 폐로 숨이 들어오는 한 멈추지 않고 나아갔습니다. 당신은 당신의 싸움을 이어가고 있는 거예요. 에피 양, 당신과 같은 머리와 당신과 같은 마음을 가진 사람들이 없다면 눔바니는 희망과 조화의 등불로 남을 수 없을 겁니다."

에피는 미소를 지었다. 경매인은 사실 에피의 질문에 답하지 않았다. 그녀에게는 이 경매를 가능하게 해줄 어떤 방법이 있을 것이다. 어쩌면 경매인은 곤경에 처할지도 모른다. 하지만 부서진 저 로봇에 깃든 무한한 가능성이 에피에게는 너무나 중요했다. 에피는 이 옴닉 경매인이 자랑스러워할 수 있도록 최선을 다하겠다고 다짐했다.

"파손된 OR15 새시 한 대, 현 상태로 판매되며 보증은 없습니다. 입찰 시작가는 1백만 나이라입니다."

입찰 시작을 알리는 경매인의 말이 끝나자마자 에피는 입찰봉의 버튼을 눌렀고 머리 주위로 광륜이 돌아가기 시작했다. 이번만큼은 입찰에 성공하리라 생각했지만 혹시나 하는 생각에 에피는 고개를 돌려 주위를 살폈다. 에피를 방해할 사람은 아무도 없었다.

"1.5 나왔습니다. 더 없습니까? 없습니까? 자, 눔바니를 돕고자 결심한 총명한 발명가 분께 낙찰되었습니다!"

에피의 작업장 중앙 갈고리에 OR15 새시가 정육점의 고기처럼 매달려 있었다. 머리는 기울어져 있었고, 한쪽 브랜포드 팔과 다리들은 덜렁거렸으며, 나머지 부품들은 바닥에 쌓여 있었다. 로봇은 작동 가능한 브랜포드 팔과 중력자장을 생성하는 토블슈타인 반응로, 그리고 둠피스트를 제압할 수 있는 유일한 무기인 융합 기관포가 필요했다. 에피는 앞으로 해야 할 모든 작업을 생각하면서 머릿속으로 부지런히 계산기를 두드렸다. 가장 심하게 망가진 OR15를 구매한 자신의 결정이 과연 옳았는지 다시 생각해보기도 했다. 하지만 OR15를 좋은 가격으로 구매했기 때문에 에피의 사용 가능한 예산으로 로봇을 완성할 수 있는 충분한 여력이 있었다.

나아데가 로봇을 올려다보더니 작은 소리로 말했다.

"이렇게 됐으니 난 캄 칼루 영화가 더 보고 싶겠는걸. 캄 칼루 영화 열 편."

중얼거리던 나아데가 손가락에 턱을 괸 채 고개를 저었다.

"아아, 열 편은 너무 많아. 일곱 편으로 하자. 좋아. 일곱 편 반!"

"생각보다 더 심하게 망가졌네."

하사나가 손가락으로 로봇 상반신의 갈라진 틈을 따라 문지르며 말했다. 순간 불꽃이 일어 하사나의 손가락에 튀었고 하사나는 화들짝 놀라며 뒤로 물러났다.

"몸체가 찌그러지긴 했어도 그녀의 회로는 작동하고 있어."

에피는 가죽 장갑으로 쇳덩이의 그을린 부분을 닦아냈다. 반짝이진 않았지만 확실히 나아 보였다.

"그녀라고?"

나아데가 에피를 빤히 보며 물었다.

"응. '그것'이라고 할 수는 없잖아? 그녀는 인격을 갖추고 이 사회의 구성원이 될 거야. 눔바니에 필요한 것은 또 다른 보안 로봇이 아니야. 새로운 영웅이 필요해!"

"지금의 인격은 쓰레기통 수준이지. 자, 보라고."

하사나가 흰색 동그라미에 네 개의 노란색 등이 일정한 간격으로 배치된 OR15의 얼굴을 노려보며 말했다.

"그게 바로 하사나 네가 실력 발휘를 해야 할 부분이야."

에피는 태블릿에서 선으로 그린 스케치를 불러내 하사나에게 보여주었다. 하사나는 친절하게도 로봇에게 약간의 매력을 더하고자 에피가 시도했던 어설픈 밑그림을 보며 당황하지 않았다.

"오버워치의 영웅들은 각자 자신을 대표하는 모습이 있어. 라인하르트는 산처럼 거대한 갑옷이고 아마리는 외투와 베레모야. 이 로봇은…."

"멋진 얼굴이야!"

하사나가 눈썹을 씰룩이며 에피의 스케치에 긍정적인 반응을 보였다. 그러고는 책가방을 뒤져 컬러 펜 세트를 꺼냈다.

"뭘 하려는지 알겠어. 약간의 눔바니 느낌에…."

하사나가 로봇 옆에 있는 테이블로 올라가더니 주황색으로 하얀 원을 채우고 노란색으로 눈썹과 이마와 코를 그려 넣자 단호하면서도 친근한 얼굴이 만들어졌다.

"하사나! 넌 정말…."

에피가 만족스러운 듯 소리쳤다.

"열 배는 더 예뻐졌지? 그리고 옆에 있는 이 커다란 뭔가를 제거하면…."

"그건 공간 센서야. 그건 있어야 해." 에피가 말했다.

"뭐, 문제없어! 음, 그렇다면 투박한 느낌을 덜어내고 더 세련되게 만드는 게 좋겠어. 곡선으로, 멧돼지 엄니처럼 말이야. 그리고 섀시 전체에 페인트칠을 하자. 이 뼈 같은 흰색과 곰팡이 같은 녹색은 느낌이 안 오잖아."

에피는 하사나가 바꾸려는 것들을 모두 헤아려보자 머리가 어지러웠지만, 결국 그 진가가 드러날 것이라고 생각했다.

눔바니는 최고의 것을 얻을 자격이 있었고, 에피는 최고의 것을 선물하고 싶었다.

"이 일에는 네가 제격이라고 생각해. 이 로봇을 멋지게 디자인하는 건 네 담당이야. 난 융합 기관포를 찾아봐야 해. 나아데는….'"

에피는 나아데가 망치지 않고 할 수 있는 단순한 작업이 뭐가 있을지 생각하느라 애를 먹었다.

"여러분의 안전이야말로 제 의무입니다."

영국 억양이 깃든 고음의 목소리가 들려왔다. 에피는 황급히 돌아섰다. 나아데가 컴퓨터에서 액시옴 음성 프로세서를 통해 시뮬레이션을 실행하고 있었다.

"여러분의 안전이야말로 제 의무랄까요."

음성이 다시 반복되었다. 이번에는 북아메리카 카우보이의 말투였다.

"뭐 하는 거야, 나아데?"

에피는 심호흡을 하며 화를 가라앉혔다.

"도와주고 있잖아."

나아데는 고개도 돌리지 않고 답했다.

"워워, 너희의 안전이야말로 내 의무라니까, 친구들."

이번에는 남아프리카 서퍼의 말투였다. 에피는 입술을 앙다물었다. 그런 식의 말투는 더반 해변에서 존중과 감탄의 대상이 될지는 몰라도 눔바니 사람들이 좋게 생각할 것 같지는 않았다. 에피는 음성 샘플 전체를 직접 들어본 후에 완벽하게 어울리는 목소리를 찾고 싶었다.

"그 작업은 내가 할게. 넌….'"

에피가 자리에서 나아데를 살짝 밀어내며 말했다.

"그럼 난 융합 기관포를 찾아볼까? 왜냐하면 기관포에 대해 알 만한 사람을 알고 있거든."

"과학실 아이작 말하는 거야?"

나아데의 말에 하사나가 놀랍지도 않다는 듯 물었다.

"…그래. 엊그제 아이작이 어떻게 다크웹에 접속해서 그 군용 방벽을 구했는지 나한테 말해줬어. 다크웹에서는 말이야, MBC로만 거래한다고. 그러니 나이라를 바꿔야 할 거야."

"MBC라고?" 에피가 물었다.

"모듈화 생화학 통화 코인이야. DNA 코드화 화폐, 생물 암호화폐, 생체적 금이라고도 해. 씰룩씰룩 악보, 대왕 대합, 긁기 긁개…."

"진정해, 나아데. 알아들었어." 하사나가 말했다.

에피가 무시하기에는 너무나 솔깃한 제안이었다. 에피는 이미 적당한 융합 기관포를 찾아 인터넷을 뒤졌고, 그 바람에 강력한 에너지 무기를 검색하면서 당연하게도 온갖 종류의 감시 목록에 오른 모양이었다. 에피는 눔바니 당국과 부모님과의 몇 차례 당황스러운 대화 끝에, 다른 경로가 필요하다고 생각하던 참이었다.

"아이작이랑 친해? 방벽을 팔았던 사람과 만날 수 있는 방법을 말해줄 것 같아?"

에피의 질문에 나아데가 고개를 끄덕였다.

"물론이지. 난 반 아이들이 '아이작 흉내'라고 말하는 걸 그만두게 했어. 아이작은 나한테 크게 신세진 거라고."

에피와 하사나는 눈빛을 교환했다. 나아데가 자신의 주니를 포기하기 직전에 가장 역사적인 과학실 사건 중 하나가 일어났고 에피는 그 장면을 너무 자주 봤던 나머지 지금도 표정을 숨기느라 애를 먹고 있었다. 나아데는 실험하던 용액의 이름표도 확인하지 않은 채 화학 반응을 일으켰고 네온 핑

크색의 거품이 거대한 기둥이 되어 천장까지 솟구쳐 올랐다. 그래서 이제 '나아데하다'라는 말은 엄청난 재능으로 무언가를 엉망진창으로 만드는 것을 말할 때 사용하는 적절한 표현이 되었다.

어쨌거나 공교롭게도 에피는 절대 망칠 수 없는 가장 쉬운 일이 아니라 가장 중요한 일을 나아데에게 맡기게 되었다.

"좋아. 그럼 아이작하고 얘기해보고 우리가 뭘 해야 하는지 알아봐줄래?"

에피가 걱정하는 티를 애써 감추며 말했다.

"알겠습니다, 대장."

나아데는 대답과 함께 곧장 문밖으로 사라졌다.

눔바니 남쪽으로 한참 내려가 있는 액시옴 건물 후면의 입고지에서 어두운 색의 밴이 에피 일행을 기다리고 있었다. 오래된 배송 상자가 사방에 쌓여 있었고 그중 어느 것도 위험하지 않은 것은 없었다. 에피는 꿀꺽 침을 삼키며 의식적으로 손을 떨지 않으려고 애를 써야 했다. 밴의 엔진이 한차례 울렸다. 에피는 진한 색이 입혀진 창 안쪽을 엿보려 했으나 아무것도 보이지 않았다. 밴은 아무런 특징이 없었다. 새카만 차량이었고, 아무 표시도 없었다. 기억할 만한 것도 없었다. 그저 암시장 물건을 거래할 때 몰고 다니기 좋은 그런 자동차였다… 단 하나의 특징이라면 이 밴은 LEV림이 아닌 구식 휠을 달고 있었다.

에피 할머니의 표현을 빌리자면 '돈만 잡아먹는 애물단지'라고 할 만한 휠이었다. 후미진 공간에서 거래하고 싶은 생각이 드는 상대는 분명 아니었다. 에피는 무언가가 가슴에 얹힌 기분이었다. 이런 무모한 짓을 정말 할 거야? 에피는 태블릿의 앱을 가만히 응시했다.

중고 융합 기관포, 39% 용량. 64G RTM.
가격: 3 MBC, 흥정 없음.
질문 금지.

메시지는 다섯 가지 방법으로 암호화되어 있었지만 아이작은 그것을 풀어서 정확하게 접근할 수 있는 방법을 알려주었다. 아이작은 안전하다고, 걱정할 것 하나 없다고 말했다. 그러나 신뢰할 만한 구석이라고는 조금도 없는 사람의 조언을 따르고 있다는 불안감을 떨칠 수 없었다.

아니야. 안 돼. 이건 너무 위험해.

에피는 마음이 바뀌었다는 것을 알리기 위해 친구들 쪽으로 돌아섰다. 나아데와 하사나도 눈을 크게 뜬 채 아주 작은 소리에도 예민하게 반응하고 있었고 언제든 달아날 준비가 되어 있는 것 같았다. 그러나 그들 뒤에는 아프리카 야생 개 두 마리가 출구를 막고 있었다. 개들은 그 자체로 충분히 위험했다. 다부진 체구에 사냥감이 지쳐 쓰러질 때까지 뒤쫓을 만큼의 충분한 체력이 있었다. 게다가 인공신체 척추 이식물이 검은색과 갈색의 얼룩무늬 가죽 위로 튀어나와 뒷다리까지 이어져 있어서 먹잇감을 뒤쫓는 데 더더욱 유리할 것이다. 에피는 개들의 매서운 눈 너머에서 깜빡이는 녹색의 불빛을 보았다. 에피는 개들의 눈이 자신에게 집중되자 순간 심장이 얼어붙는 것 같았다.

"딴생각이 있는 건가?"

밴의 내려진 창 너머에서 낮은 목소리가 들려왔다. 곧이어 사내 하나가

밴에서 내린 뒤 문을 힘껏 닫았다. 그는 머리부터 발끝까지 흰색의 가죽옷 차림이었고 두 관자놀이의 녹색 원반을 포함하여 여러 곳에 인공신체가 이식되어 있었다. 사내는 에피가 예상했던 종류의 사람은 분명 아니었다. 그리고 사내의 표정으로 봤을 때 에피 역시 사내가 예상했던 사람은 아닌 모양이었다.

"네가 봇빌더11(BotBuilder11)이냐?"

사내가 비웃는 듯한 말투로 물었다.

에피는 고개를 끄덕였다. 이제 이어서 나올 다음 말을 예상하자 몸이 굳었다.

"넌… 꼬마잖아." 사내가 말했다.

"평생 그랬죠."

에피가 간신히 대꾸했다. 목소리를 떨지 않은 것이 내심 뿌듯했다. 에피는 차분하게 주머니에 손을 넣고 MBC 세 개를 꺼냈다. 그리고 손바닥을 들어 보였다. MBC는 성게만 한 크기였고 꼼지락거리며 꿈틀대고 있었다. 진본임을 보증하기 위해서 합성 혈액에는 복제가 불가능한 고유 코드가 포함되어 있었다.

"이제 융합 기관포를 구매할 수 있을까요?"

"난 평생 동안 수상쩍은 일들을 수없이 해왔지만, 여덟 살짜리 애한테 돌격 무기를 팔 생각은 없다."

그는 고개를 저으며 말했다.

"전 거의 열두 살이에요. 알아주시면 고맙겠네요."

에피가 분한 목소리로 말했다. 이곳에 온 목적은 모욕을 당하기 위해서가 아니었다. 거래를 하기 위해서 온 것이다.

"그래. 열 살이든, 열한 살이든, 열두 살이든, 열세 살이든 팔지 않아! 알지 모르겠는데 난 원칙이 있는 사람이다. 그 돈은 어디서 난 거냐?"

"'질문 금지'라고 하지 않았던가요?"

에피는 손바닥에 네 번째 MBC를 내려놓으며 말했다. 모두 더하면 에피의 자금 전부나 마찬가지였다. 에피는 무기 판매자가 자신과의 거래에 대해서 의구심이 있는 것 같았지만 중요한 건 돈이었다.

사내는 꿈틀거리는 코인을 바라보며 목을 가다듬고 헛기침을 했다.

"그래, 융합 기관포를 주지. 하지만 어디서 이걸 구했는지는 누구에게도 절대 말하지 마라. 알겠냐?"

사내의 으름장에 에피는 엉덩이에 손을 올리고 말했다.

"전 당신이 누군지도 몰라요! 누구에게서 구했는지도 모르는데 어디서 구했는지 그걸 어떻게 말해요?"

사내는 에피의 손에서 MBC를 채 가더니 밴으로 걸음을 옮기며 말했다.

"여기서 기다려."

에피와 친구들이 기대와 우려가 뒤섞인 눈빛을 교환하는 가운데 사내는 밴의 뒷문을 열었다. 뒷문이 열리는 순간, 그가 휘파람을 불었다. 그러자 사내의 개들이 달려와 매우 신속하고 정교한 동작으로 에피와 친구들을 에워싸더니 순식간에 밴의 뒷문으로 뛰어 들어갔다. 사내는 곧바로 문을 닫았고 밴은 그대로 주차장을 빠져나갔다. 사라져가는 밴과 함께 융합 기관포를 얻을 수 있었던 유일한 기회도 사라졌다.

"꼬마들한테는 팔지 않아!"

사내가 넓은 도로로 진입하기 위해 방향을 틀면서 창을 내리고는 소리쳤다. 사내는 그렇게 에피의 돈을 들고 사라졌다. 에피는 돈을 뺏긴 상황을 증명할 방법이 없었다. 그 사내는 아이들에게 무기를 팔 만큼 비양심적이진 않았지만, 아이들에게서 돈을 가로챈 것에 대해 다시 생각해볼 만큼 양심적이지 않은 것은 분명했다.

에피는 있는 힘껏 소리를 지르며 사내에게 돈을 돌려달라고, 자신의 꿈을 돌려달라고 소리쳤다. 에피는 밴을 쫓아 도로까지 뛰어들어 갈 뻔했지만 하사나가 에피의 팔을 붙잡으며 말했다.

"미안해, 에피. 그런데 정말로 저 아저씨가 돌아오기를 바라는 거야? 저 사람은 네 돈을 가져갔지만 그래도 우린 안전하잖아. 그건 돈으로도 살 수 없어."

에피는 고개를 저었다. 온몸의 힘이 쭉 빠졌다.

"여기 오지 말았어야 했어."

"미안해, 에피. 아이작이 안전하다고 했는데. 믿을 수 있는 사람이라고."

나아데가 웅얼거렸다.

"아니야, 내 잘못이야. 이 일을 결정한 건 바로 나야. 모든 걸 다 잃어버렸어. 이제 어쩌지? 가진 거라곤 무기도 없는 부서진 로봇뿐이야. 그런데 어떻게 누굴 돕는단 말이야?"

"비를 맞는다고 표범의 무늬가 사라지진 않아. 넌 강해, 에피. 이런 문제 때문에 한 걸음 물러선다고 해도 그 사실이 바뀌는 건 아니야."

"말하는 게 꼭 우리 아빠 같네."

나아데의 위로를 듣고 있던 에피가 중얼거렸다.

"음산한 주차장에서 인공신체를 이식한 개들에게 괴롭힘을 당해보면 빨리 성장하게 된다고 해야 할까. 어쨌든 몇 달이 걸리더라도 넌 꿈을 현실로 만들 수 있을 거야."

몇 달이라니? 에피는 세차게 고개를 가로저었다.

"그렇게 오래 기다릴 수는 없어. 둠피스트가 당장이라도 공격해온다면 우린…."

그때 액시옴 적재장에서 지게차가 건물에 부딪히며 에피의 주의를 끌었다. 옴닉 운전자는 사고에도 개의치 않는 듯, 지게차를 후진시키더니 또다시 벽을 들이받았다.

"무슨 일이지?" 에피가 말했다.

곧이어 또 다른 옴닉이 웅크리고 앉아 '취급 주의'라고 쓰인 대형 상자를 집어 들었고 그것을 높이 들어 올리더니 그대로 떨어뜨렸다. 주차장의 절반가량 떨어져 있는 거리였지만 에피는 상자 안에서 유리 파편들이 쓸리는 소리를 들을 수 있었다. 그 옴닉은 다시 한 번 상자를 번쩍 들더니 바닥을 향해 떨어뜨렸다. 옴닉은 그렇게 몇 번이고 상자를 떨어뜨렸다. 그 순간 에피는 건물 안에서 터져 나오는 사람들의 비명을 들었다.

"여기서 나가야 해." 나아데가 말했다.

"그래, 어서 가자." 하사나가 말했다.

하지만 에피는 반대했다.

"저 옴닉들은 오작동하고 있어. 루프에 걸린 것 같아. 누군가가 도와줘야 해."

"그 누군가가 너일 필요는 없어, 에피. 민방위대에 보고하자. 그들이 처리할 거야."

지게차를 운전하는 옴닉이 네 번째, 아니 다섯 번째 후진했다. 그들은 단단하게 만들어졌지만 저렇게 지속적인 충격이 이어진다면 티타늄조차 버텨낼 수 없었다. 그때 적재장 그늘에서 무언가 움직이는 것이 있었다. 에피는 흐릿하게나마 여성의 형체를 볼 수 있었다. 머리 한쪽의 자홍색 이식물이 희미하게 빛났다. 여자는 적재장 문밖으로 무언가를 던졌고 곧장 사라졌다. 에피는 눈을 비비며 방금 본 것이 무엇인지 생각해봤지만, 지금은 오작동이 일어난 옴닉에게 집중해야 했다.

"저들은 오작동하고 있어. 오류가 분명해. 누구를 다치게 한 건 아니야. 옴닉들이 겁을 먹은 것 같아. 좀 더 가까이 가봐야겠어."

에피는 재빨리 태블릿을 꺼내 개방형 무선 신호를 검색했다. 평소 열려 있는 일반적인 통신 포트와 함께 옴닉의 비공개 포트도 노출되어 있었다. 그것은 옴닉의 뇌가 열려 있는 것이나 마찬가지였다. 옴닉 이마의 빛이 꺼진 것도 그 때문인 듯했다. 에피는 이를 갈았다. 상황이 좋지 않았다.

에피가 좀 더 자세히 조사하던 중 마침내 악성 코드를 발견했다. 자가복제식 악성 코드였다. 옴닉의 프로그램을 하나씩 덮어쓰기하면서 망가트리는 지독한 악성 코드다. 빨리 손보지 않으면 옴닉은 모든 기억을 잃어버릴 처지였다.

에피는 생각할 시간을 벌기 위해서 곧바로 프로세스 속도를 떨어뜨리는 자체 프로그램을 만들었다. 그리고 옴닉 본래의 프로그램을 공격한 것처럼 악성 코드를 공격하고 덮어쓰는 함수를 작성하기 시작했다. 마침내 지게차가 움직임을 멈췄고 옴닉들은 혼란스러운 듯 이리저리 고개를 돌리며 두리번거렸다.

백신 프로그램은 가능한 모든 피해를 복구했고 몇 초가 지나자 노출되었던 포트가 비노출 상태로 닫혔다. 곧이어 무선으로 각각의 옴닉에게 백신이 전달되었고 마침내 적재장의 모든 작업자가 정상 상태로 돌아갔다.

에피는 한 번 더 모든 포트를 검색했다. 모두 괜찮은 것 같았다. 그런데 목록 끝에 다다른 순간 344X−Azúcar라는 신호가 눈에 들어왔다.

신호는 곧 사라졌고 너무 순식간이라 에피는 자신이 그것을 본 게 분명한지 확신하지 못했다. 공항에서 습격이 일어나기 직전에 보았던 신호와 같은 이름이었다. 에피는 포트 검색을 반복했다. 이상한 것은 없었다.

"흠."

에피는 눈을 비비며 한숨을 내쉬었다. 잠이 부족했다. 실망하고 있었고, 화가 나 있었다. 이런 일들을 상상이나 했겠는가?

"어떻게 된 거야? 다 고친 거야?" 나아데가 물었다.

"그런 것 같아. 돌아가자. 물건을 팔아서 돈을 모아야겠어. 공구, 장비, 여분의 로봇 부품 같은 것들 말이야."

에피가 목구멍에서 뜨거운 것을 느끼며 말했다.

"에피, 공구는 처분하지 마. 그것들은 네 몸이나 마찬가지잖아!"

나아데의 말에 에피는 아무 말 없이 생각에 잠겼다. 그랬었지. 이젠 아니야.

돌아오는 길에 에피는 팔 수 있는 물건들의 목록을 만들었다. 작년 생일에 받은 프리미엄 전동 공구 크래프트라이프−5000 세트가 있었다. 최첨단 공구였고 아무리 단단한 금속이라도 4초 내에 중량나사 열 개를 박을 수 있는 경화광 스크류드라이버가 포함되어 있었다. 에피는 정말이지 팔고 싶지 않았지만 처분해야만 했다. 그리고 아주 어렸을 때 가장 나이 많은 사촌인 비시에게서 받은 공구 세트도 아직 가지고 있었다. 그것마저 없다면 나사와 못을 수작업으로 박아야겠지만 어쩔 수 없다고 생각했다. 그 공구 세트를 처분하게 되면 사촌 오빠가 나쁜 사람들과 어울린 후 어떻게 되었는지, 그와 관련된 안 좋은 기억들도 더 이상 떠오르지 않을 거라고 생각했다.

3시간이 지났을 무렵, 모든 것이 정리되었다. 에피는 마지막 상자를 포장하고 배달 드론에 달린 그물망에 넣은 뒤 주소를 입력했다. 곧이어 드론이 떠오르고 열린 창을 빠져나가 하늘 높이 사라질 때까지 에피는 말없이 지켜보았다. 에피의 작업장은 텅 비어 보였다.

"이제 OR15가 다리 뻗을 공간은 생겼네. 편하게 쉬고 기댈 수 있는 공간 말이야."

에피는 한때 공구 키트가 놓여 있던 작업장 구석을 가리키며 말했다. 위험하면서도 어처구니없는 일을 겪은 후 에피는 모든 희망을 잃어버린 기분이었지만, 긍정적으로 생각하자고 스스로를 다독였다.

HollaGram

BotBuilder11님이 사람들을 돕는 로봇을 제작하고 있습니다.

팬 **874** 명

홀로비드 스크립트
TranscriptMinderXL 버전 5.317로 자동 생성됨

전투 준비

음, 이제 다들 아시는 일이 된 것 같아요. 둠피스트가 눔바니를 위협하고 있어요. 저는 둠피스트가 우리 고향을 위협하고 인간과 옴닉의 조화를 위협하는 걸 지켜보고만 있지는 않을 거예요. 둠피스트에 맞설 수 있는 개량형 로봇을 제작할 계획이에요. 그런데 브랜포드 팔을 하나 더 구하려면 도움이 필요해요.

이번 분기 영재상 지원금은 이미 다 써버렸고, 제가 팔 수 있는 물건은 모두 팔았어요. 작은 금액이라도 좋으니 후원해주세요.

의견(199)

ARTIST4Life 완료! 많진 않지만 조금이나마 도움이 되길.

BotBuilder11(관리자) 고마워! 우린 함께하는 거야.

BackwardsSalamander 음… 오늘 경화광 변환 키트를 우편으로 받았어요. 보내주신 건가요? 페넬로페가 변환 키트를 설치해주길 고대하고 있지만, 우선 확인부터 해보고 싶었어요. 기부도 하고 싶은데 제 신용카드가 사라져버렸네요. 일이 진행되는 동안 행운이 함께하길 빌게요!

NaadeForPrez 둠피스트는 쓴맛을 보게 될 거야!

더 읽기…

7장

조금씩 기부금이 들어오면서 보름쯤 지난 후에는 진짜 브랜포드 딜러로 부터 반품된 브랜포드 팔을 구매할 정도의 자금을 모았다. OR14 '이디나' 보안 로봇 모델용으로 제작된 것이어서 딱 맞지 않았고, 호환성 문제를 해결하기 위해서는 상당한 양의 작업이 필요할 것이다. OR14의 브랜포드 팔에는 올가미와 에너지 덫을 생성할 수 있는 룩소 경화광 캐스터가 장착되어 있었다. 융합 기관포만큼 위협적이진 않았지만 최소한의 공격력은 갖추게 되는 셈이었다.

에피는 구매를 완료하기 위해서 어른의 도움을 받아야 했는데, 부모님을 귀찮게 하는 대신 지난 달 열여덟 살이 된 사촌 다요에게 부탁했다. 다요는 브랜포드 딜러를 상대하는 역할을 맡아 무척 들떴고, 자신이 맡게 된 캐릭터의 동기가 무엇인지 알려달라고 물었다. 에피는 그저 무사히 구매만 완수해주기를 바랐지만 다요는 집요했다. 에피는 자포자기한 기분으로 그 캐릭터는 자신의 로봇 전시장에 추가할 물건을 찾는 멋진 신사라고 답해버렸다. 그것은 실수였다. 다요는 마치 플래시 브라이튼 영화 세트장에 걸어 들어오는 배우처럼 코피 아로모 앞 약속 장소에 나타났다. 옷깃에 청록색 깃털이 달린 새까만 드레스 셔츠에, 은빛 반짝이가 주렁주렁 달린 말쑥한 정장 차림이었다. 다요의 지팡이도 색깔을 맞춰 청록색으로 칠해져 있었고 모자이크 거울 조각과 은색 와이어가 만들어낸 곡선이 지팡이 끝까지 이어져 있었다.

그런데 효과가 있었다. 다요는 아무 탈 없이 브랜포드 팔을 구매했을 뿐 아니라, 작업장까지 배송은 물론 포장물 수거 서비스까지 흥정에 성공했다. 에피가 작업장으로 돌아왔을 때 나아데는 이미 와 있었고 로봇의 도금을 부지런히 벗겨내고 있었다. 아직 '로봇'이라고 부를 수 있는 단계는 아니었지만. 사실 로봇이라기보다는 찌그러지고 서로 맞지 않는 부품 더미에 더 가까웠다.

"짠! 우리가 해냈어!" 에피가 소리쳤다.

"브랜포드 팔을 구한 거야? 열어보자. 어떻게 생겼는지 봐야지."

나아데는 자리에서 폴짝 뛰어올라 상자를 쓰다듬으며 말했다.

"하사나는 어디 있어?"

에피가 작업장을 둘러보며 물었다. 하사나의 페인트 총이 헬멧 크기만한 어깨 관절들 옆에 놓여 있었다. 이미 청동색 페인트로 여러 겹의 칠을 마친 후였고, 하사나가 주장하는 미학적 윤색을 기다리고 있었다.

"늦는 것 같아."

나아데는 뒤늦게 다요가 함께 왔다는 것을 알아차렸다. 나아데는 다요를 위아래로 살펴보더니 눈이 휘둥그레졌다.

"〈브레이킹 서킷〉 3부작에 나오는 플래시 브라이튼 코스플레이야? 플래시 브라이튼이 인간인 척하면서 옴닉인 척하는 인간 연기를 한 영화 말이야."

나아데의 물음에 다요는 손가락 마디로 옷깃의 먼지를 털며 말했다.

"작년 옴닉콘에 나가려고 직접 만든 거야. 필수 인간 채용 할당량에 대해서 여기저기 소리를 질러대는 그 할프레드 글리치봇 코스플레이가 아니었다면, 내가 수상하고도 남았을 거야. 녀석의 복장은 상점에서 산 건데 말이야."

다요는 다시 생각해봐도 짜증이 난다는 듯 입을 삐죽거렸다.

"말도 안 돼! 그 사람들, 이 바느질 누빔을 제대로 보기는 했대? 그를 상징하는 황금색 실은 물론이고 사소한 것들까지 모조리 구현했잖아… 그리고 그 지팡이 말이야, 영화에 나왔던 그 장면이 생각나는데. 플래시 브라이튼이 외딴 낚시용품점으로 들어갔는데 낚시꾼으로 위장한 채 숨어 있던 폭력배 단검파 요원이랑 딱 마주쳤잖아. 놀란 표정으로 자기 지팡이를 기관단총으로 바꾸고는 적들을 몽땅 물고기 밥으로 만들어버렸던 장면 말이야!"

"아니야. 이건 그냥 지팡이일 뿐이야. 내가 제대로 설 수 있게 도와주는…."

나아데의 말을 잠자코 듣고 있던 다요가 조금 당황한 듯 주춤거리며 대꾸했다.

"나라면 '그냥 지팡이'라고 말하지 않겠어."

에피가 감탄하는 눈빛으로 바라보며 말했다. 다요는 플래시 브라이튼의 지팡이처럼 보이게 하려고 꽤나 공을 들인 것이 분명했다. 또한 모두 재활용한 물건들로 만들었다는 걸 알 수 있었다.

"멋지잖아. 예술품 같아."

에피의 칭찬에 다요는 기쁜 듯 에피를 보며 미소 지었다.

"고마워, 에피. 자, 그건 그렇고 이 팔은 어디에 두면 좋겠니?"

에피는 로봇의 부품들이 놓여 있는 방수포 위쪽 빈 공간을 가리켰다. 다요는 12년은 더 된 듯한 반중력 수레를 몰고서 에피가 가리킨 곳으로 포장된 팔을 옮겼다.

"이건 뭐지?"

다요는 수레를 세우고 부품 더미 위에 놓인 모래시계처럼 생긴 물건을 가리키며 물었다. 그것은 수리조차 불가능할 정도로 부서지고 그을린 자국이 있었지만, 폐기하려 했던 여러 물건들 틈에서 그나마 작동 가능한 부품처럼 보였다. 흰빛이 도는 양쪽 끝은 꽤나 연마된 상태로 반들거렸고, 가운데 부분으로 가면서 점점 가늘어지는 형태였는데 부드러운 무광 흑색을 띠고 있었다.

"초강력 증폭기야. 그런데 제대로 작동시킬 수가 없어."

에피는 고개를 저으며 말했다. 아픈 부분이었다. 자신의 OR15에는 제대로 된 무기가 갖춰져 있지 않다는 사실을 알았을 때, 그나마 초강력 증폭기가 있어 기뻐했었다. 하지만 2주간의 작업을 거치면서 초강력 증폭기를 우선적으로 고치겠다는 생각을 접었다. 융합 기관포와 토블슈타인 반응로를 구할 수 없었기 때문에 경화광 캐스터의 무기화 같은 더 중요한 작업들을 우선시해야 했다. 최소한 지금은 그랬다.

다요가 초강력 증폭기의 스위치를 올렸다. 그러자 희미한 비트가 흘러나왔다. 에피는 목에서 소름이 돋는 것을 느꼈다. 치열한 전투 상황에서 그리 유용할 것 같진 않았지만 분명 어떤 기능이 있었다. 다요는 하사나가 이미 꾸며놓은 모든 부품들을 잠시 둘러보더니 다시 초강력 증폭기를 내려다보았다.

"이거 보고 생각나는 거 없어?"

다요는 자리에 앉아서 망가진 초강력 증폭기를 무릎에 올려놓았다. 보기보다 무거웠지만 이리저리 씨름하며 만지작거리던 다요는 증폭기의 끝을 두드리며 조금씩 박자를 만들기 시작했다.

"강안 북*! 할아버지의 북이랑 닮았어!"

에피가 모래시계처럼 생긴 초강력 증폭기를 바라보며 말했다.

다요는 고개를 끄덕이더니 할아버지께 배운 음악을 연주했다. 그리고 어느새 에피와 나아데는 리듬에 맞춰 함께 춤을 추고 있었다.

둥, 둥, 팝, 둥, 팝, 팝!

그 즉석 드럼 연주는 목적대로 전투 준비를 알리고 있었다. 그리고 지금 에피의 전쟁은 그 모든 부품들을 작동하도록 손보고 조립하는 것이었다. 에피는 자신의 로봇에게 이 드럼을 장착해야겠다고 결심했다. 설령 초강력 증폭기로서 작동하지 않는다 해도 로봇에게 서아프리카의 전통을 심어줄 수 있었다.

에피는 춤을 추듯 작업장 여기저기를 돌아다니며 부품들을 살폈다. 새시가 있었다. 브랜포드 팔이 있었다. 멋진 페인트칠은 이미 시작되었다. 그리고 가장 중요한 부분이었던 음성을 해결했다. 사전 설치된 음성 중에서는 그녀에게 어울릴 만한 목소리를 도저히 찾을 수 없었기 때문에 에피는 직접 맞춤 음성을 제작했다. 첫 숨을 쉬기도 전에 에피의 생명을 빚었던 엄마와 할머니, 그리고 복잡한 수학의 아름다움에 매료되었을 때, 다소 엄격하긴 해도 노래를 읊조리듯 말하는 미적분학 담당 오코리 선생님, 마지막으로 가브리엘 아다위의 샘플을 땄다. 눔바니 문화유산 박물관 보관실에는 수백 시

---

* 강안 북(gangan drum): 서아프리카의 전통 북으로 두드릴 때의 소리가 사람의 음성과 유사하여 '말하는 북'으로 불림

간 분량의 아다위 음성이 보관되어 있었다. 에피는 자신의 로봇이 아다위가 보여준 침착성과 자신감을 반만이라도 닮길 바랐다.

"에피!"

작업장 밖 복도에서 마치 비명 같은 하사나의 목소리가 들려왔다. 그들의 즉석 춤판은 갑작스럽게 끝이 났고, 다급히 달려온 하사나가 문틀에 몸을 기대고 섰다. 하사나는 두 눈을 접시만 하게 뜨고서 애써 숨을 고르며 헐떡였다.

"통합의 광장, 옴닉 상인, 이상해."

하사나가 숨을 몰아쉬며 말했다.

"오작동이라도 일어난 거야? 옴닉 상인이 음식을 공짜로 나눠주고 있어?"

나아데가 하사나만큼이나 눈을 크게 뜨고 물었지만 하사나는 고개를 저었다.

에피는 지친 친구를 조심스럽게 데리고 들어와 의자에 앉혔다.

"하사나, 괜찮아. 여긴 안전해. 무슨 일인지 말해주겠어?"

"간식을 사려고 했는데, 이상했어. 옴닉 상인이 이상하게 움직이고 있더라고. 은디디 말이야, 너도 알다시피 박물관에서 한 블록 떨어진 곳에서 옷을 팔잖아? 우리 엄마가 은디디에게서 산 겔레*만 해도 백만 개는 될 거야. 그리고 내가 어렸을 때 몇 번인가 날 돌봐주기도 했어. 그런데 내가 은디디 옆을 지나가는데 아는 척도 하지 않는 거야. 손도 흔들어주지 않았고 아무 행동도 하지 않더라니까. 그리고 확실하진 않지만 그녀 이마에 있는 점들이

---

* 겔레(gele): 아프리카 지역에서 여성들이 장식용으로 머리에 두르는 화려한 천

좀 탁해 보였어. 액시옴 적재장에 있던 옴닉들처럼 말이야. 처음에는 별 생각이 없었는데, 모든 옴닉 상인들이 인간 손님들을 의식하지 않는다는 걸 깨달았어. 인간 말고 다른 옴닉들한테는 밝고 활기찬 표정으로 대하는데 마치 자기들 눈에는 인간들이 보이지 않는 것처럼 말이야. 게다가 몇몇 인간들이 제대로 된 서비스를 받지 못했다고 화를 내기 시작했고 큰 싸움이 벌어졌어. 난 뒤도 돌아보지 않고 냅다 도망쳤고."

하사나의 이야기가 끝나기 무섭게 나아데는 곧장 창문을 열었다. 도시의 소음이 밀려들어 왔다. 에피는 강한 바람에 실려 오는 불안과 불길한 기운을 느꼈다. 에피와 친구들은 눈을 가늘게 뜨고서 통합의 광장을 응시했다. 어느새 광장은 민방위대 요원들로 가득했고, 건물 밖에서 섬광등을 쏘는 순찰자의 요란한 불빛 때문에 얼핏 보면 그저 그런 시시한 파티가 벌어지고 있는 것처럼 보였다. 인간들은 계속해서 옴닉들에게 소리쳤고 몇몇 곳에서는 가벼운 싸움이 벌어졌다. 에피는 눔바니에서 이런 모습을 본 적이 없었다.

옴닉의 정신적 지도자인 몬다타가 최근 암살된 후, 인간과 옴닉 간의 싸움이 전 세계적으로 벌어지고 있었다. 하지만 에피는 이곳 눔바니에 인간과 옴닉 간의 분열을 일으킬 만한 요인이 있으리라고는 상상할 수 없었다. 그러나 둠피스트가 공항을 습격한 이후 이 조화의 도시가 삐걱거리는 것처럼 느껴졌다.

에피는 침을 꿀꺽 삼켰다. 그리고 그 습격에 대해서 생각하지 않으려고 애썼다. 당시를 떠올리는 것만으로도 너무나 고통스러웠다. 에피의 부모님은 홀로비드 앞에 꼼짝 않고 앉아서, 둠피스트의 다음 공격에 대한 뉴스를 보며 많은 시간을 보냈다. 부모님 세대는 건물이 부서지고 동네가 파괴되는 상황에 익숙했다. 그러나 최근에는 이상하리만큼 조용했다.

둠피스트가 그 시간 내내 조용히 공격의 불씨를 지피고 있었던 걸까? 작은 사건들을 하나씩 일으키면서, 인간과 옴닉 간의 불화와 불신을 조장하고 있었던 걸까?

통합의 광장은 너무 멀리 떨어져 있어서 무선 신호를 점검할 수 없었으나 에피는 눔바니 민방위대 데이터베이스에서 사고 관련 보고서를 내려받을 수 있었다. 에피는 필터를 걸고 옴닉과 로봇에 대한 사람들의 불만을 걸러 냈다. 그렇게 거른 후에도 사건 발생 건수가 지난주에만 백 건이 넘었다. 어느 것도 목숨이 위태로운 위험은 없었으나 불만과 관련된 수치는 분명 상승하고 있었고, 누군가가 크게 다치는 것도 시간문제인 듯싶었다.

"어서 작업에 복귀해야 해."

에피가 어느 때보다도 로봇을 완성해야겠다는 압박감을 느끼며 말했다. 최소 수개월은 필요한 작업이지만 현재 상황으로 봤을 때, 그마저도 부족한 시간이었다. 결국 둠피스트는 대대적인 공격에 나설 것이다. 에피와 친구들은 준비가 되어 있어야 했다. 특히 민방위대가 제대로 준비되지 않은 상황이라면 더더욱 말이다.

몇 주 동안 에피는 아직 남아 있는 작업의 분량을 확인하고서 계속 어지러운 기분을 느꼈다. 아니면 쉴 새 없이 흡입하는 페인트 냄새 때문인지도 모른다. 하사나와 나아데는 성실하게 에피의 곁을 지켰지만 점점 열정이 식어가는 것 같았다. 친구들도 에피만큼이나 눔바니가 안전하기를 바랐지만 이처럼 급박한 일정을 따라가기에는 많이 지쳐 있었다.

에피는 힘이 나는 음악과 농담, 페이스펀치(FacePunch)에서 찾은 재미 있는 그림으로 축 처진 친구들의 마음을 풀어주고자 애썼다. 에피는 코딩을 잠시 멈추고 춤추는 코코넛 말리 애니메이션의 최신 편을 하사나의 태블릿으로 밀어주었다. 에피는 작업장 건너편에서 들려온 알림음을 확인했고, 하사나가 그에 답하려는 듯 페인트로 얼룩진 고글과 장갑을 벗고는 킥킥거렸다. 하사나의 눈빛에 생기가 돌았다. 하사나는 에피를 보며 짧게 웃었고 에피도 미소로 답했다. 에피의 마음이 따뜻해졌다. 하지만 그것도 잠시, 하사나는 곧 새시 페인트 작업으로 돌아갔고 불확실성과 공포의 무게가 에피의 어깨를 짓눌렀다. 에피는 생전 처음으로 '문제를 해결할 수 있는가'라는 질문에 답을 하지 못했다.

"아그바 아자가 어젯밤에 돌아가셨어. 새로운 컬렉션을 열던 중이었는데 자신의 그림 다섯 점을 칼로 찢고 경비원들에게 붙잡혔대. 그 아름다운 작품들이 모두 망가져버렸어."

하사나가 무덤덤하게 말했다.

"어떻게 그런 일이…."

에피는 말을 잇지 못했다. 학교에서는 옴닉 선생님들이 수업 도중 죽었다는 소문이 돌고 있었다. 어떤 선생님이 강의 도중 하던 말을 채 끝내지 못하고 교실 뒤쪽으로 걸어가더니 벽에 부딪혔다. 선생님은 뒤로 물러났다가 다시 벽을 향해 나아갔고 결국 옴닉 형태의 자국이 새겨질 때까지 석고 벽과 충돌하는 행동을 반복했다. 또 다른 선생님은 수업 도중 문을 열고 나간 뒤 다시는 돌아오지 않았다.

사건이 일어날 때마다 의무감이 더해졌고 그것은 말로 표현할 수 없을 만큼 진 빠지는 일이었다. 나아데는 찌그러진 쇳덩이를 두드리는 데 뛰어난 재능을 보였다. 마치 쇳덩이와 대화하는 장인 같았다. 거친 부분을 손으로 쓸어보고, 커다란 망치로 두드린 다음 더 작은 부분들을 다듬어 원하는 모양으로 쇳덩이를 매만졌다. 에피는 나아데에게도 재미있는 메시지를 보내고 싶었다. 그렇지만 나아데는 로봇의 커다란 오른쪽 허벅지를 다듬는 데 정신이 팔려 있었고 에피는 작업을 방해하고 싶지 않았다.

에피는 다시 코딩 작업에 열중했다. 열린 창에서 차가운 바람이 불어와 에피의 목덜미를 스쳤다. 그렇게 누구도 입을 열지 않은 채 1시간이 더 지나갔다.

"상황 업데이트!"

에피가 작업장에 대고 큰 소리로 외쳤다.

"얼굴과 공간 센서 페인팅 작업 거의 완료."

하사나가 답했다.

"종아리와 알통 재작업만 빼고 완료."

나아데가 미세한 흠이라도 찾는 듯 세심하게 로봇의 팔을 쓰다듬으며 말했다.

"좋아. 조금만 더 속도를 내볼까? 그럼 1, 2시간 내로 조립을 시작할 수 있을 거야."

"저녁은 어쩌고?" 하사나가 물었다.

에피가 앓는 소리를 내더니 루시우 오즈 상자를 작업대 너머로 밀었다.

"아침에 시리얼 먹었잖아. 점심에도 먹었고. 에피, 저녁은 제대로 먹어야 해."

"둠피스트가 이 순간에도 다음 공격을 계획하고 있을지 몰라. 밥 먹는 데 걸리는 그 1시간을 활용한다면 딱 그만큼 둠피스트보다 앞서갈 수 있어."

"그렇긴 하지만 밥도 먹지 않고 어떻게 계속 머리가 돌아가겠어? 신선한 바람도 쐬지 않고, 쉬지도 않고 말이야?"

"신선한 공기가 필요하면 창가 근처에서 작업해."

에피가 딱 잘라 말했다. 에피는 무례하게 굴고 싶진 않았지만, 자신도 모르게 그날 공항에서 보았던 엄마의 모습이 자꾸 떠올랐다. 먼지와 피가 뒤섞인 액체가 엄마의 팔을 타고 흘러내렸다. 막아낼 수 없는 둠피스트의 힘 앞에서 눔바니의 위대한 수호자들이 쓰러지고 있던 그때, 에피에게 가만히 있으라고 붙잡던 엄마의 목소리는 흔들리고 있었다. 기억은 에피의 사고를 왜곡시켰고 무시하는 게 불가능할 정도로 점점 더 깊숙이 에피의 마음을 갉아먹었다. 어떤 면에서는 인공지능이 부럽기도 했다.

하사나는 에피를 노려보고 있었다. 에피는 입술을 깨물고 상황이 더 나빠지기 전에 사과했다.

"그래, 좀 쉬는 게 좋겠어. 부엌으로 가서 영양가 있고 빨리 먹을 수 있는 음식들을 찾아보는 게 어떨까? 아… 문제가 있어. 우리 엄마한테 들키지 않는 게 좋을 거야. 엄마한테 잡혔다가는 우리를 앉혀두고 8시간짜리 코스 요리를 먹이실 테니까."

"해볼 만한 것 같아."

나아데가 바로 찬성했고 하사나도 동의했다. 셋은 까치발로 작업장을 빠져나와 복도를 따라 부엌으로 들어갔다.

그들은 조심스럽게 수납장과 냉장고에서 과일과 콜라나무 열매 등 먹기 좋은 간식들을 털었다.

"이건 뭐지?"

나아데가 냉장고에서 사기 접시를 꺼내며 물었다. 나아데는 뚜껑을 조리대에 올려놓더니 냄새를 맡아보았다.

"치킨 커리?"

나아데가 손가락으로 콕 찍어 맛을 보려던 순간, 손가락이 음식에 닿기도 전에 하사나가 당장 그만두라며 소리쳤다.

"쉬잇!"

에피의 경고에 모두들 고양이를 경계하는 쥐처럼 귀를 쫑긋 세운 채 입을 다물었다. 그렇게 30초가 흐르고 아무 기척도 없자 에피는 조심스럽게 입을 열었다.

"덜어먹을 수 있게 스푼을 사용해줘. 그릇도 챙기고."

에피가 나지막이 속삭이자 나아데는 고개를 끄덕이며 세 개의 그릇에 각각 음식을 담아 가열기에 올려놓았다. 에피는 끓이기 전 단계에 가열기 버튼을 맞춰놓고, 친구들과 함께 듀얼 레이저가 서로 교차하는 모습을 지켜보았다. 그 모습은 마치 세계에서 가장 빠른 엄지손가락 싸움을 보는 것 같았다. 7초 후, 커리에서 김이 나기 시작했다.

셋은 부엌 식탁 의자에 앉아 커리를 한 수저 가득 떠서 입으로 가져갔다. 창문이 닫혀 있었던 탓에 공기가 탁해졌지만 향긋한 냄새가 났다. 그 공간에서 에피는 바깥세상으로부터 안전하다고 느꼈다. 둠피스트도 생각나지 않을 것 같았다.

"로봇을 완성하고 구동하기 시작하면 가장 먼저 뭐부터 해야 할까?"

에피가 커리를 우물거리며 말했다. 그들은 저녁을 먹고 있었지만 식사도 일의 연장이었다.

"흐음, 눔바니 시민들이 거부감 없이 '그녀'를 받아들이길 바란다면, 사회성 교육에 집중해야겠지."

하사나가 라임 조각을 빨며 말했다.

"사격 연습이 먼저야. 사회성도 좋지만 둠피스트를 상대하려면 포옹과

악수만으로는 부족해."

나아데가 초록색 바나나를 무기 삼아 휘두르며 말했다.

"눔바니 법령 교육도 빠뜨릴 수 없어."

에피는 고개를 끄덕이며 말했다. 로봇이 눔바니의 모든 법을 실시간으로 확인할 수 있다고 해도, 해석 과정에서 혼란이 발생할 수 있다고 생각했다. 에피는 자신의 로봇이 가장 효율적인 경로를 계산하되, 사람들의 집을 부수고 들어가는 건 원치 않았다. 에피는 아랫입술을 끝까지 빨고서 말했다.

"모두 다 조금씩 필요할 거야. 우리가 교대로 할 수 있어. 하사나가 몇 시간 동안 동네에 데리고 나가서 함께 다녀주고, 그런 다음에는 나아데가 사격 연습을 맡는 거야. 난 논리 기능을 완전하게 다듬고 눔바니의 법체계를 통합해서 업데이트를 할게. 서로 일을 나눠서 하면 교육 시간도 단축할 수 있고 누구도 지치지 않을 거야. 아주 간단하지?"

"좋은 생각인 것 같아." 하사나가 말했다.

"브랜포드 팔이 돌아가는 걸 빨리 보고 싶어. 그리고 방어에도 신경을 써야 한다고. 봐봐, 방어구가 얼마나 강한지."

나아데가 방어의 중요성을 강조하며 캐슈너트를 입에 던져 넣었다. 그러나 캐슈너트는 입에 들어가지 않고 코에 맞아 튕겨나가더니 조리대 위로 굴러갔다. 나아데는 바닥으로 떨어지기 전에 캐슈너트를 집으려다가 조리대에 놓인 사기 접시를 건드렸고, 그 바람에 접시가 바닥으로 떨어졌다. 다행히 접시는 깨지지 않았지만 엄마가 그 소리를 듣지 못했을 리 없었다. 에피와 친구들은 재빨리 벌려놓은 음식들을 치웠다. 에피는 지금껏 접시가 그렇게 빨리 닦이는 걸 본 적이 없었다. 정확히 30초 만에 부엌은 그들이 막 들어왔을 때처럼 깨끗해져 있었다.

"에피? 에피, 너니? 먹을 것 좀 만들어줄까?"

엄마의 목소리가 들려왔다.

배를 채우고 기운을 차린 에피와 친구들은 웃음을 참으며 작업장으로 부리나케 달려갔다. 그들은 눈앞에 놓인 작업에 대한 모든 걱정을 잠시 접어두고, 조립을 기다리는 로봇 부품들 사이에서 시간을 내어 사진도 찍었다. 그들은 하나씩 하나씩 완성해나갈 것이다.

에피는 자신의 구독자들을 위해 홀라그램에 사진을 게시했다. '좋아요'를 기다리던 중 문득 조회 수가 높은 어떤 영상이 에피의 시선을 끌었다. 영상을 확인하던 에피는 두 팔의 털이 쭈뼛 서는 것을 느꼈다. 지금까지는 당국에서 시민들이 동요하지 않도록 막고 있었을 것이다. 그러나 이제는 그마저도 끝이 났다.

에피는 둠피스트를 찍은 아마추어 영상을 얼어붙은 듯 바라보았다. 그의 거대한 건틀렛이 평화의 공원에 있는 가브리엘 아다위 조각상의 측면을 강타했고 수백만 개의 청동 조각으로 산산조각이 났다. 에피는 몸서리를 쳤다. 에피가 그 조각상의 그늘 밑에서 점심을 먹은 것만 해도 족히 수십 번은 되었을 것이다.

무너진 조각상 사이로 둠피스트가 나타났다. 카메라는 둠피스트를 정면으로 잡고 있었다. 둠피스트는 마치 시장에 물건을 사러 나온 듯, 무릎까지 흘러내리는 간편한 애거바드 차림이었다. 그는 부서지고 남은 조각상 받침대에 앉아 어깨에 묻은 청동 조각들을 툭툭 털어냈다.

"눔바니여, 날 보라. 오늘은 새로운 날, 이 도시가 나아가야 할 새로운 방향을 기리는 날이 될 것이다."

둠피스트의 깊고 부드러운 목소리가 주의를 끌었다. 그는 매력이 넘치고 능숙했다. 그의 눈은 지평선 위를 향해 있었다. 마치 에피의 눈에는 보이지 않는 무언가를 보고 있는 것 같았다.

"수십 년 동안 우리는 이 화합이라는 가치에 사로잡혀 있었다. 그것이 가장 바람직한 목표라도 되는 것처럼 말이다. 우리 인간들은 옴닉에게 마음을 열었다. 우리의 일터로, 우리의 이웃으로, 우리의 집으로 그들을 초대했다. 눔바니에서 우리는 옴닉이 인간과 평등하다고 느끼도록 힘썼다… 그리고 그러한 호의는 결코 부끄러운 것이 아니다. 나 또한 마음속에 그러한 호의를 품고 있다. 그러나 그 호의라는 그늘 아래에서 눔바니는 약해졌고 우리는 삶 구석구석에서 옴닉에게 의존하게 되었다. 옴닉의 힘은 강해지고 인간의 힘은 약해진다. 우리는 웃는 얼굴로 이를 방관하고 있다. 눔바니는 저 초원의 양 떼처럼 안주하고 있을 뿐이다. 사람들은 행복한 양 떼를 생각하면서 자축하고 함께 뛰놀고 있다. 바로 옆 숲에서, 몸을 숨긴 채 만찬의 시간을 기다리는 늑대들의 위험을 깨닫지 못하고 있다. 어쩌면 내가 바로 그 늑대라고 생각하겠지만…."

둠피스트가 잠시 말을 멈추었다. 지금쯤이면 눔바니의 모든 시민들이 자신을 바라보면서 한 마디 한 마디에 귀를 기울이고 있으리라는 사실을 음미하는 듯했다. 둠피스트는 미소를 짓고는 건틀렛을 덮고 있던 느슨한 소매를 천천히, 신중하게 풀었다. 햇빛에 비친 건틀렛은 그의 미소처럼 번뜩이며 빛났다. 에피는 둠피스트의 미소와 그의 건틀렛 중 무엇이 더 위험한지 알 수 없었다.

둠피스트는 다시 말을 이어갔다.

"…나는 늑대가 아니다. 나의 날카로운 이빨이, 나의 무기가 보일 것이다. 내가 바로 위협이라고 생각할 것이다. 그것은 잘못된 생각이다. 나는 양

떼들 사이에서 자라났다. 나는 우리의 힘을 안다. 우리의 문화를 소중하게 생각한다. 그렇지만 난 사람들이 모르는 것을 안다. 화합은 거짓말이다. 화합은 줄곧 거짓이었다. 힘을 가진 자들이 있다. 그들의 의무는 힘이 없는 자들을 지배하는 것이다. 지금 당장은 인간이 옴닉보다 힘이 있다. 하지만 그 힘은 종이 한 장 차이에 불과하다.

모든 것이 적당히 어우러지고 공정해 보일 때 행동하는 것은 어려운 일이다. 10년만 지켜보면 알 것이다. 또 다른 옴닉 사태가 발생할 것이고, 내 말이 옳았음을 깨닫게 될 것이다. 하지만 그때가 되면 너무 늦은 뒤일 것이다. 사람들이 눈을 뜨지 않고 앞에 놓인 거짓에 현혹되어 있을 때, 눈 먼 그들 대신 앞을 살피는 것이 나의 의무이다. 양 떼가 양치기를 필요로 하듯 눔바니는 날 필요로 한다."

또 한 번 창문을 통해서 바람이 불어왔고 에피의 온몸이 차가워졌다. 차가운 공기가 폐 속까지 들어와 몸 곳곳으로 퍼져가는 것을 느꼈다. 에피는 오염된 숨을 내쉬고 계속 새로운 숨을 들이마셨다. 에피는 피드를 껐다. 그리고 창문을 닫았다.

둠피스트는 눔바니를 목표로 삼았지만 에피는 둠피스트가 그것에 만족하지 않으리라 생각했다. 둠피스트는 나이지리아의 다른 지역은 물론, 아프리카 전역과 전 세계에 공포와 불화를 퍼뜨릴 것이다. 그 위험은 에피가 소리 높여 외칠 수 있는 것보다 훨씬 더 컸다.

"이 로봇을 조립해야 해. 오늘 밤이야."

에피가 꼿꼿하게 서서 엉덩이에 손을 얹은 채 최대한 자세를 잡고 말했다. 에피는 자신이 좋아하는 오버워치 만화 에피소드에 나오는 소전의 이미지를 상상했다. 그 만화에서 지휘관 소전은 수적으로 압도당하는 것을 알고 있었지만 고민하지 않고 탈론과의 전투에서 전사들을 이끌었다. 소전과 대원들은 탈론을 모두 쓰러뜨릴 때까지 물러서지 않았다. 소전의 팀에 실패라는 선택지는 없었다. 에피의 팀 역시 마찬가지였다.

"오늘 밤? 지금 거의 8시가….."

나아데가 시계를 보면서 말했다.

"당장!" 에피가 소리쳤다.

"알겠습니다, 대장."

나아데는 서둘러 작업대로 돌아갔다. 에피는 친구들을 몰아붙였고 자신은 더 심하게 몰아붙였다. 포기할 수 없었다. 늦출 수 없었다. 자정이 훌쩍 넘었지만 에피와 친구들은 작업에 몰두했다. 둠피스트로부터 도시가 안전해지기 전까지는 마음 편히 쉴 수 없었다.

"더 서둘러야 해!"

에피가 나아데에게 소리쳤다. 나아데는 다리를 조심스럽게 움직이며 소켓 안으로 밀어 넣고 있었다.

"더 깔끔하게 해! 스프레이를 너무 두껍게 뿌리잖아!"

에피는 로봇의 공간 센서에서 녹색 페인트 방울이 갈색 홍갑으로 떨어지는 것을 보고 하사나에게 소리를 질렀다. 에피는 로봇에게 제대로 된 한 쌍의 눈을 주었고 눈을 가늘게 뜨면 화난 표정까지 만들 수 있었다. 에피의 친구들은 지금까지 잘해왔다. 하지만 시간이 지날수록 점점 더 엉성해지고 있었다. 모든 게 엉망이었다. 집중하지 못하고 있었다.

"전부 다 엉망이잖아!"

에피는 결국 소리를 지르더니 하사나에게서 페인트 총을 빼앗았다.

하사나가 다시 에피를 노려보았다. 지금은 불편한 감정까지 돌아볼 여유가 없었다.

"뭘 하고 서 있는 거야? 도움이 되는 일을 해, 하사나!"

"우린 로봇이 아니야. 우리한테 명령하지 마."

하사나가 씩씩대며 말했다.

"차라리 로봇이면 좋겠어. 로봇은 귀를 기울이지 말대꾸하지 않아. 우리가 무슨 일을 하고 있는지 모르겠니? 이 일이 얼마나 중요한지 정말 모르는 거야? 하사나, 넌 거기 서서 소리치느라 네 시간을 낭비하고 있어. 게다가 내 시간까지 낭비하고 있다고!"

에피는 자신이 내뱉은 독설에 머리가 아찔해졌다. 이런 말들은 대체 어디서 나오는 거지? 에피는 그 답을 알고 있었다. 바로 자신의 마음속에 웅크리고 있던 부정적인 생각들에서 불거져 나온 말이라는 것을. 그 또한 에피의 일부였다. 에피는 미안하다고 말하기 위해 입을 움직이려 했지만 입술은 그저 떨리기만 했다. 두 눈에 눈물이 차올랐다. 에피는 무서웠다. 끔찍하고 지독하게 두려웠다. 하지만 그 사실을 인정하고 싶지 않았다.

"네 생각이 정 그렇다면 나가줄게. 네 로봇이랑 잘해봐!"

하사나가 씩씩거리며 소리쳤다. 하사나는 나아데의 팔을 붙잡아 끌고 나갔다. 에피는 순식간에 홀로 남겨졌다.

둠피스트의 말 중 한 가지는 옳았다. 화합이란 건 없었다. 에피는 홀로 이 로봇을 만들고 완성시켜야 했다.

HollaGram

BotBuilder11님이 사람들을 돕는 로봇을 제작하고 있습니다.

팬 **561** 명

홀로비드 스크립트
TranscriptMinderXL 버전 5.325로 자동 생성됨

답답해요…

둠피스트가 이 도시의 화합을 무너뜨리려는 상황에 대해 아무도 걱정하지 않는 것 같아요. 이제 저 혼자 이 프로젝트에 매달리고 있어요.

하지만 낙담하지 않을 거예요.

이제 거의 다 왔거든요.

반응

 12   3   📢 0

의견 없음

8장

에피의 갖은 노력에도 코딩과 디버깅, 로봇을 조립하는 데 한 달이 더 지나갔다. 에피의 코에 맺힌 땀방울은 금방이라도 OR15의 노출된 회로에 떨어질 것 같았다. 에피는 장갑을 낀 손등으로 부드럽게 땀을 닦아내고 회로판에 마지막으로 남아 있던 느슨한 콘덴서 쪽으로 납땜 총을 가져갔다. 총 끝에서 보라색 불빛과 함께 불꽃이 일었고 콘덴서가 제자리에 완전히 붙을 수 있도록 아주 작은 땜납 덩어리에 열을 가했다.

"거의 다 됐어."

에피가 중얼거렸다. 혼잣말이었다. 작업장에는 아무도 없었다. 로봇의 새시 뒷면 액세스 패널을 닫자, 혼자라는 느낌이 사라지기 시작했다. 에피는 OR15에서 내려와 자신의 작품을 바라보았다. 아직 인격 코어를 가동하기 전이었지만 고철이 된 로봇 부품 더미에서 여기까지 도달했다는 사실에 뿌듯함을 느끼며 잠시 축하의 춤을 추었다.

로봇은 미터 두께의 강화 시멘트를 뚫고 지나갈 만큼 강했지만 평화롭고 온화해 보였다. 쇳덩이가 반짝였다. 에피는 특히 OR15의 얼굴에 주의를 기울이며 구석구석 윤이 나도록 닦았다. 에피는 하사나가 로봇의 표정에 정확한 깊이를 줄 수 있도록 사용한 여덟 겹의 페인트 코팅을 생각하지 않으려고 입술을 깨물었다. 또한 에피의 머리만 하게 움푹 파여 있던 로봇의 가슴 부분이 나아데의 망치질로 완전히 펴지고 매끈해진 가슴팍을 애써 외면했다.

에피는 한숨을 내쉬었다. 그리고 컴퓨터로 돌아와 모니터 화면을 넘기며 인격 코어를 찾았다. 군대 서브루틴에서 '빌린'(자세히는 묻지 말 것) 오픈소스 인공지능 알고리즘과 에피가 직접 수정한 몇 가지 사항을 조합한 것이었다. 에피는 떨리는 손으로 OR15에 인격 코어를 업로드하는 명령어를 입력했다.

인격 코어 업로드 중
버전 34.5x
'예'를 클릭하여 확인해주십시오.

모니터 화면에서 커다란 초록색의 '예' 버튼이 반짝이고 있었다. 갑자기 이 프로젝트의 중대성이 에피의 어깨를 짓눌렀다. 눔바니는 수호자가 필요했다, 절실하게. 오류의 가능성은 크지 않았다. 아참, 잊지 않고 로직 피드백 순서를 변환했던가? 딥러닝 매트릭스를 교정하는 건? 그래, 모두 다 마쳤다. 에피는 마음을 다잡았다. 네 살 때부터 로봇을 만들었다. 풀지 못할 문제는 없었다. 이렇게까지 걱정할 이유가 없었다. 에피는 스스로를 다독였다.

에피는 '예' 버튼을 눌렀다. 업로드 프로세스의 개시를 알리는 짧고 경쾌한 신호음이 들렸다. 20분 후에는 에피의 창조물이 생명을 갖게 될 것이다. 20분이었다. 그 20분이 영원히 계속될 것 같았다. 최소한 하루는 기다려야 할 것 같았다.

인격 코어 업로드 중

버전 34.5x

3% 완료

"에피?"

느닷없이 목소리가 들려왔다. 에피는 생각에 빠진 나머지 로봇이 말을 걸어온 줄 알았다. 하지만 목소리의 주인공은 엄마였다. 엄마는 작업장 문 앞에서 에피를 부르고 있었다.

"에피, 배가 다 떨어졌구나. 가게에 가서 좀 사다줄 수 있겠니?"

"엄마, 지금 인격 코어를 업로드하는 중이에요."

"그리고 난 너를 살아서 움직이게 해줄 저녁을 준비하는 중이고."

엄마는 모니터를 보며 고개를 끄덕였다. 진행 상황을 나타내는 표시줄이 서서히 화면을 가로지르며 채워지고 있었다.

"그럼 이게 업로드되는 동안 다녀오면⋯."

"그렇지만⋯."

"에피 로티미 오페예미 올루와다레 가브리엘 올라델레."

에피는 자신의 전체 이름이 불리는 것에 몸이 굳었고, 자신은 가족의 일원이며 천재라는 이유로 자신에게 주어진 집안일을 회피해서는 안 된다는 엄마의 강의가 시작되기 전에 반사적으로 "네, 엄마"를 내뱉었다. 엄마는 엄격하게 이 규칙을 적용했지만 에피가 천재성을 발휘하여 다른 수단으로 집안일을 처리하는 것까지 금지하진 않으셨다.

엄마가 나간 후 에피는 집안일 봇을 찾았다. 쓰레기를 비우고 바닥에서 뒹구는 에피의 양말 수거를 담당하는 로봇이었다. 에피는 시장에서 배를 사 오라고 명령하기 위해 입을 열었다가 OR15의 망가진 광학 센서를 교체하고자 집안일 봇의 센서를 빼낸 일이 생각났다.

"정말이지 좋아 죽겠네!"

짜증이 치밀었다. 아직 15분은 더 기다려야 했고 상점은 멀지 않았다. 서두른다면 제시간에 돌아올 수 있었다.

에피는 도로의 번잡함을 피해가며 보행로를 따라 통합의 광장으로 달려갔다. 도로에서는 퇴근 시간의 혼잡을 뚫고 오고 가는 버스들이 줄을 이었고, 위에서는 높이 솟은 트랙을 타고 트램이 달리고 있었다. 에피는 늠바니가 잘 조율된 기계처럼 돌아가는 도시라고 생각했다. 사람과 기술과 자연이 조화롭게 어우러지는 공간이었다.

그러나 오늘은 뭔가가 달라 보였다. 처음에는 무언가가 가슴을 짓누르는 듯한 기분이 들었을 뿐이지만 도로를 막 건너려던 찰나, 에피는 자신을 향해 요란하게 울려대는 경적을 들었다. 피할 틈도 없이 관광버스가 달려오는 순간, 에피의 뒤에 서 있던 사람이 에피를 세차게 인도로 잡아끌었다. 버스는 에피의 옆을 거칠게 지나갔다. 에피가 옴닉 운전자를 쳐다보았을 때 거친 바람이 쉬익 하는 소리를 내며 에피를 스쳤다.

에피의 심장이 정신없이 쿵쾅거렸다. 신호도 보지 않고 길을 건널 만큼 정신이 팔려 있었나? 에피는 고개를 들어 신호등을 올려다보았다. 신호등에는 분명 보행자 신호가 들어와 있었다.

"운전 조심해, 이 양철 깡통 자식아!"

남자가 사라져가는 관광버스 뒤로 주먹을 흔들며 소리쳤다.

에피는 남자의 욕설이 신경 쓰였지만 자신을 구해준 사람이었다. 에피는 웅얼거리며 재빨리 "감사합니다"라고 인사한 뒤, 조심스럽게 도로를 건너 식료품점으로 들어갔다.

몇 차례 심호흡을 한 에피는 곧장 농산물 코너로 갔다. 에피는 직물 가방에 열 개 남짓 배를 담은 뒤 단골 식료품점의 번콜 씨에게 내밀었다.

"잘 지내니, 에피? 로봇은 어떻게 되어가고 있니?"

번콜 씨가 물었다.

"이제 거의 다 됐어요, 아저씨."

"멋지구나. 엄마가 그 유명한 잼을 만드시려나 보네?"

그는 배를 보고서 짙은 눈썹을 올리며 물었다.

"네, 아저씨."

에피는 인내심이 바닥나는 것을 느끼며 말했다. 그런 사소한 건 아무래도 좋았다. 로봇이 작동을 시작할 때 꼭 함께 있어야 할 필요는 없었다. OR15는 에피가 돌아와 첫 명령을 내릴 때까지 기다릴 것이다. 하지만 에피는 로봇이 세상을 인식하는 첫 순간을 놓치고 싶지 않았다.

번콜 씨는 마치 생각을 집중해야 헤아릴 수 있다는 듯 하나씩 천천히 아주 천천히 배의 개수를 세기 시작했다.

"하나… 둘… 셋….."

"열두 개요!"

소리를 꽥 지른 에피가 두 손으로 입을 막았다. 그런 식으로 무례하게 말하려던 건 아니었다.

"죄송해요, 아저씨. 열두 개예요. 제가 시간이 좀 없어서요."

에피는 공손하게 미소를 지었지만, 불안한 듯 앞뒤로 몸을 움직였다.

"엄마 계좌에 달아주세요."

"배 열두 개, 엄마 계좌에. 알았다, 에피. 그리고 작업을 마치면 그 로봇을 데려오거라. 얼마 전부터 등이 뻐근해서 말이야. 창고 일을 도와주면 좋겠구나."

에피는 귀를 쫑긋 세웠다. 근사한 일은 아니었지만 창고 정리라면 공간 파악 능력과 조작 기능을 확인할 수 있는 훌륭한 테스트가 될 것 같았다.

"그럼요, 아저씨. 도와드릴게요."

그 말을 끝으로 에피는 집으로 달려갔다. 어느새 보행로는 사람들로 북새통을 이뤘고 도로 역시 마찬가지였다. 하지만 에피에게는 지름길이 있었다. 에피는 돌아서서 다른 보행로를 찾았고 사촌 다요가 사는 벨로 타워 방향으로 걸음을 재촉했다.

잠시 후 에피는 다요의 집 문을 세게 두드렸다. 다요는 음악을 크게 듣는 걸 좋아했기 때문에 그 방법밖에 없었다. 마침내 다요가 나왔다.

"에피? 안녕! 웬일이야?"

에피는 제대로 인사도 못한 채 거실로 곧장 달려갔다.

"안녕, 다요 오빠!"

에피는 이모가 어딘가에서 들으리라는 것을 염두에 두고서 사촌인 다요에게 존칭을 사용하며 소리쳤다. 예완데 이모의 올바른 예절에 대한 강의를 들을 시간이 없었다.

"다음에 봐요, 다요 오빠!"

에피는 곧장 뒷마당으로 달려갔다. 난간을 따라 아름다운 푸른 나뭇가지들이 줄지어 늘어서 있었다. 에피는 난간을 뛰어넘은 뒤 곧장 다음 마당으로, 그리고 그 다음 마당으로 달렸다.

"미안해!"

에피는 삑삑 소리가 나는 강아지 장난감을 밟자마자 소리쳐 사과했다. 개가 고개를 들고 짖기 시작했지만 낯선 이를 두려워하는 기색은 보이지 않았다. 에피는 인간도 옴닉도 동물도 안전하다고 느끼는 도시를 상상했다. 자신의 OR15가 그러한 안전을 선물할 것이라고 확신했다. 모두에게 안전과 평온을 선물하고 싶었다.

에피는 마지막 난간을 뛰어넘은 후 다시 보행로를 따라 집으로 돌아왔다. 에피는 엘리베이터를 타고 몇 층을 지나 서둘러 내렸고, 배가 담긴 봉투를 부엌 조리대에 올려두고서 엄마에게 두발레, 즉 공손하게 인사한 뒤 전속력으로 작업장을 향해 달렸다. 로봇은 여전히 앉은 모습 그대로였고 눈은 생기 없는 흐릿한 회색이었다. 에피는 모니터 화면을 확인하고는 안도의 한숨을 내쉬었다.

인격 코어 업로드 중

버전 34.5x

98% 완료

에피는 제시간에 돌아왔다. 아슬아슬하게. 어찌 보면 그 간단한 심부름 덕에 시간이 빨리 지나간 셈이었다. 진행 표시줄이 99%까지 올라갔다. 그리고 마지막 남은 한 칸까지 채워지자 초록색으로 바뀌었고 또 다른 경쾌한

음이 들려왔다.

OR15는 여전히 미동도 하지 않았지만 몇 초가 더 지나자 눈에서 황금색 불빛이 깜빡거리더니 다시 어두워졌다. 두 차례의 깜빡임이 더 이어졌고 잠시 뒤 완전히 불이 들어왔다. 마침내 로봇이 움직이기 시작했고 똑바로 일어나 몸 아래로 네 개의 다리를 고정하더니 양쪽으로 두 팔을 들어 올려 움직일 준비를 마쳤다.

"새 인격 모듈이 설치되었습니다. 시스템 재부팅. OR15 온라인."

로봇이 말했다. 에피가 가장 존경하는 여성의 목소리에서 가져온 그녀의 목소리는 마치 마법 같았다.

에피는 허공을 향해 승리의 주먹을 휘둘렀다. 심장이 밖으로 튀어나올 듯 두방망이질 쳤고 얼굴이 뻐근해질 만큼 활짝 미소를 지었다. 에피는 웃으며 로봇을 올려다보았다.

"그런데 그 이름은… 안 돼. 그건 좀 별로야. 위대한 영웅답게 진짜 이름이 필요해."

이 로봇은 눔바니의 수호자이자 구원자가 될 것이다. 그만한 무게와 명예를 나타낼 수 있는 이름이 필요했다.

"음… 오리사는 어떨까?"

민족의 정령 신에서 따온 그 이름은 마치 숨을 쉬듯 자연스럽게 에피의 머릿속에서 떠올랐다.

"제 이름은 오리사입니다."

로봇이 엉덩이를 기댄 채, 이름이 마음에 든다는 듯 한차례 고개를 끄덕이며 말했다. 다음 순간, 그녀는 고도의 경계 태세로 돌아와 황금빛 눈을 가늘게 뜨고 에피를 똑바로 바라보며 말했다.

"안전하게 지켜드리겠습니다. 그것이 제 의무입니다."

에피는 당장이라도 로봇 오리사를 세상에 데리고 나가 눔바니를 위한 완벽한 영웅임을 증명하고 싶었다. 에피의 머릿속은 오리사가 탈론 요원들과 한바탕 싸우는 장면과 다시는 눔바니에 발도 붙이지 못하게 놈들을 만신창이가 될 만큼 혼내주는 장면들로 가득 찼다. 그리고 자신의 로봇이 둠피스트를 완전히 격파하고 이후 거리에서 마주치는 모든 사람들이 오리사를 응원해주는 모습을 상상했다. 어쩌면 에피도 조금은 응원을 받을 것이다. 왜냐하면 음… 안 될 이유가 없잖아? 나와 오리사는 한 팀이잖아. 그렇지? 하지만 상상 속 승리를 만끽하는 것도 잠시 뿐이었다. 에피는 이제 진짜 작업이 시작된다는 사실을 잘 알고 있었다.

먼저 테스트를 거쳐야 했다. 에피는 일련의 논리 연습을 시켰고 오리사는 훌륭하게 통과했다. 민첩성 테스트는 순조롭게 흘러가지 않았다. 로봇은 잘 부서지는 순서대로 다양한 물체들을 옮기는 작업을 수행했다. 첫 번째, 두 번째, 세 번째 물건까지는 그런대로 잘해냈지만 네 번째 물건은….

에피는 깨진 유리 조각들을 내려다보며 얼굴을 찌푸렸다. 엄마가 좋아하는 꽃병을 테스트용으로 사용하지 말았어야 했다.

"괜찮아, 오리사. 민첩성 매트릭스에서 몇 가지 다듬을 거야. 그럼 더 잘할 수 있어."

에피가 다독이듯 말했다.

"노고에 감사드립니다."

오리사는 에피에게 살짝 고개를 숙이며 말했다. 에피는 그 느낌이 좋았다. 에피는 아직 어른이 될 기회가 없었지만 지금은 놀라운 무언가를, 아니 놀라운 누군가를 창조했다. 에피는 이제 막 부모가 된 이들이 경험하는 자부심과 기대감을 느꼈다.

에피는 몸을 구부려 유리 조각들을 모았다. 조각 중 하나가 장갑의 얇은 부분을 뚫고 들어왔다. 에피는 장갑 위로 피가 번지는 것을 보고 얼굴을 잔뜩 찡그렸다. 곧장 장갑을 벗고 베인 상처를 살폈다. 다행히 크게 베이진 않았다. 에피가 구급상자를 찾기도 전에 오리사가 에피의 다친 손을 잡았다. 로봇은 눈꺼풀을 움직여 두 눈의 황금빛이 아주 가늘어지도록 조절했다.

"당신은 다쳤습니다. 제가 도와드리겠습니다."

에피는 오리사의 단단한 손에서 벗어나려 했지만 오리사가 놔주지 않는 이상, 그 막강한 손아귀에서 인간이 빠져나오기란 불가능했다.

"손을 놔줘. 난 괜찮아. 살짝 베였을 뿐이야."

"당신은 부상당했습니다. 저는 도와야 할 의무가 있습니다."

"그래, 알았어. 그럼 어떻게 하는지 볼게."

에피가 결국 포기한 듯 말했다. 간단한 응급처치 시술 테스트도 그리 나쁜 아이디어는 아니었다.

오리사는 경화광 캐스터가 장착된 다른 쪽 팔을 들어 올리더니 에피의 손가락을 향해 조준했다.

"도움을 드리는 것이 제 의무입니다. 상처 열처리를 시작합니다."

장치 중앙에서 녹색 레이저가 빛을 내기 시작했다. 에피는 장치에서 전해지는 열기를 이미 느낄 수 있었다.

"잠깐, 뭐야? 뭘 하려는 거야?"

에피가 비명을 지르듯 소리쳤다.

"열처리는 상처에 막대한 열을 가하여 출혈을 막는 절차입니다. 제 프로그램에 의하면 이 과정에서 발생하는 격렬한 통증에 대한 사실은 숨기고,

안심할 수 있는 거짓말로 환자를 설득하는 것이 권장됩니다."

오리사는 친절하게도 고개를 숙여 에피와 눈높이를 맞추며 말했다.

"움직이지 마십시오. 조금 아플 뿐이니 안심하십시오."

"붕대만 있으면 돼! 당장 놔줘!"

에피는 조금도 안심이 되지 않았다.

"그럴 수 없습니다. 당신은 부상을 당해 흥분 상태일 수 있습니다. 가만히 계십시오. 당신의 안전을 위해서입니다."

에피는 자신이 인격 코어에 구축한 모든 프로토콜에 호소하면서 로봇을 설득하려고 애썼다. 그러나 오리사는 굴하지 않았다. 로봇의 코드 어딘가에 논리 오류가 있었지만 지금은 분석할 시간이 없었다. 에피는 강철을 버터처럼 잘라낼 수 있는 레이저의 표적이 될 처지였다. 그때 에피는 인격 코어에 추가했던 특수 프로토콜 하나를 기억해냈다. 로봇이 무시할 수 없는 명령이었다.

에피는 주니에게 소리를 지르며 음성으로 명령했다.

"루시우의 '위 무브 투게더 애즈 원(We Move Together as One)'을 틀어 줘!"

주니가 곧바로 명령을 이행했고 최면을 거는 듯한 비트가 작업장을 가득 채웠다. 그 즉시 황홀한 리듬이 에피의 몸을 사로잡았고 가슴을 짓누르던 두려움도 눈 녹듯이 사라졌다. 정말이지 좋은 음악이었다.

오리사도 음악을 느꼈다. 잠시 뒤 레이저가 꺼졌고 에피를 붙든 손도 에피가 빠져나올 수 있을 만큼 느슨해졌다. 오리사의 머리가 비트에 맞춰 아주 조금씩 까닥거렸고, 한쪽 발은 천천히 바닥을 두드렸다. 어느새 오리사는 춤을 추기 시작했고 에피도 오리사와 함께 춤을 췄다.

"에피 프로토콜 #4, 루시우의 비트가 들리면 어떤 일이든 하던 일을 멈추고 춤을 춘다."

음악이 끝나기 전에 에피는 구급상자에서 붕대를 꺼내 상처를 치료하고, 전자 음악의 비트가 사라지는 순간에 맞춰 오리사의 옆으로 돌아갔다.

오리사는 에피의 손가락을 내려다보며 상처가 잘 치료되었다고 판단했는지 고개를 끄덕였다. 에피는 안도의 한숨을 내쉬었다. 에피는 오리사에게 화를 낼 수 없었다. 오리사의 나이는 고작 '두 시간'에 불과했으니까.

"몇 가지 고쳐야 할 버그는 있지만 오늘 정말 잘했어, 오리사. 내일은 말이야, 무기 시스템을 테스트할 거야."

에피는 작업장 중앙에 실물 크기로 잘라놓은 골판지를 가리키며 말했다.

"저게 둠피스트야. 눔바니의 평화를 파괴하고 있어. 놈은 우리의 적이야. 무슨 일이 있어도 막아야 해."

"당신의 적은 종이로 만들어졌습니다. 위험 수준 0."

"아니, 저건 진짜 둠피스트가 아니야. 그냥 비슷하게 만들어놓은 거라고."

"당신의 '종이 적'은 전혀 위험하지 않습니다. 당신은 안전합니다."

에피는 오리사와 또 한 번 힘겨운 논쟁을 해야 하나 싶어 마음의 준비를 하던 중, 오리사의 웃는 눈을 보고 이 로봇이 얼마나 애쓰고 있는지 깨달았다. 오리사는 프로그래밍된 그대로 자신의 창조자를 충직하게 따를 뿐이었다. 오리사는 에피를 기쁘게 해주고 싶은 것이다. 에피는 오리사의 무릎을 두드리며 미소를 지었다.

"네 말이 맞아, 오리사."

에피가 자신의 새 친구에게 기대며 말했다. 에피는 이 프로젝트를 시작할 때, 자신이 일방적으로 로봇에게 지식을 전달하는 입장일 거라고 생각했었다. 그러나 오리사 또한 인내심을 갖는 방법이나 새로운 관점으로 세상을 바라보는 방법 등 여러 가지 공부들을 에피에게 가르쳐주는 듯했다.

그리고 신기하게도 에피는 오리사와 함께 있는 내내 평온함을 느꼈다.

BotBuilder11님이 사람들을 돕는 로봇을 제작하고 있습니다.

팬 **1085** 명

홀로비드 스크립트
TranscriptMinderXL 버전 5.325로 자동 생성됨

팬 1000명 돌파 기념!

우와! 정확히 언제인지는 몰라도 어젯밤에 팬 1,000명을 찍었어요! 여러분 중 몇몇 분들은 처음부터 절 지원해주셨어요. 제가 그동안 로봇공학자로서 얼마나 발전했는지 보여드리고 싶어요. 자, 오리사를 소개합니다! 오리사는 정말 끝내줘요. 저는 오리사에게 맞춤형 인격 매트릭스를 업로드했어요. 그리고 곧 눔바니를 돌아다니면서 테스트를 시작할 거예요! 혹시 저희를 보신다면 반갑게 맞아주세요!

의견(28)

BackwardsSalamander 정말 대단해요, 에피 님! 페넬로페도 에피 님의 모든 로봇 작업을 축하하고 싶어 해요. 저는 일단 경화광 키트를 설치했어요. 이제 페넬로페는 환경 상호작용이 개선되었어요. 페넬로페가 집 주변을 정리할 수도 있겠구나 하고 생각했는데, 페넬로페는 제가 그렇게 말할 때마다 계속 "오류, 청소 모듈을 찾을 수 없습니다"라는 말만 되풀이해요. 어떻게 하면 좋을까요?

BigBadSuperFan 축하해요!!! 다음 1,000명을 위하여! 로봇이 작동하는 걸 보고 싶어요!!

BolajiOladele55 엄마와 아빠는 네가 정말 자랑스럽구나!

더 읽기…

9장

    이틀 동안 기본 규칙을 정한 후 에피는 오리사의 무기를 테스트해보고 싶은 기대감으로 가득했다. 에피에게 '무기'란 많은 것을 의미했다. 에피는 에너지 올가미와 덫을 던지는 대신 가벼운 투사체를 발사하도록 경화광 캐스터의 에너지장 안정기를 우회할 수 있는 방법을 알아냈다. 연보랏빛 에너지 구체들은 젖은 누더기 양말을 쏘아댈 뿐이라서 오리사가 눔바니를 돌아다니며 심각한 피해를 일으킬까봐 걱정할 필요는 없었다. 그건 다행이었으나 동시에 오리사는 큰 위협에 맞설 수 없다는 것을 의미했다.

    어느 쪽이든 사격 연습은 오리사에게 도움이 될 것이다. 그래서 오리사와 에피는 눔바니의 외곽 지역으로 방향을 잡고 트램역으로 향했다. 지평선 끝, 금빛이 아른거리는 사바나의 황갈색 초원과 푸른 하늘이 맞닿은 곳… 그곳에서는 나무들을 향해 에너지 구체를 발사한다 해도 방해할 사람이 없을 것이다.

    "정말 예뻐요!"

거리 저편에서 옴닉 하나가 오리사에게 소리쳤다. 세 개의 푸른색 조명이 보이는 매끈한 금속 머리의 모델이었다.

"그 장식띠는 시그마 봇 양장점에서 사셨나요?"

에피는 로봇이 얼굴을 붉히는 건 본 적이 없었지만, 오리사는 정말로 얼굴을 붉힐 것만 같았다. 비록 프로젝트에서 빠지긴 했지만 오리사의 멋진 모습이 하사나의 공이라는 사실을 인정하지 않을 수 없었다.

"고맙습니다."

오리사가 걸음을 멈추고 감사 인사를 건넨 뒤 그 옴닉을 위아래로 훑어보았다.

"당신의 프로세서가 옷 색상을 조정하는 데 어려움이 있는 것 같습니다. 시각 센서를 보정하도록 도와드릴까요?"

에피는 입술을 깨물었다. 에피는 오리사에 대해 알아가는 중이었지만, 아마도 오리사는 그 옴닉에게 옷이 어울리지 않는다고 말하는 것 같았다.

옴닉은 급히 방향을 바꾸더니 말없이 자리를 떠났다.

"제가 잘못된 말을 했습니까?" 오리사가 물었다.

"음, 저 가여운 옴닉한테 창피를 준 셈이지. 하지만 괜찮아. 아직 배우는 중이니까. 다음에는 그냥 고맙다고 인사만 하고… 거짓말이더라도 칭찬으로 답해주면 좋을 거야."

에피가 미소를 지으며 대답했다.

"공감 모듈 보정 중. 상대의 기분을 상하게 하고 싶지 않습니다."

"좋아, 가자."

에피는 트램 정거장을 향해 계속 걸었다.

"예의를 지키는 건 중요해. 노인이 지나갈 수 있도록 문을 잡아주거나,

무거운 짐을 든 아주머니를 도와주거나, 서로를 위해 사람들은 그런 행동을 하거든. 어디서든 그렇게 돕는 모습을 볼 수 있어. 늄바니에서 내가 가장 좋아하는 것 중 하나야."

수십 명의 사람들이 정거장에서 트램을 기다리고 있었다. 대부분 인간들이었으나 옴닉도 적지 않았다. 에피는 발권기로 다가가 광 스캐너 쪽으로 몸을 기울였다. 초록색 빛줄기가 에피의 얼굴을 따라 미끄러져 내려갔고 홀로스크린에는 에피의 정보가 나타났다. 에피는 어울림 역으로 가는 표를 두 장 끊었다.

도착하는 트램에서 경적이 울리며 승차할 때가 되었음을 알렸다. 곧이어 매끈한 총알 형태의 차량 다섯 대가 연결된 트램이 역으로 미끄러져 들어왔다. 에피는 사람들이 건너편 플랫폼으로 내리길 기다렸다. 잠시 뒤 에피가 서 있는 쪽의 트램 문이 열리자 승객들이 승차하기 시작했다.

"먼저 타십시오."

옆에 있던 오리사의 말에 에피는 미소로 답하고 트램에 올라탔다. 에피가 빈자리를 찾아 두리번거리던 순간, 금속이 부딪치는 듯한 소름 끼치는 소리가 들렸고 에피는 황급히 돌아서서 오리사를 보았다. 오리사는 문틀에 낀 뒤쪽 다리를 끼깅대며 당기고 있었다. 오리사는 힘을 써서 들어오려 했고 에피는 휘어지려는 문틀을 보고 깜짝 놀랐다.

"기다려요! 멈추세요!"

오리사의 뒤쪽에서 인간 역무원이 소리쳤다.

"멈춰, 오리사!"

오리사는 에피의 명령을 즉시 따랐고 1미터가량 물러섰다.

"이 로봇은 규격에 따라 만들어지지 않았습니다. 탑승할 수 없습니다!"

역무원이 에피에게 소리쳤다.

"오리사는 표준 규격에 따라 제작되었어요. 제가 세 번이나 확인했거든요. 접근성 표준 규격 미달은 저 문이에요."

에피의 말에 오리사가 문을 살펴보더니 말했다.

"에피가 맞습니다. 이 문은 눔바니 표준 규격 미달입니다. 6센티미터만큼 좁습니다."

역무원은 당황한 듯 그대로 서서 오리사와 에피를 번갈아 보았으나 그의 눈썹은 여전히 단호해 보였다.

"그럼 이제 어떻게 되는 건가요?" 에피가 물었다.

"표를 환불해드릴 수 있습니다."

역무원이 무뚝뚝하게 대꾸했다. 공감 모듈이 망가진 로봇보다도 인정머리 없는 말투였다.

"환불은 필요 없어요. 전 이 친구와 함께 어울림 역으로 가야 해요."

에피는 역무원이 더 불쾌한 말로 대꾸하기 전에 서둘러 덧붙였다. 에피는 눔바니 교통과에 신고하고 싶었지만 다른 이의 무례함 때문에 하루를 망치고 싶지 않았다.

"오리사, 그냥 걸어가자."

"에피, 괜찮은 상태입니까? 맥박이 증가했습니다. 포옹이 필요할까요?"

거리로 나왔을 때 오리사가 물었다. 에피는 고개를 끄덕였다. 포옹이 필요했다. 에피는 낙담하고 있었다. 이런 눔바니의 모습은 싫었다. 에피는 옛 눔바니가 그리웠다. 문제가 생기면 누구든 기꺼이 나서서 해결해주었다. 에피는 차가운 시선과 손가락질이 마음에 들지 않았다. 최근 눔바니에서 퍼져가는 그 무심함이 싫었다.

"고마워."

에피는 오리사의 무기화된 거대한 두 팔에 안기며 말했다. 아무도 신경 써주지 않았지만 오리사는 에피를 살펴주고 있었다. 에피는 오리사의 육중한 팔에 안겨 있는 탓에 이쑤시개만큼 약해진 기분이었지만 한편으로는 오히려 더 강해진 것 같았다.

"안아줘서 고마워."

"천만에요, 에피. 당신의 얼굴은 절대 불쾌하지 않습니다. 물이 샐 때도 말입니다."

에피는 울다 말고 피식 웃으며 눈물을 닦았다.

"칭찬하는 거야?"

"그렇습니다. 괜찮았나요?"

"좋아, 괜찮았어. 기분이 훨씬 좋아졌어."

에피의 말에 오리사는 목에 힘을 주며 신난 조랑말처럼 발을 굴렀다. 둘은 도시의 외곽을 향해 걸음을 옮겼다. 그런데 채 몇 블록도 지나지 않을 무렵 에피는 눈에 거슬리는 무언가를 보았다. 뜨거운 한낮의 더위 속에서 많은 차들이 그늘에 이끌린 듯 육교 밑에 줄지어 주차해 있었다. 그중 한 자동차 앞에서 어떤 남자가 태블릿을 들고 서 있었다. 에피는 키 코드를 번갈아 넘겨보는 남자의 태블릿 화면을 보았다.

"저 사람이 차를 훔치려는 것 같아."

에피가 낮은 목소리로 말했다.

"자신의 키를 잊어버렸는지도 모릅니다."

오리사는 남자가 서 있는 방향으로 시선을 둔 채 말했다.

"그런데 긴장한 것처럼 땀을 흘리고 있잖아."

"조금 전에 격렬한 운동을 마쳤을지도 모릅니다. 저 사람들처럼."

오리사는 육교 위를 가리키며 말했다. 에피는 양 끝에 서 있는 거대한 가젤 조각상 사이로 조깅하는 사람들의 머리가 나타났다 사라지는 모습을 간신히 볼 수 있었다.

"그럴 수도 있겠네…." 에피가 웅얼거렸다.

"키를 잃어버렸다면 늄바니 방식으로 해결하겠습니다."

오리사는 에피가 미처 제지할 틈도 없이 남자를 향해 달려갔다.

"안녕하십니까! 자동차 이용을 도와드릴까요?"

오리사가 남자를 향해 소리치자 그의 몸이 뻣뻣해졌다.

"예… 안에서 잠긴 것 같군요."

남자는 긴장한 듯 주위를 둘러보며 말했다.

"차량 암호화 코드에 문제가 있다면 제가 도와드릴 수 있습니다."

오리사는 남자에게서 태블릿을 건네받았다. 오리사는 즉시 장치에 접속하며 말했다.

"중앙 등록부 접속 중, 차량 ID 3984HHJ의 소유주는 R. J. 모하메드 님으로 등록되어 있습니다."

차량 소유주의 이미지가 태블릿 화면 위로 나타났다. 오리사는 홀로그램과 남자를 번갈아 살펴보았다.

"죄송하지만 안면 인식에 실패했기 때문에 계정을 열 수 없습니다. 자동차 이용 인증을 위해 ID를 스캔할 수 있을까요?"

"그, 그게… 집에 두고 온 것 같네요."

남자는 몇 차례 눈을 껌뻑거리더니 허둥지둥 도망쳤다.

"오리사, 저 남자는 차를 훔치려던 거였어!"

"쫓을까요?"

에피는 '아니'라고 대답해야 한다는 것을 알고 있었다. 시에 알리고 그들이 처리하도록 해야 한다고 생각했지만, 오리사의 실무 능력을 확인할 수 있는 기회였다.

"그래, 저 사람을 잡아. 하지만 다치게 하면 안 돼."

"알겠습니다."

오리사는 개조된 경화광 캐스터가 장착되어 있는 브랜포드 팔을 들어 남자에게 저충격 탄을 연사했다. 저충격 탄을 맞은 남자는 잠시 비틀거렸지만 금세 몸을 추스르고 다시 뛰기 시작했다. 오리사는 그를 뒤쫓았지만 최대 속도로도 따라잡을 수 없었다.

"정지! 자리에 서십시오! 도주를 멈추십시오!"

오리사는 소리치며 경화광 올가미를 던졌다. 조준은 정확했으나 예측 기술이 부족했기 때문에 도망치는 남자를 옭아매진 못하고 그저 0.5초 일찍 맞히기만 할 뿐이었다. 그러나 오리사는 포기하지 않았다. 팔을 높이 들어 올린 오리사는 육교 위로 올가미를 던져 가젤 조각상의 커다란 뿔에 걸었다. 에피는 오리사가 정확하게 조준하길 바라며 응원했으나 그 순간, 자신의 로봇이 무엇을 하려는지 알아챘다.

"오리사, 멈춰! 그렇게 하면 사람이 다칠 거야!"

에피가 소리치자 오리사는 네온 청색 로프를 힘껏 잡아당기며 말했다.

"다치지 않습니다. 위험 요소 경미한 대상 체포 진행 중."

곧이어 조각상의 거대한 뿔에 금이 가더니 완전히 분리되어 15미터 아래로 떨어졌고, 가까스로 육교를 지나쳐 지상과 충돌했다. 에피는 그 진동이 배 속까지 전해지는 것 같았다. 순간적으로 공항 습격 때 느꼈던 공포가 떠올랐다. 에피는 웅크리고 앉아 두 손으로 머리를 감싸 쥐었다. 사방으로 시멘트 조각이 흩어지면서 주차된 몇몇 차량의 앞 유리를 강타하고 지붕을 찌그러뜨렸다. 충격의 여파 때문인지 차 도둑으로 추정되는 남자가 오리사 쪽으로 방향을 틀었다.

오리사는 순식간에 남자의 목덜미를 잡고 그를 살짝 들어 올렸다. 남자의 두 발은 지면을 스치며 빠져나가려고 계속 발버둥 쳤지만 도망칠 수 없었다.

"부상을 입히지 않고 성공적으로 용의자를 체포했습니다."

오리사는 스스로가 대견한 듯 에피에게 간략히 보고한 다음, 단호한 표정으로 남자를 보며 말했다.

"저항하지 마십시오. 곧 경찰이 와서 당신을 데려갈 겁니다."

에피는 자리에서 일어나 이로에 잔뜩 묻은 먼지와 파편들을 털어냈다. 허리에 묶은 이로는 이제 라임색이라기보다는 시멘트색에 가까운 회색으로 보였다. 저 멀리서 사이렌 소리가 들려왔다. 자동차 도둑을 체포하러 온 것만은 아닐 것이다. 에피는 부서진 가젤 조각상과 망가진 차들을 바라보며 눈썹을 찡그린 채 긴 한숨을 내쉬었다.

> 안녕, 오리사의 사회성 교육에 아직 관심이 있니?

> 원한다면 법률 같은 걸 검토하는 것도 좋아.

> 나보다 윤리학에 대해서 잘 알잖아.

작년에 윤리학 시험마다 1등 했던 거, 기억하지?

하사나?

보고 있니?

에피는 최대한 기다렸지만 하사나에게서 답변이 올 것 같지 않았다. 그렇다면 오리사의 교육 중 사회성과 관련된 부분을 에피가 직접 완수해야 했다. 단, 문제가 하나 있었다. 에피는 실험실에서 대부분의 시간을 보냈기 때문에 사회나 사회성이 무엇을 의미하는지 적당한 이미지가 떠오르지 않았다.

에피는 부모님과 함께 축제에 가기도 했지만, 떠오르는 기억이라고는 퍼프퍼프나 슈쿠슈쿠, 가끔씩 두 가지를 한꺼번에 입에 밀어 넣고 손가락에 묻은 설탕 가루를 핥아 먹던 것뿐이었다. 에피는 오리사와 함께 무엇을 하건 오늘은 비용이 드는 일과 특별한 사건이 없도록 주의해야겠다고 마음먹었다. 문득 식료품점의 번콜 씨가 가게에 일손이 필요하다고 말했던 것이 떠올랐다. 그곳에서 시작하는 것도 괜찮은 방법이다.

에피와 오리사는 집 밖으로 나와 동네를 걸었다. 가는 곳마다 사람들의 시선이 쏟아졌다. 어린아이들은 부모님에게 붙들린 채, 에피가 크고 사나운 개와 산책이라도 하는 것처럼 흥분한 눈을 크게 뜨고 쳐다보았다. 에피는 자신이 무엇을 이루었고 지금 무엇을 하고 있는지 생각하자 자긍심이 차올랐다. 에피는 자신의 로봇을 '오리사'가 아니라 '저 성가신 로봇'이라고 부르는 이들의 짓궂은 휘파람 소리와 혀를 차며 끌끌거리는 소리를 무시했다. 또한 저 멀리 주황색 점프 슈트 차림의 작업자들이 파편을 쓸어 담고 있는

179

육교도 못 본 척했다.

어제는 계획한 대로 흘러가지 않았다. 어쩌면 오리사가 사격 연습을 하기에는 아직 이른지도 모른다. 아무튼 민방위대와 장시간 토론 끝에 에피는 조각상을 새로 세우는 데 도움이 될 수 있도록 다음번 지원금 분납액에서 상당한 금액을 눔바니 미술위원회에 기부하기로 약속했다.

오늘은 분명 어제보다 나을 것이다.

"에피! 배를 더 사러왔니?"

에피는 인사를 건네는 번콜 씨의 웃는 얼굴에서 눈가에 깃든 두려움의 흔적을 읽을 수 있었다.

"아뇨, 아저씨."

에피가 가볍게 고개를 숙이며 대답했다. 오리사도 에피를 따라했다. 네 다리를 가진 오리사는 마치 황소가 절을 하는 것처럼 보였다.

"가게에 도움이 필요하다고 하셨죠? 도움을 드리러 왔어요. 이 친구는 오리사예요."

번콜 씨는 눈을 가늘게 뜨고서 로봇을 바라보더니 고개를 저었다.

"아, 그게 말이다, 공교롭게도 이제 등이 멀쩡해졌구나. 내가 직접 물건을 정리할 수 있어."

번콜 씨는 이리저리 몸을 뻗어보았다. 얼굴이 절로 찌푸려지는 것으로 보아 통증이 있는 게 분명했지만 숨기고 싶은 것 같았다.

"나중에 도와주면 좋겠다. 신경 써줘서 고맙구나."

에피의 무모한 로봇에 대한 소문이 번콜 씨에게까지 전해진 모양이었다. 좁은 지역 사회에서는 어쩔 수 없는 부분이다. 모든 사람이 서로의 일들을 알고 있었다.

"아저씨, 제 로봇을 좀 겁내시는 것 같은데요."

"겁낸다기보다는 솔직히 무서워 죽겠구나."

"무서워하실 거 없어요. 지금은 무기가 완전히 꺼져 있거든요. 시범을 한 번 보여드릴까요? 민첩성과 제어력을 정교하게 다듬었어요. 인간 작업자가 할 수 있는 일이라면 뭐든 할 수 있어요. 훨씬 빨리요."

"그래, 한번 해보렴. 다 쌓아주면 된다. 저것이 작업하다가 캔을 찌그러뜨리면 안 되는데."

번콜 씨는 한숨을 내쉬더니 꿀콩 통조림들이 반쯤 쌓인 매대를 바라보며 말했다.

"오리사는 '저것'이 아니라 '그녀'예요, 아저씨. 그리고 이 작업은 아주 간단히 끝날 거예요!"

에피가 번콜 씨의 말을 바로잡으며 대꾸했다.

에피는 오리사를 짐 받침대가 있는 곳으로 데려가 해야 할 일을 알려주었다.

"캔이 찌그러지지 않게 아주 조심해야 해. 잘해내면 번콜 씨가 오늘 하루 종일 우리를 도와주실 거야."

에피는 긴장한 얼굴로 주의를 주었다.

"알겠습니다. 양철 캔 쌓기 시퀀스를 시작합니다."

오리사는 곧장 움직이기 시작하더니 짐 받침대에서 하나씩 캔을 꺼내 정확한 위치에 캔을 쌓아 올렸다. 처음 몇 개는 쌓는 속도가 느렸지만 로봇은 보정과 수정을 거치면서 점점 더 빨라졌다. 에피는 번콜 씨가 곁눈으로 자신과 오리사를 지켜보고 있다는 걸 알아챘다. 번콜 씨는 에피를 보며 작은 미소를 지었다.

오리사가 해내고 있었다!

"캔 쌓는 걸 보니 아일랜드 포트에서 할 만한 일이 있겠구나."

번콜 씨의 말에 에피는 움찔했다. 에피는 번콜 씨의 말이 호의라는 걸 알았지만, 옴닉 부두 노동자 반란으로부터 많은 시간이 지난 지금도 틴 캔 아일랜드 포트는 로봇과 옴닉, 그리고 그들을 친구라 부르는 모두에게 아픈 기억으로 남아 있었다.

3분이 지난 후 캔으로 만들어진 탑이 완성되었다. 마치 미술 작품 같았다. 걸작이었다. 에피가 축하하려던 순간, 오리사가 무언가에 반응하는 것을 보았다. 오리사의 두 눈이 가늘게 재구성되더니 위험 탐지 상태로 바뀌었다. 그 시선을 쫓던 에피는 쌓여 있는 캔 쪽으로 카트를 밀고 가는 여자를 보았다.

"위험 가능성, 어떤 일이 있어도 캔에 흠이 나지 않도록 막을 것."

오리사는 그 여자 쪽으로 다가가 다른 통로로 그녀를 안내했다.

"위협 수준 0. 표적 무효화됨."

에피는 당황했다. 캔을 찌그러뜨리지 말라는 당부를 너무 강조한 것일까.

"위협 수준 1."

통로에서 몇 명의 아이들이 공 튕기는 모습을 보며 오리사가 말했다. 일이 꼬이기 전에 재빨리 에피가 끼어들었다.

"오리사, 임무는 끝났어. 이제 캔이 찌그러지는 걸 걱정하지 않아도 돼."

"알겠습니다."

번콜 씨는 작업 상태를 점검한 후 또 한 번 미소를 지었다.

"아주 잘했다. 오늘 계속 일을 하고 싶다면 그렇게 해도 좋아. 냉동 채소 칸에 물건을 다시 채워야 하고 빵과 과자도 채워야 한단다. 그리고 필요하다면 손님들을 도와주렴. 단, 친절하게 말이다."

에피와 오리사는 번콜 씨가 다시 등을 돌리고 바빠질 때까지 기다렸다가 잠시 함께 춤을 추었다. 에피는 차오르는 자부심이 귓구멍으로 흘러나올 것만 같았다.

"좋아, 먼저 냉동 채소 칸으로 가자. 번콜 아저씨가 말씀하신 대로 말이야."

오리사는 논리적 계산을 통해 작업을 수행했다. 오리사는 즉시 선반 배치 최적화를 위한 프로토콜을 다운로드했다. 상점은 그 어느 때보다도 근사해 보였다. 오리사는 충동구매를 자극할 방법으로 푸푸와 아말라의 위치를 간편 수프가 있는 곳으로 옮겨도 되는지 번콜 씨에게 물었다. 오리사는 사람들이 더 접근하기 쉽고 번잡하지 않도록 얌을 여섯 단이 아닌 네 단으로 쌓았다. 또 대량 견과류 캔을 알파벳 순서로 배치하고, 과일을 색깔별로 재정렬하고, 무지개색으로 전시하여 사람들을 끌어모았다. 오후가 되었을 무렵에는 새로 생긴 상점처럼 깨끗해졌다. 바닥에는 채소 부스러기 한 조각 보이지 않았고, 이리저리 굴러다니는 빈 카트도 보이지 않았다.

"긴장해야겠는걸. 이러다가는 내가 해야 할 일들도 죄다 뺏기겠구나."

번콜 씨가 오리사를 바라보며 말했다.

"그렇지 않습니다. 저는 당신을 대신할 수 없습니다, 번콜 씨. 제 분석에 따르면 당신의 오랜 경험과 이 지역 주민들과의 유대 관계가 이 사업을 성공적으로 이끄는 동력 중 하나입니다."

"이런, 친절하기도 해라. 고맙구나, 오리사."

번콜 씨는 환하게 웃으며 말했다. 에피는 그렇게 활짝 웃는 번콜 씨를 본 적이 없었다. 눈가에 깃들어 있던 두려움도 더는 보이지 않았다.

에피는 자신의 계획이 착착 진행되는 과정을 지켜보며 큰 만족감을 느꼈다. 오리사는 지역 사회를 강화할 뿐 아니라 관계의 중요성까지 인지하고 있었다. 오리사는 벌써 이웃의 일부가 되어가고 있었다. 그리고 번콜 씨는 에피를 통하지 않고 오리사와 직접 이야기하고 있었다. 아마도 몇 주 후에 는 주민들을 도울 수 있도록 오리사 혼자 내보낼 수도 있을 것 같았다!

"천만의 말씀입니다, 번콜 씨. 이제 일하러 가야 합니다."

오리사는 고개를 숙여 인사한 뒤 복도로 내려갔다. 에피가 뒤따라가는 동안 오리사는 토마토 스튜를 찾는 손님을 도와주었고, 젊은 연인들을 세일 중인 가재가 있는 곳으로 안내했다. 어느새 도움이 필요한 손님들이 오리사 를 찾기 시작했다.

"이걸 찾아줄 수 있겠니?"

어떤 여자 손님이 태블릿을 오리사에게 건네며 물었다.

오리사는 화면을 스캔한 뒤 고개를 끄덕였다.

"물론입니다. 그리고 목록에서 보니 졸로프를 준비하시려는 것 같은데 맞습니까?"

여자는 어리둥절한 표정으로 오리사를 잠시 바라보더니 고개를 끄덕였다.

"그래, 맞아."

"나이지리아의 유명 셰프 대부분이 땅콩기름 대신, 더 깊은 풍미를 느낄 수 있는 레드팜 오일을 사용합니다. 그쪽으로 안내해드릴까요?"

"좋은 생각이구나. 고마워! 내 친구들에게도 여기서 장을 보라고 말해야 겠는걸."

여자는 다시 한 번 고개를 끄덕이며 말했다.

오리사는 킥보드를 타고 통로를 내려가는 남자 손님을 보았다. 그는 킥 보드에서 내려 선반 높은 곳에 있는 건조 스파게티 팩에 손을 뻗었으나 잘

닿지 않았다. 어느 틈에 다가간 오리사가 물었다.

"도움이 필요하십니까?"

"아, 거의 잡았어."

그는 손가락으로 팩의 귀퉁이를 만지작거리며 대답했다. 오리사는 아랑 곳하지 않고 그 팩을 잡아 남자의 카트 바구니에 넣었다.

"아… 그래, 고맙군."

그는 어색하게 미소를 지으며 말했다.

"도움이 되었기를 바랍니다."

오리사는 고개를 숙이며 말했다. 오리사는 그 남자 손님의 뒤를 따르며 활약할 만한 다음 기회를 찾았지만, 에피가 휘파람을 불며 오리사를 불렀다.

"도움이 돼야 하지만 지나치면 안 돼."

에피는 부드럽게 타일렀지만 목소리에는 엄격함이 묻어나왔다.

"저 남자가 '그래, 고맙군'이라고 말했을 때 어떻게 들렸는지 기억해?"

"그 음성 조각은 이전 대화 패턴에 비해 다소 퉁명스러웠고 '그래'라는 단어에 인위적인 강세가 있었습니다."

"그건 말이야, 약간 짜증이 났다는 뜻이야. 네가 도움이 필요한지 물었을 때 그 사람은 거절했어. 다음에는 '번콜의 식료품점에서 즐거운 쇼핑하세요'라고만 답해줘."

"제가 방해가 되었습니까?"

오리사가 걱정스러운 듯 고개를 기울이며 물었다.

"아니, 아니야. 네 잘못이 아니야. 아직 배워야 할 사회적 관례가 많아."

"어디에서 다운로드할 수 있나요?"

"그건 배워야 해. 다른 모든 사람들처럼 말이야. 하지만 걱정하지 마. 내가 도와줄게!"

에피가 웃으며 말했다.

"고맙습니다, 에피. 당신은 아주 많은 희망을 보여줍니다."

에피는 날이 저물 때까지 그 희망을 보여주고자 노력했다. 머무는 시간
이 길어질수록 오리사가 배워야 할 것이 너무나 많다는 사실이 분명해졌다.
오리사의 프로그램은 어디부터 간섭하지 말아야 하고, 어디까지 간섭해야
하는지 스스로 교정을 시도했다. 오리사는 손님들의 짜증을 유발하지 않으
려고 점차 사람들에게서 거리를 두더니 나중에는 무언가를 묻는 손님들에
게서 달아나는 지경에 이르렀다. 에피가 그러지 말라고 이야기하면 다시 과
하게 친절해져 사람들을 쫓아가 카트를 밀어주고 쇼핑 목록 전체를 수정해
주었다.

오리사는 진저에일의 위치를 묻기 위해 멈춰선 여자 손님의 쇼핑 목록을
스캔했다. 그러더니 잠시 물러서서 여자의 눈을 바라보며 말했다.

"목록을 보면 장 문제를 겪고 있으신 것 같습니다."

"응? 뭐라고?"

여자가 당황하며 물었다.

"장 말입니다. 당신의 장에 큰 문제가 있습니다."

오리사는 자신의 말이 여자에게 잘 들리지 않는다고 판단했는지 목소리
를 높였다.

"장 이야기 좀 그만해. 누가 내 건강 걱정해달라고 했어? 난 그냥 진저에
일을 찾고 있을 뿐이라고."

여자의 말에 오리사가 고개를 저었다.

"아그보 제디 제디가 더 효과적일 겁니다. 재료 목록을 준비해드리겠습

니다. 생강, 사과식초, 레몬….."

에피는 얼굴을 찡그렸다. 부모님은 에피가 아프기만 하면 치료해야 한다고 하시면서 늘 아그보 제디 제디 병을 들고 집 안 구석구석 에피를 쫓아다녔다. 쓰디쓴 약 맛을 떠올리기만 해도 에피는 기적같이 열이 내리고 뒤집힌 배 속이 가라앉곤 했다.

"내가 어디가 아픈지 아무것도 모르잖아! 그러면서 어떻게 약을 권하는 거야?"

그녀는 악을 쓰다시피 큰 소리로 쏘아붙였다.

"당신 말이 맞습니다. 가상 의사 프로토콜 설치 중, 기다려주십시오."

오리사는 먼 곳을 바라보는 표정을 짓고 있었다. 서버에 연결할 때 보았던 그 표정이었다.

"귀하의 의료 기록에 접근할 수 있도록 구두 확인을 제공해주십시오. 권한을 허락하신다면 생체 스캔을 수행하겠습니다. 앞서 장 진정을 위해 제안해드린 내용이 유효하리라 확신합니다."

"아니야, 됐어. 내 옆에서 떨어져! 관리자에게 말하겠어!"

여자 손님이 두 손을 흔들며 소리를 질렀다.

10분도 채 지나지 않아, 계산대 방향에서 여러 차례 큰 소리가 들려왔다. 여자는 번콜 씨의 상점에 다시는, 절대로, 쇼핑하러 오지 않겠다고 말했다. 에피와 오리사는 유제품 코너에서 고개를 푹 숙인 채 번콜 씨가 씩씩대며 오기만을 기다리고 있었다.

"이번 일은 사람들의 사생활을 존중해야 한다는 점을 알게 되는 좋은 기회일 거야."

에피가 작은 소리로 말했다.

"에피, 앞쪽 계산대로 와서 설명 좀 해주겠니?"

번콜 씨의 목소리가 확성기를 통해 들려왔다.

"그리고 로봇도 함께 말이다."

에피는 움찔했다. 오리사의 얼굴은 단단한 강철로 만들어졌지만, 에피는 오리사 역시 움찔했다고 맹세할 수 있었다.

"번콜 씨의 음조 변화에 짜증의 감정이 나타났습니다."

"잘했어. 그걸 알아차리다니 정말 기쁘네."

"제 행동이 만족스럽지 않았습니까?"

"그래. 여자의 개인 정보에 접근을 요청한 건 좋은 생각이 아니었어."

"사회적 예절에 의하면, 실수를 했을 때 그것을 만회하도록 노력해야 합니다. 저는 번콜 씨의 고객을 잃었습니다. 새로운 고객을 구해드려야 합니다. 저는 예의 바르게 행동해야 합니다. 눔바니 방식입니다."

"뭐라고? 지금 뭐라고 했어?"

에피가 눈을 깜빡이며 물었다.

"활동, 새로운 고객 확보, 개시."

"잠깐, 기다려!"

에피의 말이 채 끝나기도 전에 오리사는 상점을 빠져나가고 있었다. 에피는 유리창 너머로 악몽 같은 상황이 펼쳐지는 것을 지켜보았고 대처할 틈도 없이 돌처럼 몸이 굳어졌다. 오리사는 두 팔을 벌린 채 좋은 거래를 장담하면서 인도에 있는 사람들을 상점으로 들이기 위해 갖은 애를 쓰며 설득하고 있었다. 오리사는 그러한 일에도 놀랍도록 효율적이었고 30초도 지나지 않아 농산물 코너로 여섯 명의 손님을 몰아넣었다. 그러고는 재빨리 식료품점 카트로 손님들이 빠져나갈 만한 통로를 막았다.

"저항하지 마십시오. 눔바니 시민들의 건강과 안전을 돌보는 것이 저의 의무입니다. 그리고 다량의 과일과 채소를 섭취하는 것은 건강한 삶을 위해 필수적입니다. 번콜 식료품점에서 즐거운 쇼핑하시기 바랍니다!"

오리사의 말이 끝남과 동시에 한 남자가 망고 통을 뛰어넘어 출구 쪽으로 달려가려 했다. 오리사는 위험 수준이 증가했을 때처럼 눈을 가늘게 뜨고서 남자를 쫓아 달려갔다. 그렇게 뛰어가던 오리사는 진열된 푸푸를 넘어뜨렸고, 제철이 아닌 탓에 에피의 일주일 용돈을 훌쩍 넘는 체리를 통째로 넘어뜨렸다. 남자는 도망갔고 오리사는 다른 손님들 쪽으로 주의를 돌리며 몸을 틀었다. 오리사는 통로를 뛰어넘다가 선반을 넘어뜨리고 조명을 망가뜨렸으며 에구시 씨앗 통은 부서졌다. 그러자 번콜 씨를 포함해 모든 사람들이 출구를 향해 뛰기 시작했다. 에피는 소란 속에서 소리를 지르며 오리사를 불렀지만 아무 소용없었다.

결국 아수라장이 된 상점 안에는 에피와 오리사만 남았다.

"손님들이 모두 갔습니다."

오리사의 말에 에피가 한숨을 내쉬었다.

"그래, 그래. 다 갔어. 전부 다."

오리사는 시무룩한 얼굴로 엉덩이를 대고 주저앉아 몸을 앞으로 기울였다.

"오늘도 계획한 대로 흘러가진 않았지만… 봐, 네가 작업한 꿀콩 통조림 캔들이 아직도 잘 쌓여 있어. 하나도 찌그러지지 않았고."

에피가 통로를 가리키며 말했다.

"음성이 의도적으로 가벼운 것을 보니 당신은 저를 응원하려는 것 같습니다."

"효과가 있니?"

"그렇지 않습니다. 제 프로세서들이 비동기화되었습니다. 오늘 있었던 사건들을 계속해서 재생하고 있습니다. 어디에서 잘못되었는지 알지 못합니다. 안면 근육의 긴장도와 생체 판독 결과로 판단할 때, 저는 번콜 씨를 실망시킨 것 같습니다. 그리고 당신도."

"그 대신 넌 공감 능력을 얻었어. 그건 좋은 거야. 실망하는 건 나중으로 미루자. 지금은 치워야 할 게 잔뜩 있으니까."

에피는 바닥에서 오크라 하나를 집어 들어 먼지를 털어냈다.

10장

    에피는 작업장에서 오리사가 지켜보는 가운데 이리저리 서성이고 있었다. 토블슈타인 반응로 미니어처를 살 만한 여유는 없겠지, 등의 혼잣말을 중얼거렸다. 오리사가 도시 곳곳에서 일으킨 온갖 피해 때문에 오리사의 부품을 위해 지원금을 쓰려면 또다시 6개월은 기다려야 했다. 오리사가 지역 사회에 융화되기까지는 어려움이 따르겠지만 그럼에도 에피는 자신의 로봇이 둠피스트를 무찌르고 눔바니를 구해내리라는 믿음이 있었다. 그러려면 적들을 붙잡을 수 있는 중력자 구체의 동력원인 반응로가 있어야 했다.

    에피는 부족한 부품을 사려면 주니를 몇 대 더 팔아야 하는지 계산해본 다음 숫자를 가만히 응시했다. 자신이 소수점을 잘못 찍었기를 바라면서 다시 계산해보았다. 화면에서는 답이 깜빡이며 계산이 틀리지 않았음을 알렸다. 2,749개였다. 제작하는 데 몇 달은 걸릴 양이었다. 더욱이 하사나와 나아데가 아직도 답을 하지 않는 상황이라서 꼬박 1년이 걸릴 수도 있었다.

    "사회성 구축 연습은 모두 도움이 됐어. 하지만 반응로를 마련하지 못한다면 우리는 둠피스트를 상대할 방법이 없어."

에피가 오리사에게 말했다.

"토블슈타인 반응로를 대신할 대안을 조사해볼까요?"

"아니. 그런 작은 크기로 그만큼의 에너지를 낼 수 있는 장치는 없어. 정밀 코어 반응로가 더 싸긴 하지만 자동차만 한 크기의 물건을 들고 다녀야 할 거야. 플렉슨 프로 마이크로 T1은 크기가 작지만 중력자 구체에 동력을 공급하는 건 고작 몇 초에 불과할 거야. 우린 토블슈타인 반응로 미니어처가 필요해. 그 방법밖에 없어."

"반응로를 구매할 나이라가 더 필요하십니까? 그럼 나이라를 더 벌어야 합니다."

오리사의 어린아이 같은 천진한 표정에 에피는 깊은 한숨을 내쉬었다.

"그렇게 말처럼 간단한 일이면 좋겠어."

에피는 홀로그램 모금을 또다시 시도할 엄두가 나지 않았다. 너무 많은 것을 요구했다가는 팔로워를 잃을 위험이 컸다. 그렇지만 소액이나마 돈을 벌 수 있는 한 가지 방법이 있었다. 에피는 여러 장치에 분산시켜둔 충분한 연산력이 있었다. 발로 매트릭스의 분산 컴퓨팅 프로젝트에 처리 능력을 대여해주면 손가락 하나 까딱하지 않고도 하룻밤에 몇 천 나이라는 벌 수 있었다. 큰돈은 아니지만 주니 생산도 늘리고, 부모님에게 내년, 아니 그 다음 해까지의 용돈을 선불로 달라고 부탁하면 좀 더 모을 수 있을 것이다.

에피는 외부 단체에 컴퓨터를 열어주는 것이 내키진 않았다. 그러나 그들은 보안이 엄중하다고 주장했고 이 시점에서 달리 선택할 길이 없었다. 잠든 동안 그들이 컴퓨터에 접속해서 연산을 처리하도록 허용해주고, 다음 날 아침에는 계좌를 조회해서 돈이 얼마나 들어왔는지 확인만 하면 된다.

이런 상황이라면 감수할 만한 위험이었다. 어떤 비용도, 어떤 위험도 둠피스트가 눔바니에 드리우는 공포에 비할 수 없었다.

에피는 컴퓨터 앞에 앉아 발로 매트릭스 프로젝트 계정을 생성한 다음 작동하도록 설정했다. 프로그램은 처리할 첫 번째 데이터 패킷을 다운로드했고, 화면에는 사각형 픽셀 블록이 표시되었다. 블록이 천 개는 있는 것 같았고, 모두 회색으로 표시되어 있었다. 몇 분 정도 지켜보자 왼쪽 상단 구석에 있는 픽셀이 녹색으로 바뀌었다.

"좋아. 1나이라 벌었어. 이제 천만 나이라만 더 벌면 돼."

에피는 애써 명랑한 기분을 유지하려 했지만 사실 쉽지 않았다. 에피는 자신의 컴퓨터가 최신 사양이 아니라는 건 알고 있었지만 처리가 이 정도로 더딜 것이라고는 예상하지 못했다.

"이걸 들여다보고 있으니 실행되는 동안 법률 공부 좀 할까?"

"눔바니 시민 규정 매뉴얼 접근 중. 몇 권, 몇 번 조항에서 시작하시겠습니까?"

"이 작업장에 갇혀서 법을 공부할 수는 없어! 밖으로 나가야 해."

에피가 웃으며 말했다.

오리사의 웃는 눈이 커지더니 동그랗게 변했다. 마치 에피의 제안에 놀란 듯한 표정이었다.

"그게 바람직한 일인지 확신할 수 없습니다."

"식료품점에서 있었던 일 때문에 아직도 기죽어 있는 거야?"

"기죽어 있는 것이 무엇입니까?"

"그게, 음… 칙칙한 거, 마음속이 퍼렇게 멍든 것 같은 기분."

"제 내부는 주로 티타늄 회색이지만 제가 일으킨 문제에 대해 슬픔을 느낍니다."

"자연스러운 거야. 사실, 공감 모듈은 그러라고 있는 거잖아! 그 감정들을 겪고 나면 사회 안에서 더 바람직한 방식으로 상호작용할 수 있을 거야. 이미 경험을 통해 배우고 있는 셈이지."

에피의 이야기를 가만히 듣고 있던 오리사가 자신 있게 고개를 끄덕였다.

"저는 배웠습니다. 비록 제가 사람들을 안전하게 보호하도록 프로그래밍되어 있지만 그들의 의료 데이터에 접근을 시도해서는 안 됩니다. 또한 영양이 풍부한 식료품이 세일 중이어도 사람들을 식료품점으로 몰아넣어서는 안 됩니다."

"맞아!"

에피가 손을 들어 올리자 오리사가 하이파이브를 했다.

"어때, 잠깐 한 바퀴 돌아볼래? 우리가 할 만할 일이 있는지 찾아보자."

오리사는 에피의 의견에 동의했고 그들은 곧바로 집을 나섰다. 문 너머로 엄마의 당부가 들려왔다.

"밖에서는 항상 조심해야 한다! 저녁 식사에 늦지 않게 돌아오고!"

"알았어요, 엄마!"

에피는 태블릿의 타이머를 설정했다. 일요일 저녁 식사 시간에 늦었다가는 둠피스트를 상대하기도 전에 엄마의 분노 앞에서 쓰러지고 말 것이다.

"자, 이건 꼭 기억해야 해. 우리는 누군가를 괴롭히려는 게 아니라 도우려는 거야. 위법 상황을 발견하면, 사람들에게 친절하게 다가가서 도울 방법이 있는지부터 확인해보는 거야. 알았지?"

오리사는 당장이라도 문밖으로 뛰쳐나가고 싶어서 안달이 난 경주마처럼 네 다리로 껑충거리며 대답했다.

"도울 준비가 되었습니다."

오리사는 도로 건너편에 멈춰선 자기부상 자동차를 가리키며 말을 이었다.

"저기 있습니다. 저 옴닉은 34-342b 규정을 위반했습니다. 등록 기한이 만료된 자동차를 운전 중입니다."

오리사는 도로를 가로질러 달려 나가려 했지만 에피가 소리를 지르며 멈춰 세웠다.

"봐. 이래서 연습이 필요한 거야. 횡단보도로 건너야지. 도로를 가로지르는 건 위험하니까."

오리사는 마치 충분히 주의를 기울이지 않았다는 듯, 두 눈이 가늘어지더니 먼 곳을 응시하는 표정을 지었다. 그러고는 고개를 끄덕이며 말했다.

"저는 보행자 횡단에 관한 92-574j 규정을 위반했습니다. 더 잘하겠습니다."

오리사는 고개를 들어 등록 기한이 만료된 자동차를 바라봤지만 그 차는 이미 멀어지고 있었다.

"쫓아가서 체포할까요?"

"그럴 필요 없어. 저건 사소한 위반이고 누군가를 크게 해칠 만한 일은 아니야."

오리사는 잠시 거리를 탐색하더니 또 다른 신호등 옆에 있는 한 남자를 가리켰다. 그는 비눗물 통과 원래는 노란색이었을 테지만 새까맣게 변해버린 스펀지를 들고서 정차 중인 자동차들을 닦아주고 있었다. 간이 세차를 받는 운전자들은 귀찮아하면서도 남자에게 몇 백 나이라를 건네주었다.

"저 사람은 영업 행위를 하고 있지만 노상 영업에 대한 허가 신호 표시가 확인되지 않습니다."

"좋아. 잘 찾았어. 허가를 신청하도록 도울 수 있을 거야."

오리사는 남자에게 다가갔다. 남자는 자신에게 향해 있는 오리사의 시선과 일정한 속도로 요란하게 보도를 밟는 네 다리를 보자마자 물통과 스펀지를 팽개치고서 전속력으로 달아났다.

"저건… 우리가 예상하지 못한 반응이야. 걸음걸이가 위협적으로 느껴지지 않도록 동작 하위루틴을 조정하는 게 좋겠어."

에피가 물통과 스펀지를 주워 들며 말했다.

그때 자동차가 에피를 향해 경적을 울렸고, 에피는 소리가 난 쪽을 바라보았다.

"얘야, 무슨 일인지는 모르겠다만 돈이 필요하니?"

여자 운전자가 창밖으로 팔을 걸친 채 물었다.

"아뇨, 전…."

에피는 손에 들린 물통과 스펀지를 잠시 내려다보다가 대답했다. 그때 오리사가 한 걸음 앞으로 나서며 운전자를 바라봤다.

"그렇습니다, 돈이 필요합니다."

오리사는 대답과 함께 에피에게서 물통과 스펀지를 받아들고 자동차를 닦기 시작했다. 오리사의 세차 솜씨는 매우 효율적이었다.

"에피는 로봇공학자입니다. 에피는 우리 사회에 기여할 수 있는 로봇을 제작하기 위해서 돈을 모으고 있습니다."

오리사가 세차를 끝낸 후 여자에게 말했다.

"그래, 이제 알겠다. '영재 지원상'을 받은 그 아이구나."

여자가 고개를 끄덕이고는 태블릿 화면 위에서 이리저리 손가락을 움직이며 말했다.

"전자 나이라도 받니?"

"말씀은 정말 감사하지만 우리는 허가를…."

"102-542b 규정에 의하면, 16세 미만 어린이는 노상 영업 허가 요건이 면제됩니다. 그리고 전자 나이라도 언제든 환영합니다."

오리사의 대답에 여자는 웃으며 태블릿 화면을 쓱 밀었다. 그러자 에피의 계좌에 매우 자비로운 2만 나이라가 들어왔다. 에피는 손뼉을 치며 소리쳤다.

"오리사! 이것 좀 봐. 역시 넌 최고의 로봇이야. 아니, 아니, 최고의 친구야!"

에피는 자신의 로봇 오리사를 힘껏 끌어안았다.

"힘이 닿는 한 무엇이든 도와드리고 싶습니다, 에피."

더 많은 차들이 세차를 받기 위해 멈춰 섰다. 어느새 에피의 손에는 '스마트 세차: 우리 동네 로봇공학자를 성원해주세요!'라고 쓰인 플래카드가 들려 있었고, 오리사는 루시우의 '로봇 애프터 올(Robot After All)'을 무한 반복으로 재생하고 있었다. 둘은 음악에 맞춰 춤을 추면서 손님들을 찾아 움직였다. 곧 그들 뒤로 긴 줄이 이어졌고 그 줄은 블록의 절반을 차지했다.

그때 줄 뒤쪽에서 고함이 들려왔다. 에피와 오리사는 무슨 일인지 확인하기 위해 뒤쪽으로 향했고, 줄을 서려고 했던 운전자 두 명이 각각 다른 방향에서 동시에 진입하는 것을 발견했다. 한 명은 인간이었고 다른 한 명은 옴닉이었다. 내려간 차창에서 들려오던 고함은 점차 욕설로 바뀌기 시작했다. 오리사가 듣지 않았으면 싶은 그런 말들이었다.

"죄송합니다, 손님 여러분. 세차가 끝났습니다!"

에피가 큰 소리로 외치며 물통과 스펀지, 플래카드를 집어 들었다. 에피는 온몸이 흠뻑 젖었고 근육이 욱신거렸지만, 지난 2시간 동안 오리사의 놀라운 홍보 기술 덕분에 80만 나이라를 모을 수 있었다. 반응로를 구매할 수 있는 액수의 10%에 달하는 금액이었다. 주말마다 몇 차례 더 세차를 한다면 돈을 마련할 수 있었다!

오리사가 스피커를 끄자 음악이 사라졌다. 그때 에피는 희미한 신호음을 들었다. 에피는 그제야 타이머가 15분 동안 계속 울리고 있었던 걸 알아챘다. 당장 서둘러 돌아가지 않으면 저녁 식사에 늦을 것이 뻔했다.

"오리사, 서둘러. 가야 해!"

둘은 집으로 뛰기 시작했다. 그러다 문득 오리사가 한 곳을 가리켰다. 노인이 번잡한 도로 한복판에서 힘들게 길을 건너고 있었다.

"제가 도와드릴까요?"

오리사가 할머니에게 물었다.

"그럼 고맙지."

웃으며 대답하는 할머니의 목소리는 힘에 부치시는지 조금 떨렸지만 기쁜 듯 미소를 지으셨다. 할머니가 오리사의 팔을 붙잡자 오리사는 천천히 할머니를 부축했다. 에피는 자부심을 느꼈다. 저녁 식사에는 조금 늦겠지만 오리사가 얼마나 발전했는지 확인하는 것만으로도 충분한 가치가 있었다.

"안전하게 길을 건너실 수 있도록 도와드리겠습니다."

하지만 오리사는 자신의 말과는 달리 신호등이 바뀌기도 전에 차들이 쌩쌩 달리는 차도를 건너가기 시작했다. 차 두 대가 오리사를 피해 방향을 틀었고 버스 한 대가 비상용 자기부상 브레이크를 걸고 멈춰 섰다. 오리사가 팔꿈치를 움직인다면 전면 유리창을 부숴버릴 수 있을 만큼 가까운 거리였다. 또 다른 자동차는 오리사를 미처 보지 못한 채 오리사와 할머니를 향해 돌진했다. 오리사가 주저 없이 그 차를 향해 주먹을 날렸고 자동차 그릴은 흉하게 찌그러졌다. 오리사는 마치 모기 한 마리를 눌러 죽인 양 전혀 개의치 않는 것 같았다.

에피는 양손으로 머리를 감싼 채 오리사와 할머니가 있는 곳으로 달려갔다. 이렇게 위험한 상황에서 사고라도 난다면 얼마나 큰 문제가 생길지 상상도 할 수 없었다. 차에 탄 사람들 중 부상자는 없었지만 에피는 혼쭐이 난 뒤, 세차로 번 돈 전부를 자동차 수리비로 지불해야 했다. 에피는 그 돈으로 수리비가 충당되길 바랐다. 또한 자신이 로봇의 행동에 대해 책임을 다하고자 했다는 것을 부모님이 알아주시길 바랐다. 에피는 얼굴을 잔뜩 찌푸린 채 울상을 지었다. 부모님이 기다리고 있었고, 어느새 해가 저물어가는 일요일 저녁이었다.

시간을 보니 이제 늦은 정도가 아니었다.

HollaGram

홀로비드 스크립트
TranscriptMinderXL 버전 5.410로 자동 생성됨

휴! 아직 배우고 있어요.

우와! 누가 알았겠어요! 눔바니는 정말 복잡해요! 선행권, 구역 제한 규정, 소음 규정… 시간이 없어서 지금 자세한 설명은 어렵지만 눔바니 이곳저곳에서 자동차 몇 대가 찌그러진 채 돌아다니고 있답니다.

그렇지만 오리사는 실수를 통해서 배우고 있어요. 실수를 많이 하기 때문에 금방 천재가 될 거예요!

의견(76)

BigBadSuperFan 우연히 봤는데 정말 반가웠어요! 사실이 아닌 비유였다면 좋겠지만… 제 차 앞 유리에 금이 갔는데 어디에 청구해야 할까요? 보험은 있으신 거죠, 그렇죠?

BackwardsSalamander 음, 누가 보면 놀랄 것 같은데 페넬로페가 제 침실에 들어가 문을 잠근 채 절 들여보내 주지 않고 있어요. 그 안에서 뭔가를 만드는 것 같아요. 제가 보기엔 분명 정상이 아닌 것 같은데… 고객 지원 연락처가 있나요?

BotBuilder11(관리자) 흠… 분명 정상이 아니네요! 죄송해요. 제가 방법을 알아볼 테니 며칠만 그대로 놔두시겠어요? 오래 걸리지는 않을 거예요.

더 읽기…

11장

에피는 오리사를 격납고로 보내고 오늘 있었던 일에 대해 충분히 생각할 때까지 그곳에서 기다리라고 말했다. 그런 뒤 에피는 지각한 시간을 만회하기 위해 서둘러 부엌으로 이어지는 복도를 따라 뛰어갔다. 에피는 문 앞에서 멈춰 섰다. 온 가족이 교회에 다녀온 듯 아소에비와 애거바드 같은 화려한 색상의 옷차림을 하고서 식탁에 앉아 있었다. 아빠와 엄마, 이모, 이모부, 그리고 다섯 명의 사촌 중 네 명이 함께 있었다.

에피는 몇 차례 눈을 깜빡였다. 기념일을 깜빡한 건가? 에피는 지저분하고 거품에 젖은 자신의 옷을 내려다보았다. 그것은 옷이라기보다 비누 거품에 더 가까웠다. 에피는 경악했다. 에피는 엄마의 구겨진 미간을 보고 이런 지저분한 차림으로 식당에 들어설 엄두를 내지 못했다. 다른 사람들은 모두 허기진 표정으로 에피를 보고 있었고, 에피는 가족들을 저녁 식탁에 앉혀둔 채 옷을 갈아입을 여유가 없다는 것을 눈치챘다. 그래서 화장실로 달려가 최대한 몸을 닦아내고 옷매무새를 정돈했다.

에피는 곧장 식당으로 돌아와 당혹감을 숨긴 채 아무렇지 않은 척 의자를 당겼다. 식탁에 잘 차려진 음식들을 본 순간 에피는 그 모든 감정이 눈 녹듯 사라지는 것을 느꼈다. 무엇 하나 유혹적이지 않은 음식이 없었다. 에구시 스튜? 에피가 무척 좋아하는 음식이었다! 푸푸를 잔뜩 곁들여 먹으면 제맛이다. 오크라 스튜도 있었다! 그 맛을 알기까지 시간이 걸리긴 했지만 길고 지루한 시간을 거쳐 마침내 몇 달 전부터 그 맛이 좋아지기 시작했다. 디저트는 체리 타르트였다. 온 가족이 네다섯 번은 먹을 만큼 충분한 양이 있었다.

"완전 맛있어 보여요, 엄마! 오늘 무슨 날이에요?"

에피의 물음에 엄마는 억지웃음을 지으며 입을 열었다.

"그래, 오늘 우리가 특별히 여기 모인 건…."

그러나 엄마는 말끝을 흐렸다. 식당 안은 긴 침묵이 이어지기 시작했고 에피는 모두가 불편한 표정으로 자신을 응시하고 있다는 것을 알아챘다. 에피는 다시 음식을 바라보았다. 에구시 씨앗, 체리, 오크라, 푸푸. 모두 번콜 씨의 식료품점에서 오리사가 망가뜨린 음식들이었다. 신경 쓰지 말라던 번콜 씨의 말이 기억났다. 엄마가 전부 변상한 것일까? 에피는 침을 꼴깍 삼켰다.

"엄마…."

"에피, 우린 널 사랑한단다. 그리고 네가 똑똑하고 아주 많은 것들을 할 수 있다고 믿어. 그렇지만 그 로봇과 함께하는 일들에 대해 다시 생각해보면 좋겠구나. 거리에서 난동을 부리고 있잖니. 공공질서에 위협이 되고 있단다. 언제든 그 로봇 때문에 누군가가 정말로 다칠 수도 있다는 생각은 안 해봤니?"

엄마는 '로봇'이라고 말했지만 내심 '괴물'이라고 말하고 싶은 것 같았다.

"버그는 항상 있는 법이에요! 오리사는 아직 배우는 중이고요!"

에피가 목소리를 높였다.

"그리고 그 이름 말이다, 고철덩이한테 그렇게 신성한 이름을 붙이면 되겠니!"

이모가 침을 삼키며 고개를 저었다.

에피는 당황했다. 오리사는 금속과 전선 뭉치가 아니라 훨씬 더 가치 있는 존재라고 생각했지만 말로 어떻게 표현해야 할지 알 수 없었다. 에피는 오리사가 구원자가 되리라고 생각했다. 지역 주민들에게 오리사를 소개했을 때 당혹스러워하는 표정들과 맞닥뜨려야 했지만, 언젠가는 그 모든 낯설음과 당혹감을 뛰어넘는 가치가 있으리라 믿었다.

어색한 침묵을 깨고 다요가 입을 열었다.

"그 말씀도 일리는 있어요, 엄마. 하지만 엄마는 에피가 작업장에서 얼마나 열심히…."

예완데 이모는 쉿 하는 소리와 함께 다요의 말을 자르더니 두 손을 들어 움켜쥔 채 말했다.

"0.5미터짜리 로봇이 벽을 들이받는 거라면 버그가 있어도 괜찮아. 하지만 2톤짜리 로봇이 새 스텝 원더러 그릴에 주먹을 쑤셔 넣을 땐 괜찮지 않다는 걸 알아야지!"

"요쿠 보이저였어요!"

에피가 이모의 말을 바로잡았다. 그 차는 노면에 부딪히지 않게 간신히 차를 띄워주는 LEV 림이 달린 보급형 모델이었다. 불현듯 에피는 오늘 있었던 횡단보도 사고에 대해 이모가 아직 알 턱이 없다는 것을 깨닫고 황급히 입을 막았다. 이모는 그저 상황을 가정해서 말한 것뿐이었다. 너무 딱 들어맞는 가정이었지만.

"그게 무슨 말이니?"

예완데 이모가 호기심과 두려움이 담긴 목소리로 물었다.

"아무것도 아니에요."

에피는 재빨리 대답하고서 적당한 양의 푸푸를 입에 밀어 넣었다.

"이 프로젝트를 중단하는 것이 최선인 것 같구나."

아빠가 한숨을 쉬면서 말했다. 아빠까지?

"어제 컴퍼스 포인트 보험에서 연락을 해왔는데, 한 번만 더 사고가 나면 우리 보험이 취소될 거라고 하더구나. 물론 그건 네 선택에 달려 있고 우리는 네가 올바른 결정을 하리라 믿는다. 다만 아빠는 네가 이미 뜻한 바를 증명했다고 생각한다."

"맞아. 로봇들을 가지고 노는 대신 너와 좀 더 어울리는 취미를 가져보는 게 어떻겠니? 다요 오빠처럼 연극을 해보거나 말이다. 다요는 지금껏 문제를 일으킨 적이 없단다. 벌써 라고스 대학교와 이바단 대학교 입학 허가까지 받았고."

명품 옷을 걸친 예완데 이모가 으스대듯 말했다. 이모는 화려한 레이스가 새겨진 부바와 이로를 입고 있었고 옷에 맞춰 고른 겔레는 꾸미는 데 족히 30분은 걸렸을 듯한 복잡한 패턴으로 머리에 묶여 있었다. 이모의 옷 열 벌만 합치면 현금으로 토블슈타인 반응로를 사고도 남을 것 같았다.

"다요가 그렇게 완벽하면… 제 로봇의 브랜포드 팔을 구하도록 도운 사람이 누군데요?"

에피는 다시 손으로 입을 틀어막았지만 주워 담기엔 이미 늦어버렸다.

순식간에 식탁 주변의 분위기가 바뀌었다. 다요는 눈을 크게 뜨고서 에피를 노려보았고, 다른 식구들은 다요를 노려보았다.

"너한테는 다요 '오빠'란다."

예완데 이모는 에피에게 주의를 준 뒤 다요를 쏘아보았다.

"그리고 너, 어린 사촌동생을 잘못된 길로 이끌었니?"

"아뇨, 이모. 그건 제가…."

에피가 다급히 끼어들었지만 이모는 손으로 에피를 가로막았고 에피는 그대로 입을 다물었다.

"난 너를 이것보다는 잘 키웠다고 생각했는데! 그런데 넌 네 마음대로 우리 이름에 먹칠을 하겠다는 거니! 네 형하고 똑같이 말이야!"

예완데 이모가 매섭게 소리쳤다.

"엄마, 그게 아니라…."

에피는 입술을 힘껏 깨물었다. 예완데 이모는 큰아들인 비시에게 너무 실망한 나머지 지난 1년 동안 그 이름을 입에 담지도 않았다. 그런데 이모는 지금 이 자리에서 비시를 거론하며 다요를 다그치고 있었다. 에피의 행동 때문에 조금이나마 치유되었던 가족의 상처가 다시 벌어졌고, 에피가 이 식사 분위기를 바꾸기 위해 할 수 있는 일은 없었다. 에피는 모든 가족들을 실망시켰지만, 무엇보다도 유일하게 한편이 되어준 다요를 배신했다. 에피는 감정을 추스르면서 어서 이 폭풍이 지나가기만을 기다렸다.

에피는 작업장으로 향했다. 신중히 생각해야 했다. 프로젝트를 중단할 수는 없었다. 오리사는 너무도 소중했고 평화를 위해서 반드시 필요했다. 그러나 에피는 오리사의 코드에 결함이 있다는 것을 깨달았다. 로봇은 너무 많은 것을 신경 썼다. 공감 능력이 과한 탓에 잘못된 판단을 내리고 있었다.

어쩌면 오리사에게서 그 부분을 들어낸다면 식료품점과 육교, 횡단보도에서와 같은 사고를 방지하는 데 도움이 될지 모른다.

그 생각은 논리적인 해결책처럼 보였지만 에피는 무언가 설명할 수 없는 괴로움을 느꼈다. 공감이야말로 오리사를 오리사로 존재할 수 있게 해준 요소 아니었던가. 그보다 공감 능력을 놔둘지 혹은 제거할지 그것을 결정할 권리가 나에게 있긴 한 걸까?

부모님 입장에서는 에피 자신이 다루기 힘든 아이라는 사실을 잘 알고 있었다. 만약 부모님이 기분에 따라 에피의 성격을 바꾼다면 어떨까? 에피의 기분이 안 좋거나 심통이 나서 투덜거릴 때 부모님이 좀 더 편하게 다루기 위해서 에피의 일부를 삭제한다면?

에피는 소름이 끼쳤다. 오리사의 공감 능력을 제거하는 것은 잘못된 선택이다. 하지만 그렇게라도 하지 않으면 오리사는 영원히 잠들어야 할지도 모른다. 에피는 어떤 일이 있어도 그것만은 피하고 싶었다.

에피는 호흡이 흔들리는 것을 느끼며 공감 모듈을 삭제하는 절차를 입력했다.

"조금도 아프지 않을 거야."

에피는 볼을 타고 흐르는 눈물을 훔쳤다.

"에피, 생체 메트릭스에서 높은 수치의 스트레스가 확인됩니다. 포옹이…."

오리사는 두 팔을 넓게 벌리고서 에피를 끌어안으려는 자세를 취했다.

에피는 엔터를 눌렀다. 로봇의 두 팔이 양옆으로 내려갔지만 그것 외에는 모든 게 정상적으로 보였다. 공감 모듈이 삭제되었을 뿐, 다른 시스템은 완전하게 기능하고 있었다.

공감 모듈이 삭제된 오리사는 조금도 아픔을 느끼지 않았다. 그러나 에피는 아팠다.

끔찍하게 아팠다.

HollaGram

BotBuilder11님이 사람들을 돕는 로봇을 제작하고 있습니다.

팬 **1785** 명

홀로비드 스크립트
TranscriptMinderXL 버전 5.410로 자동 생성됨

이별은 쉽지 않아요. 오늘 오리사의 인격 코어 일부를 비활성화했어요. 힘들었지만 그렇게 해야만 했어요. 지금은 많은 이야기를 하고 싶은 기분이 아니에요. 여기, 우리가 함께 즐거웠던 순간들이 담긴 사진 몇 장 올려요.

의견(335)

BotBuilder11(관리자) 안녕하세요 @BackwardsSalamander 님, 한동안 소식이 없어서요. 펌웨어 업그레이드로 문제가 해결되었나요?

BackwardsSalamander 안녕하세요, 저예요. 모든 것이 만족스럽게 해결되었어요. 이제 페넬로페에게 인질로 묶여 있지 않아요. 한동안 소식이 없더라도 걱정하지 마세요. 모든 게 정상이에요.

BotBuilder11(관리자) 다행이에요. 그리고 제대로 신경 써드리지 못해서 죄송해요. 곧 다시 일을 시작할 수 있을 거예요.

NaadeForPrez 에피, 얘기는 자주 못했지만 이건 정말 슬프다. 안타까워.

더 읽기…

12장

다음 날 아침, 에피는 충혈되고 부은 눈으로 일어났다. 에피는 울면서 잠이 들었지만 자신의 결정이 옳았다고 확신했다. 프로젝트는 계획대로 계속 진행할 수 있었다. 에피는 분산 컴퓨팅 앱에서 얼마나 돈이 들어왔는지 확인해야 했다. 아직 잠이 덜 깬 채로 더듬거리며 작업장으로 들어가 컴퓨터 앞에 앉았다. 1만 나이라였다. 예상보다 많은 액수였지만 아직 충분하지 않았다. 그렇지만 아무것도 없는 것보다는 나았기 때문에 에피는 잠시 자축의 춤을 추었고, 그 작은 성취를 함께 축하하기 위해 오리사를 불러내려고 돌아섰다. 그 순간 오리사의 춤 기능이 공감 모듈에 묶여 있었다는 사실을 기억해냈다. 에피는 오리사의 상호작용이 어떤 방식으로 영향을 받게 될지 궁금했지만 오래 생각할 시간이 없었다. 대신 가물거리는 눈을 비비며 오리사의 격납고를 바라보았다.

아무것도 없었다.

에피는 몇 차례 눈을 깜빡였지만 오리사가 보이지 않는 건, 아침의 멍한 상태나 잠을 설쳐 머리가 어지러운 탓이 아니었다. 오리사는 사라지고 없었다.

에피는 울부짖기 시작했다. 부모님이 오리사를 어딘가로 가져간 것이 분명했다. 선택권은 나에게 있다고 하셨잖아요! 결정은 에피의 몫이었고, 에피는 결정을 내렸다. 부모님에게는 오리사를 마음대로 처분할 권리가 없었다!

에피는 부모님의 방으로 달려가 문을 두드렸다.

"제 로봇 어디에 두셨어요?"

에피가 1분간 문을 두드린 뒤에야 아빠가 문을 열었다.

"예의는 다 잊어버린 거니? 지금이 몇 시니?"

아빠는 여전히 졸린 눈을 한 채 물었다. 어쩌면 짜증이 섞인 눈이었는지도 몰랐다.

"오리사 어디 있어요? 오리사를 가져가셨죠! 그건 옳지 않아요!"

에피가 울면서 소리쳤다.

"우린 네 로봇에게 아무 짓도 하지 않았다. 네 선택을 믿는다고 말하지 않았니? 그런데 그게 실수였나, 하는 생각이 들기 시작하는구나."

아빠의 목소리는 단호했다.

"혹시 예완데 이모가….."

"지금 이모를 도둑이라고 의심하는 거니?"

"아뇨, 아빠, 전 그냥…."

"아무래도 네 로봇이 어딘가에서 돌아다니는 것 같구나. 문제가 생기기 전에 찾아보는 게 좋겠다."

오리사는 분명 말을 잘 듣지 않는 버릇이 있었다. 에피는 아빠의 말이 맞기를 바라면서 고개를 끄덕였다. 에피는 오리사의 위치신호기에 패킷을 보내면 오리사가 어디에 있는지 정확한 위치를 확인할 수 있으리라 생각했다.

에피는 서둘러 작업장으로 돌아와 위치 앱을 불러냈다. 그런데 마치 성난 매 떼가 잔뜩 모여든 하늘처럼 화면의 알림 메시지들이 에피를 향해 삑삑거리고 있었다.

에피는 페이스펀치(FacePunch) 앱을 열고 실시간 피드를 살펴보았다. 둠피스트가 눔바니 문화유산 박물관 지붕 위에 서 있었다. 피드 중 하나는 공중에 띄워진 드론에서 보내온 것이었다. 드론은 둠피스트 주위를 돌고 있었다. 무광 검회색이 된 둠피스트의 거대한 건틀렛이 아니었다면, 박물관 행사에 참여하기 위해 옷을 차려입은 평범한 방문객 중 한 명으로 착각했을 것이다. 둠피스트는 말쑥한 세로 줄무늬 바지와 옷깃에 장미꽃이 달린 과감한 흰색 재킷을 입고 있었다.

에피는 둠피스트의 모습, 즉 강력한 힘을 가진 전사이자 세련되고 교활한 지도자의 모습에서 시선을 떼지 못했다. 둠피스트는 얼마든지 눔바니의 선한 수호자가 될 수 있었을 것이다. 그러나 탈론의 길이라는 끔찍한 결정을 내렸다.

둠피스트가 지붕에서 뛰어내려 박물관 앞 시멘트 바닥에 주먹을 내리꽂았을 때, 그 거짓된 평화는 순식간에 깨지고 말았다. 정문으로 이어지는 거대한 계단이 그 충격으로 휘어졌고 유리문이 부서졌다. 둠피스트와 부하들은 지체 없이 건물 안으로 들어갔다.

드론도 하강하여 박물관 내부로 진입하려 했으나 둠피스트의 부하 중 하나가 쏜 로켓 발사기에 맞아 공중에서 파괴되고 말았다. 피드는 곧 검은색으로 변했다. 다른 피드도 있었지만 안에서 벌어지는 일을 확인할 수 있을 만큼 가까운 곳에 위치한 것은 없었다.

에피는 심장이 쿵쾅거리는 것을 느꼈다. 박물관에는 값을 매길 수 없는 역사적 유물과 옴닉 예술품, 그리고 눔바니의 오버워치 워킹 투어가 있었다. 모두 다 무엇과도 바꿀 수 없는 전시물들이었다. 에피는 걱정스러운 마음에 오리사가 어디에 있는지 확인하는 것조차 잊어버릴 뻔했다.

에피는 서둘러 위치신호기를 불러냈고 푸른색 신호가 점점 속도를 내더니 티아워 대로 쪽으로 내려가는 것을 확인할 수 있었다. 그 푸른색 점이 문화유산 도로로 급격히 방향을 튼 순간 에피는 고개를 저었다. 그 도로는 곧장 박물관으로 이어지는 도로였다. 에피는 고개를 흔들었다. 있을 수 없는 일이었다. 공항에서 OR15들을 종잇장처럼 구겨버린 둠피스트가 오리사의 티타늄에 무슨 짓을 할지 상상하자 에피는 머릿속이 하얗게 변하는 것을 느꼈다. 오리사는 공격 및 방어와 관련된 훈련은 거의 전무한 상태였고, 강력한 적을 상대하기 위해 필요한 토블슈타인 반응로도 갖추지 못했다. 오리사의 몸체에는 무기라고 할 만한 것도 거의 없었다.

에피는 오리사에게 모든 것을 중지하고 안전한 장소로 대피하도록 요구하면서 소환 알림을 보냈다. 하지만 오리사는 따르지 않았다. 잠시 뒤 모니터 화면에 메시지가 나타났다.

> 적을 확인했습니다. 바로 앞에 있습니다.

> 네가 파괴될 수도 있어! 제발 돌아와.

> 전투 시뮬레이션 결과 높은 확률로 승리가 예상됩니다.

오리사, 내 말 들어.
넌 둠피스트를 상대할 준비가 되어 있지 않아.
난 너를 사랑해.

공감 모듈: 반응 없음.

곧이어 연결이 끊겼고 위치신호가 희미해지더니 사라졌다. 에피는 키보드에 고여 있는 눈물을 닦아내면서 계속 키보드를 두드렸다. 에피의 걱정과 두려움은 점점 배신감과 분노로 바뀌었다. 어떻게 저런 제멋대로인 로봇을 프로그래밍한 거야? 말도 듣지 않고 몰래 빠져나가 위험 속으로 뛰어드는 로봇을!

에피는 오리사를 추적할 수 없었지만 오리사가 어디로 가고 있는지 알고 있었다. 에피는 태블릿을 집어 들고 작업장에서 뛰어나갔다.

"그래, 어디에 있는지 찾았니?"

아빠가 반쯤 잠에 취한 채 찻주전자에 차를 우리며 물었다. 아빠가 아침 뉴스를 보고 박물관 소동을 확인하는 건 시간문제였다. 그렇게 되면 에피는 꼼짝없이 갇히고 말 것이다. 그러면 오리사는 혼자 남게 된다.

에피는 입술을 깨물었다. 에피는 아빠에게 거짓말을 하는 대신 진실을 말하지 않기로 했다.

"네!"

에피는 평소 쾌활한 모습처럼 보이기 위해 무척이나 애를 써야 했다.

"그래. 더 잘 지켜봐야 한다. 또 어떤 문제가 생길지 누가 알겠니."

"네, 아빠."

에피는 피하기 어려운 질문이 날아들기 전에 서둘러 문을 닫고 나왔다.

아파트에서 나온 에피는 한 블록도 채 가지 못해서 도로가 꽉 막힌 것을 보았다. 트램조차 작동을 멈춘 채 공중에 멈춰 있었다. 교통경찰들은 걸어 다니며 도로를 누벼야 했다. 에피는 태블릿으로 재빨리 검색부터 했다. 그리고 그 구역의 모든 무인 자동차와 옴닉 운전자 자동차들이 작동하지 않는다는 것을 확인했다. 분명 둠피스트의 공격 때문일 것이다.

그러나 아직 움직이는 것이 있었다. 하늘에서 몇 대의 배달 드론들이 그물에 물건을 담은 채 돌아다니고 있었다. 제대로 올라갈 수만 있다면 거의 열두 살이 된, 모험심 넘치는 소녀가 탈 수 있을 만큼 큰 그물망이었다. 에피는 침을 꿀꺽 삼켰다. 에피는 한시라도 빨리 오리사에게 가야 했다. 유일한 방법은 이것뿐이다. 오리사의 위치 응답기 범위에 들어갈 수만 있다면 누구든 다치기 전에 막을 수 있을 것이다.

에피는 키보드를 두드려 스카이 포털의 웹사이트 이곳저곳을 확인했다. 에피는 그 지역에서 몇 대의 빈 배달 드론을 찾았고 자신의 체중과 유사한 약 38킬로그램 중량의 대형 화물을 나를 수 있는 드론을 번개배송 우선순위로 요청했다. 잠시 뒤 배달 드론 중 하나가 에피가 있는 곳으로 내려왔다. 에피는 얼굴을 잔뜩 찡그린 채로 배달용 그물망에 몸을 쑤셔 넣은 뒤 망을 붙잡았다. 목숨이 걸린 이 비행은 아무래도 아주아주 안 좋은 생각 같았다. 그렇지만 비행기를 타고 떠나는 여행 역시 비행기에 목숨을 맡기는 거잖아? 사실 다를 게 없다고! 다른 점이라고는 간식과 무료 영화, 관제탑, 안전벨트가 없을 뿐….

드론이 하늘 높이 올라가기 시작했고 늄바니는 점점 더 작아졌다. 드론이 목적지를 향해 방향을 바꾸자 에피는 내장이 이리저리 쏠리는 것 같았고 속이 울렁거렸다. 다행히도 드론은 묵묵하고 성실하게 배달 업무를 수행했고, 얼마 지나지 않아 에피는 박물관 식물원 입구 쪽에 무사히 착륙할 수 있었다. 지상으로 내려오자마자 에피는 식물원 안으로 잠입하여 눕바니의 토종 식물들이 전시된 곳을 지나갔다. 노란 수선화가 피어나면서 내뿜는 향기에 코가 근질거렸지만 혹시 숨어 있을지 모르는 탈론 요원들이 눈치채지 않게 조심하면서 재채기를 참았다.

벽을 따라 가면과 도자기, 의장용 검이 은은한 조명을 받으며 유리 안쪽에 조심스럽게 전시되어 있었다. 에피는 몸을 숙여 벨벳 벨트 차단봉 아래를 빠져나와 전시실 한복판에 솟아 있는 실물 크기의 화합 선언문 서명식 디오라마 안으로 들어갔다. 에피는 가브리엘 아다위의 왁스 모형에 몸이 스쳤고 순간 간담이 서늘해졌다. 사방에 '전시물을 만지지 마시오'라는 주의 문구가 걸려 있었지만 에피는 도저히 참지 못하고 홀로그램 잉크 문서 위에 떠 있는 아다위의 서명에 손가락을 대보았다.

그때 강당에서 발걸음 소리가 들렸다. 에피는 왁스 모형의 일부인 척 꼼짝하지 않고 제자리에 서서, 탈론 요원이 어서 지나가기를 기다렸다. 요원의 총부리는 바닥으로 향해 있었지만 언제든 발사할 준비가 되어 있었다. 요원은 탈론 특유의 붉은색 헬멧을 착용하고 있는 터라 눈에 띄지 않을 수 없었다. 에피는 침을 꿀꺽 삼켰다. 그 순간 간신히 참고 있었던 재채기가 갑자기 나오려고 했다. 에피는 눈을 꼭 감고 젖 먹던 힘까지 짜내어 재채기를 참았다. 다행히 재채기는 수그러들었고 요원도 전시실을 지나쳐 바삐 걸음을 옮겼다.

에피는 그제야 주 전시실을 제대로 볼 수 있었다. 잠시 숨을 고르는 사이 어딘가에서 둠피스트와 부하들의 대화 소리가 들려왔다. 에피는 좀 더 안으로 기어들어 갔고 거대한 황동 화분 뒤로 몸을 숨겼다. 불과 몇 미터 떨어진 곳에서 둠피스트는 자신의 팔에 채워진 건틀렛의 홀로프로젝션 화면을 보고 있었다.

"부정확한 것들뿐이로군. 학습을 위한 시설이라면 세부적인 것까지 제대로 만들기 위해 좀 더 힘써야 하지 않나? 뭐가 잘못됐는지 궁금한가? 이곳은 신중하게 전시된 선전 도구에 불과하단 말이다."

둠피스트는 웃으며 말했다. 그의 얼굴은 벽에 걸린 대형 배너를 향해 있었다.

"구원자, 재앙, 계승자, 하하! 그들이 자신들의 눈앞에서 벌어지는 일들에 조금만 더 신경을 썼더라면 누가 진정한 구원자인지 알았을 텐데."

"진정한 구원자는 당신입니다."

너무도 익숙한 목소리였다. 에피는 눈을 가늘게 뜨고서 두껍게 물감이 칠해진 부하의 얼굴을 살펴보다가 침을 꿀꺽 삼켰다.

'비시 오빠.'

에피는 자신도 모르게 혼잣말로 중얼거렸다. 다요의 형이자 사촌들 중 가장 연장자인 비시가 분명했다. 에피는 비시가 나쁜 사람들과 어울린다는 건 알고 있었지만 탈론과 한패거리일 줄은 꿈에서도 상상하지 못했다.

에피는 뒤쪽에서 쿵쿵거리는 발소리를 듣고서 고개를 돌렸다. 드디어 찾았다. 오리사가 아치형 입구를 막은 채 단호한 자세로 서 있었다. 에피가 팔을 뻗으면 닿을 수 있을 만큼 가까운 거리였다.

"오리사, 들어가지 마."

에피가 몸을 숨긴 곳에서 속삭이듯 작은 소리로 말했다.

오리사는 무언가를 인식한 듯 고개를 돌렸다. 두 눈 너머 어딘가에 공감의 잔영이 일부 남아 있는 것처럼 보이기도 했지만, 두 눈은 곧 차갑고 감정 없는 눈으로 바뀌었다. 오리사는 뒷다리를 구르더니 전시장 안으로 돌격했다. 곧바로 오리사와 둠피스트의 부하들 간에 불꽃 튀는 전투가 벌어졌다.

에피는 침을 꿀꺽 삼켰다. 그래. 오리사에게는 에너지 보호막이 있어. 그리고 오리사는 강력한 공격에서도 살아남을 만큼 견고했다. 그러나 융합 기관포와 토블슈타인 반응로가 없는 오리사의 공격 능력은 위태로울 만큼 부족했다. 둠피스트가 오리사를 쓰러뜨리는 것은 시간문제였다.

오리사는 둠피스트의 부하들을 상대로 버티고 있었다. 오리사가 자리를 지켜내는 동안 둠피스트가 주먹을 들어 올렸다. 공항에서 OR15를 박살 낸 주먹이었다. 둠피스트의 건틀렛에 에너지가 차오르면서 윙윙 소리가 나더니 둠피스트는 순식간에 앞으로 달려 나갔다. 에피의 두 눈이 따라가지 못할 정도로 빨랐다. 오리사는 바닥에 주먹을 조준한 다음 구체를 발사했다. 구체에서 옅은 푸른빛의 장벽이 만들어졌다. 둠피스트는 장벽에 세차게 부딪혔고, 장벽은 그 충격을 흡수했다. 하지만 둠피스트는 멈출 생각이 없었다.

"보호막을 공격해. 당장 파괴해라!"

둠피스트가 부하들에게 명령을 내리자 부하들은 즉시 앞으로 나와 공격을 시작했다. 총탄이 빗발치며 가차 없이 보호막을 타격했고 보호막은 서서히 무너져 내렸다. 마침내 보호막은 사라졌고 오리사는 비축 에너지가 바닥나면서 완전히 노출되었다.

둠피스트가 미소를 지었다.

"그 꼬마가 페인트만 새로 칠해준 게 아니길 기대했는데."

둠피스트는 조롱하듯 중얼거리더니 다시 주먹을 들어 올렸다.

오리사가 천천히 고개를 들었다. 오리사의 두 눈은 둠피스트를 똑바로 주시하고 있었다. 에피는 오리사가 재충전할 수 있도록 둠피스트가 으레 그랬던 것처럼 잘난 척하는 일장 연설을 떠벌려주길 바랐으나, 그는 입도 뻥긋하지 않은 채 오리사를 향해 달려갔다. 이번에는 공중으로 뛰어오르더니 곧장 하강하며 강력한 주먹으로 바닥을 강타했고 오리사는 뒤쪽으로 튕겨져 나갔다.

오리사는 전시실을 지지하는 기둥에 부딪혔고 기둥은 충격의 영향으로 금이 갔다. 오리사의 시스템이 윙윙거리는 소리와 끼익하는 쇳소리를 내면서 종료되었다. 다행히 보조 전원등은 아직 빛나고 있었다. 즉 재부팅할 시간이 필요하다는 의미였다. 하지만 다시 한 번 강력한 공격을 받는다면 오리사는 영원히 망가질 것이다.

웅크린 채 숨죽이고 있던 에피가 벌떡 일어섰다.

"멈춰!"

에피는 주먹을 쥐고 서 있는 둠피스트와 오리사 사이에서 소리쳤다.

둠피스트는 에피를 보더니 웃음을 터뜨렸다.

"다치기 전에 나가거라, 꼬마야."

"당신은 모든 것을 망가뜨리고 있어. 누군가가 나서서 당신을 상대해야 해. 그리고 그 누군가가 바로 나야. 난 두렵지 않아. 나의 도시를 파괴하는 걸 구경만 하진 않겠어!"

"눔바니를 파괴한다고? 내가 왜 그런 짓을 하지? 잘 들어라, 꼬마야. 난 괴물이 아니다. 눔바니는 교육과 상업에서 세계를 이끌고 있다. 생물학에서, 나노기술에서 말이다. 이 도시는 위대해질 준비가 되어 있어. 이제 이 도시에 필요한 것은 최고의 것을 빚어내기 위한 약간의 혼란뿐이지."

둠피스트는 무척 즐거운 듯 웃으며 말했다.

"눔바니가 위대한 이유는 인간과 옴닉이 조화롭게 살아가기 때문이야."

에피는 고개를 저으며 받아쳤다.

둠피스트는 쥐고 있던 건틀렛에서 힘을 빼고 자세를 바꿔 섰다. 어깨가 약간 앞으로 기울었고 긴장한 목 근육이 풀어지면서 그의 미간도 느슨하게 풀어졌다. 덕분에 둠피스트의 손에 엄청난 무기가 들려 있는데도 덜 위협적으로 느껴졌다.

"그렇고말고. 그러나 바로 그 조화 때문에 강한 자들 옆에서 약한 자들이 번영할 수 있게 되었다. 우리 같은 사람들을 쫓아올 수 없는 낙오자들 때문에 우리의 시간과 자원을 낭비하지 않아도 된다면 이 도시가 얼마나 더 위대해질지 상상해봐라. 난 네가 하는 일을 좋아한다. 하지만 난 이 도시, 이 세계가 기술적 발전에 안주하는 것을 보았다. 갈등만이 우리를 진화시킨다."

둠피스트의 음성은 부드러웠다. 그는 에피와 눈높이를 맞추며 자세를 낮추었다.

"너도 이미 그것을 알고 있지 않니, 에피? 아니면 봇빌더11(Bot Builder11)이라고 불러줄까?"

에피는 허를 찔린 듯 당황하며 침을 꿀꺽 삼켰다. 둠피스트가 날 알고 있었던 거야? 하지만 지금, 그런 건 중요하지 않았다. 에피는 고개를 저으며 그 생각을 떨쳐버리고 둠피스트를 노려보았다.

"내가 아는 건 당신을 막아야 한다는 것뿐이야. 그리고 오리사가 그렇게 해줄 거야."

에피의 말에 둠피스트가 또다시 웃음을 터뜨렸다.

"자리를 잘못 잡긴 했어도, 네 자신감만큼은 존경할 만하구나."

"내 로봇의 능력을 안다면 그렇게 생각하지 못할걸. 당신은 OR15를 파괴했지만 난 더 강한 존재를 만들었어."

"노력은 기특하다만 별로 강하지 않구나. 하지만 탈론은 항상 새로운 재원이 필요하다. 젊은 인재 말이다."

에피는 사촌 비시를 바라보았지만 비시는 다른 생각을 하는지 냉담한 표정이었다. 비시를 마지막으로 만난 이후 1년이 지났지만 에피를 못 알아볼 만큼의 시간은 아니었다. 비시는 에피를 알아봐야 했다.

이제 나 같은 건 안중에도 없는 걸까? 조금도? 아니면 지금 어울리는 동료들이 부끄러워서?

"탈론은 모두를 갈라놓으려 하고 있어. 그렇지만 지금이라도 눔바니 시민들이 힘을 모으면 당신들보다 훨씬 더 강해. 앞으로도 마찬가지일 거야."

에피는 비시를 가족에게서 빼앗아가는 데 둠피스트가 일조했다고 생각하면서 사납게 말했다. 그러자 둠피스트는 얼굴을 찌푸리며 철권포를 들어 올리더니 오리사를 겨누었다. 에피는 조금의 망설임도 없이 오리사 앞에 버티고 서서 소리쳤다.

"날 먼저 쏴! 당신 입으로 당신은 괴물이 아니라고 말했지? 그럼 증명해 봐! 부하들을 데리고 여기서 나가라고!"

"이걸 방해하면 재미없을 텐데."

둠피스트는 에피를 향해 철권포를 정조준했다. 그러고는 공중으로 뛰어올라 공격할 태세를 갖췄다. 그 순간 에피는 오리사의 재부팅 소리를 들었다.

오리사는 무너져 내린 잔해 아래 아직 넘어져 있는 상태였지만 간신히 몸을 가누고는 전시실 안쪽으로 커다란 녹색 구체를 발사했다. 둠피스트의 부하들이 하나씩 그 구체 쪽으로 끌려갔다. 중력자 펄스? 대체 어떻게? 오리사는 중력자 펄스를 사용할 능력이 갖춰지지 않은 상태였다. 둠피스트의 부하들은 강력한 힘에 의해 벽과 충돌했고 그대로 기절해버렸다. 둠피스트는 자신을 잡아끄는 펄스의 힘에서 가까스로 벗어나 다시 오리사를 겨누었다. 그의 얼굴에서 친절함의 흔적은 모두 사라져버렸고 남은 것은 분노뿐이었다.

오리사는 다시 보호막을 쳤다. 이번에는 에피가 안전하게 그 안으로 들어갔다.

보호막은 둠피스트가 발포한 탄환을 받아냈다. 에피는 마치 오븐 옆에 서 있는 듯 보호막에서 전해지는 열기를 느꼈지만 그뿐이었다. 더 많은 탄환이 날아들었으나 최소한 지원군이 올 때까지 이 방벽이 버텨낼 수 있으리라 확신했다. 에피는 둠피스트가 눔바니에 있는 자동차들을 비활성화할 때 사용했던 코드를 자체적으로 수정해두었다. 마침내 정체가 풀렸고 멀리서 사이렌 소리가 들려왔다. 사이렌 소리가 점점 가까워지는 것으로 보아 에피의 코드가 순조롭게 퍼져 나간 모양이었다. 지원군이 오는 중이었고 오리사의 중력자 펄스는 재충전되었다. 남은 양이 많진 않지만 정의가 실현되는 것을 보기에는 충분했다.

둠피스트는 포격을 멈추고 아직 걸을 수 있는 부하들에게 퇴각과 재정비를 명령했다. 둠피스트는 떠나기 전에 에피를 돌아보며 말했다.

"꼬마야, 넌 역사를 배워야 한다. 내가 장담하건대, 역사는 반복될 것이다."

둠피스트는 비시를 비롯한 부하들을 이끌고서 박물관에 침입할 때 만들어둔 거대한 구멍을 통해 빠져나갔다. 에피는 자신의 사촌이 탈론과 한패라는 사실을 믿을 수 없었다. 어찌된 일인지 둠피스트가 자신에게 말했던 어떤 헛소리보다도 그 사실이 더 아프게 느껴졌다.

에피는 숨을 고른 뒤 오리사를 위아래로 훑어보며 손상 여부를 살폈다. 오리사는 벌써 자가 진단을 실행 중이었고 거의 모든 시스템이 어떤 식으로

든 손상된 듯했다. 에피는 간신히 눈물을 참으며 로봇공학자로서의 시선으로 다친 친구가 아닌, 수리가 필요한 기계를 살폈다. 두 앞다리는 모두 작동하지 않았고 흉갑에는 금이 가 있었다. 그럼에도 오리사는 공항에 있었던 그 어떤 OR15보다도 둠피스트에 맞서 잘 버텨주었다. 이것은 일보 후퇴일 뿐이었다. 에피는 자신의 로봇을 더욱 강하게, 더욱 빠르게, 더욱 튼튼하게 만들겠다고 다짐했다.

"이건 뭐야?"

에피가 오리사의 팔에 장착된 장치를 가리키며 물었다. 서로 맞지 않는 부품으로 쇳덩이와 전선을 엉성하게 꿰어 맞춘 것이었다. 그 장치 한쪽에 슬럼가의 그라피티가 그려져 있었다. 에피는 인상을 찌푸렸다. 호주 옴니움 공장에서 융합로가 폭발하고 남은 잔해 속에서 살아가는 부적응자들의 소굴에서 제작된 물건이었다.

"중력자 반응로입니다. 전술적 우위를 점하기 위해서는 그것이 필요했습니다."

오리사는 느리고 불안정한 음성으로 말했다.

"그래. 하지만 그건 내가 걱정할 일이야, 네가 아니라. 이건 슬럼가의 기술이야. 아마 방사능에 오염되어 있을 테고 작동 중에 폭발해버릴 수도 있어. 집에 돌아가는 대로 돌려보내야 해. 그리고 어째서 원격 인터페이스를 그렇게 끊어버린 거야? 넌 내 명령을 듣지 않았어."

"둠피스트는 적입니다. 당신은 무슨 일이 있어도 그를 막아야 한다고 말했습니다."

"맞아. 그런데 단어 선택이 안 좋았던 것 같아. 다른 요소들도 함께 고려해야 해. 그리고 우선 훈련부터 끝내야 하고… 그런데 반응로를 구매한 돈은 어디서 난 거야?"

"제 프로세서를 사용해서 당신의 분산 컴퓨팅 앱을 실행했습니다. 반응로 자금을 모을 수 있는 가장 논리적이고 효율적인 방법이었습니다."

"네 프로세서를?"

에피는 둠피스트를 상대하느라 힘이 다 빠졌고 서 있기조차 버거운 상황이었다.

"그래서 집중하지 못했던 거야? 넌 스스로를 위험에 빠뜨렸어. 도시의 절반을 파괴했고. 둠피스트보다 더 큰 피해를 입혔다고!"

에피는 입술을 깨물었다. 마지막 말은 하지 말았어야 했다. 그러나 에피는 오리사가 다시는 오늘처럼 스스로를 다치게 하지 않도록 자신이 무엇을 잘못했는지 이해하길 바랐다.

"네 안전은 안중에도 없이 도시를 돌아다녀서는 안 돼. 네가 격납고에서 사라졌을 때 얼마나 걱정했는지 알아? 다음에는, 다음이란 게 있다면, 정말로…."

에피는 말을 멈춘 채 침을 꿀꺽 삼키고는 박물관을 둘러보며 바닥에 생긴 금과 그을린 흔적, 벽에 박힌 총탄의 흔적을 살폈다. 에피를 조각낼 수 있던 위험천만한 공격이었다. 에피 또한 부모님의 말을 거역하고 스스로를 위험에 빠뜨렸다. 에피는 지금 부모님이 얼마나 놀랐을지 상상조차 할 수 없다. 에피는 곧장 부모님에게 전화부터 했다. 부모님은 에피에게 화를 내는 대신 눈물을 보였고 엄마는 화면 가득 눈물을 뿌렸다. 엄마는 곧 데리러 가겠다는 말과 함께 사람들 눈에 띄지 않는 곳을 찾아 기다리라고 당부했다.

에피는 통화를 끝내자마자 부모님이 했던 말을 그대로 따랐다. 둠피스트가 최고의 작품들을 가져갔지만 그래도 몇몇 중요한 문화유산들은 지켜냈다. 사람들의 눈을 피해 눔바니의 귀중한 보물들 틈에 숨어 있는 동안, 역사는 반복될 것이라는 둠피스트의 말이 무엇을 의미하는지 에피는 골똘히 생각에 잠겼다. 둠피스트는 무슨 생각을 하고 있는 것일까?

혼란. 둠피스트는 혼란을 원했다. 눔바니에 혼란의 씨앗을 뿌릴 계획이라면 직접 옴닉 사태를 일으키는 것보다 더 좋은 방법이 있을까? 둠피스트는 인간과 옴닉 사이에 분쟁의 불씨를 심어놓고 사소한 오작동 사건을 연속적으로 일으켜 불신을 조장한 뒤, 훨씬 더 심각한 사건으로 확장시킬 작정이었다. 에피는 이제 둠피스트가 무엇을 하려는지 깨달았고, 반드시 그 계획을 막아야 했다.

1분이 1시간처럼 느껴졌다. 그러나 박물관 전체는 어느새 민방위대가 몰려드는 소리로 가득 찼고, 그 주위로 독수리 떼처럼 모여든 기자들이 에피를 직접 인터뷰하기 위해 혈안이 되어 있었다. 마침내 에피의 부모님이 도착했다. 부모님은 조용한 내실 중 한 곳으로 안내를 받아 에피를 만났다. 에피는 아빠가 입을 열었을 때 혼날까봐 몸을 움찔했지만 때마침 기자 한 명이 끼어들었다. 어떻게 들어왔는지 모르겠지만, 기자의 초록색 홀로그램 언론 배지가 반짝이며 공중에서 형태를 유지하다가 곧 사라졌다.

"아틀라스 뉴스 베다니 스틸 기자입니다."

옴닉 기자가 자신을 소개했다. 에피의 두 눈썹이 이마까지 올라갔다. 에피는 지역 방송국 정도를 예상하고 있었는데, 아틀라스는 국제적인 방송사였다!

"이 어린 영웅의 부모님이시라니 정말 자랑스러우시겠습니다."

"아, 저는… 예, 그, 그렇습니다."

아빠가 말을 더듬었다. 에피는 아빠의 이런 모습을 본 적이 없었다. 아빠는 수백 명의 청중들 앞에서도 능숙하게 강의를 하던 분이었다.

"가브리엘 아다위도 자랑스러워하실 겁니다. 모든 눔바니 시민들이 지금까지 따님의 활약상을 지켜보았습니다. 가장 귀중한 몇몇 유물들을 지켜냈죠. 에피 양과 몇 마디 나눠도 되겠습니까?"

기자의 말을 듣고 있던 엄마가 문득 주위를 둘러봤다. 조용했던 내실은 어느 틈엔가 사람들로 가득했고, 에피의 가족을 향해 수많은 시선이 쏟아지고 있었다.

"딸이 태어난 그날부터, 에피는 우리에게 온 세상이나 마찬가지였습니다."

엄마는 머리에 두른 겔레를 신중하게 매만지고는 카메라의 정중앙에 오도록 자리를 잡으며 말했다.

"우리 아이의 재능을 세계와 함께 나눈다는 것은 저희의 기쁨입니다…."

엄마는 전 세계 사람들에게 에피가 이룬 업적, 아니 좀 더 넓은 의미로 엄마와 아빠의 업적을 마음껏 알렸다. 에피는 안도의 한숨을 내쉬었다. 별안간 얻은 이 유명세 덕분에 부모님의 분노를 피할 수 있을 것 같았다. 적어도 당분간은.

HollaGram

BotBuilder11님이 사람들을 돕는 로봇을 제작하고 있습니다.

팬 **3585** 명

홀로비드 스크립트
TranscriptMinderXL 버전 5.410로 자동 생성됨

오늘은 굉장한 날이었어요! 결국 뉴스에 나왔죠. 동영상을 확인해보세요.

"전 둠피스트가 두렵지 않아요. 두려움은 끝났어요. 공포야말로 둠피스트가 원하는 거예요. 저는 둠피스트가 바라는 공포 따위에 지지 않을 생각이고요. 둠피스트는 우리의 건물을 부수고 교통을 어지럽힐 수는 있지만, 우리에게서 눔바니 시민의 정신을 빼앗아갈 수 없어요. 우리가 허락하지 않는 한 우리의 화합을 앗아갈 수 없어요. 우리는 그것을 허락하지 않을 테니까요."

"둠피스트의 공격 때문에 화합의 날 기념식은 취소되었지만, 화합 없이 또 다른 한 달이 흘러가도록 놔둘 수는 없어요. 우리는 화합을 되찾을 거예요. 지금부터요."

의견(335)

Dayo @BotBuilder11 엄청 늦었지만 화합의 날 연극을 공연하는 게 좋겠어. 어때?

BotBuilder11(관리자) 완전 좋아! 표를 팔아서 탈론 공격에 희생된 사람들을 위한 기부금에 보태자!

Lúcio(인증됨) 에피, 당신 덕분에 이 세계가 위대해졌어요. 정말이에요!

BotBuilder11(관리자) 아이디가… Lúcio…? 숨이 멎을 것 같아요. 잠시만요.

Dayo 에피!

BotBuilder11(관리자) 봤어!!!

더 읽기…

13장

　에피는 아직도 믿기지 않았다. 루시우가, 그 루시우가 홀로비드에 댓글을 달다니! 에피는 하루 종일 붕붕 떠다니는 기분이었다. 에피는 댓글을 프린트해서 액자에 넣고 침대 옆에 걸어놓았다. 그것도 부족해서 책가방에 넣고 다니려고 또 하나를 코팅했다. 그리고 루시우 오즈 주문 제작 시리얼 그릇을 구매했다. 주문 제작이지만 며칠 걸리지 않을 것이다.

　에피는 행복감을 느끼면서도 사촌인 비시가 둠피스트와 함께한다는 사실에 충격을 떨치지 못하고 있었다. 그토록 재능이 있고 미래가 보장된 사람이 어떻게 그런 끔찍한 결정을 내린 걸까? 그런 결정을 막기 위해서 내가 할 수 있는 일이 있었을까? 에피는 하루 동안 표현할 수 없는 기쁨과 감당할 수 없는 참담함을 어떻게 동시에 느꼈는지 그런 감정을 털어놓고 이야기할 사람이 필요했다. 가장 가까운 친구 두 명… 에피의 기분을 이해할 수 있는 그 유일한 친구들을… 에피가 밀어내고 말았다.

　에피는 식료품점에서 오리사가 했던 말을 생각했다. 누군가를 다치게 했다면 보상해야 한다. 에피는 자신이 친구들을 다치게 했다는 사실을 알고 있었다. 그때는 자신이 한 모든 말이 옳다고 생각했지만, 지금은 자신의 행동이 잘못되었다는 걸 깨달았다. 이제 자신의 잘못을 만회해야 할 시간이었다.

에피는 다음 날 학교에서 해야 할 일들을 계획해두었지만 학교에 들어선 순간, 그 계획들이 무색하게도 자신에게 쏟아지는 환호에 정신을 차릴 수 없었다. 에피는 가는 곳마다 둠피스트에 대해서, 에피의 로봇에 대해서 온갖 질문을 해대는 학생들에게 둘러싸였다. 어떤 학생들은 에피가 스타라도 된 것처럼 사인을 요구하기도 했다! 에피는 의심의 눈길로 오리사를 바라보던 사람들을 생각하면서 자긍심이 차오르는 것을 느꼈다. 한편으로는 걱정스럽기도 했다. 오리사는 아직 해결해야 할 문제들이 있었다. 에피는 질문하는 학생들을 피해서 하사나와 나아데에게 다가가려 했지만 미안하다고 사과할 만큼 가까이 갈 수가 없었다. 두 친구는 에피가 오는 것을 보았지만 그 뒤를 따르는 한 무리의 팬들을 보더니 복도 아래로 발걸음을 돌렸다.

점심시간 종이 울리자 에피는 태블릿을 들어 얼굴을 가린 채 도서관으로 뛰어갔다. 그러고는 모두가 식사를 시작할 때까지 몸을 숨기고 기다렸다. 그날의 메뉴는 콩 스튜였고 대부분의 학생들은 고개를 숙인 채 입으로 가져갈 스튜 한 숟가락을 크게 뜨는 데 집중하고 있었다.

도서관에서 조용히 빠져나온 에피는 나아데와 하사나를 마주한 채 점심 식탁에 앉았다.

"사과의 선물을 가져왔어."

에피는 나아데의 식판에 여분의 콩 스튜를 덜어주고, 하사나에게는 과일 컵을 놓아주면서 말했다.

"정말 미안. 프로젝트에 너무 몰입했어. 너희들한테 그런 식으로 스트레스를 푼 건 잘못된 행동이었어."

나아데는 망설이며 속눈썹 너머로 에피를 바라보았지만, 하사나는 여전히 화가 나 있는 것 같았다.

"너….'

나아데가 움찔하면서 식판을 다시 바라봤다. 하사나가 다리를 걷어찬 모양이었다.

"미안하다고 하잖아."

나아데는 고개를 옆으로 돌린 채 하사나에게 속삭였다. 그러자 하사나는 마치 에피가 보이지 않는다는 듯 나아데를 똑바로 바라보며 말했다.

"정말로 미안했다면, 뉴스에서 우리 이름도 말했어야지. 지금까지 뉴스에 몇 번이나 나왔는데! 모든 사람이 쟤가 얼마나 천재적이고 얼마나 용감한지 떠들어대지만 우리도 첫날부터 함께 있었단 말이야. 공항에서도 같이 있었어. 쟤는 자기가 하기 싫은 일을 시키려고 우리를 부려먹었어. 그리고 생색낼 때는 항상 자기가 맨 앞에 서야 하고 중심에 있어야 한다고. 늘 그런 식이잖아!"

에피는 대꾸도 못하고 물러나 앉았다. 하사나의 말은 날카로웠지만 사실이었다. 에피는 공개적으로 친구들의 공로를 밝힐 수 있는 기회가 있었지만 사려 깊지 못했고, 과일 컵은 그런 실수를 보상하기엔 충분하지 않았다. 당장 뉴스에 나와 공개 발언을 할 수는 없었지만, 친구들은 마땅히 인정받아야 했고 에피에게는 방법이 있었다.

에피는 망설임 없이 식탁 위로 올라가더니 큰 소리로 말했다.

"다들 여기를 봐주세요. 둠피스트를 혼내주고 쫓아버린 로봇, 오리사를 제작하는 동안 저를 도와준 가장 친한 친구들, 하사나와 나아데를 소개하고 싶어요!"

하사나는 당황한 표정으로 에피를 올려다보았다.

"거기서 내려와, 교장 선생님 오신단 말이야!"

에피는 교무실 쪽을 바라보았다. 그리고 에그위 교장 선생님이 금속 발을 리놀륨 바닥에 부딪치며 날카로운 소리와 함께 자신이 있는 쪽으로 걸어오는 것을 보았다. 에피는 교장 선생님이 일부러 그렇게 걷는다는 것을 알고 있었다. 그는 원래 도서관 사서로 설계되었고 그의 기능에는 정숙과 배려가 기본적으로 내장되어 있었다. 큰 소리를 내서 겁을 주려는 의도였겠지만, 에피는 식당 전체가 내려다보이는 식탁 위에서 꼼짝도 하지 않았다.

"여러분은 복도에서 저를 축하해줬어요. 저는 여러분 한 명, 한 명과 이야기할 수 있어서 기뻤고요. 저와 가장 친한 친구인 이 두 친구를 만난다면 그들에게도 고마움을 전해주세요. 왜냐하면 두 친구들도 저만큼이나 이 일에 크게 기여했기 때문이에요."

"에피 올라델레 양, 내려오세요. 그렇지 않으면 징계 조치를 받게 될 겁니다."

교장 선생님의 경고에도 에피는 그대로 서 있었다. 에피의 눈앞에서 어느 한 곳 나무랄 데 없는 완벽한 학교 생활기록부가 어른거리고 있었다. 그러나 이 일도 중요했다. 에피의 친구들은 충실하게 곁을 지켜주었다. 이제 에피가 그렇게 해야 할 차례였다.

"하사나는 창의력을 발휘해서 오리사의 새로운 모습을 완성했어요. 오리사의 아름답고 우아한 모든 모습은 하사나의 열정적인 상상력에서 나온 거예요. 하사나는 오리사를 예술 작품으로 탄생시켰어요. 그리고 나아데는… 어려분도 OR15 새시가 우리 집에 처음 왔던 날, 어떤 모습이었는지 봤어야 해요. 망가지고 휘어지고 알아보기도 힘든 지경이었거든요. 나아데가 그 쇳덩이들을 하나하나 다듬어준 덕분에 매끈하고 튼튼해졌어요. 나아데가 없었다면 오리사는 전투에서 금방 파괴되고 말았을 거예요. 두 친구들도 영웅이에요. 그래서 영웅에 어울리는 축하를 받아야 해요!"

"에피 올라델레 양, 당장 식탁에서 내려오세요. 그리고 교장실로 오세요."

교장 선생님의 어조는 조금 더 심각해졌다.

에피는 교장실에 간 적이 많았다. 훌륭한 학생 상을 받았을 때, 20회 연속 우등생 명단에 올랐을 때, 중력자 사고가 있었던 그날을 제외한 모든 과학 박람회의 트로피 수여식 때, 에피는 교장실에 갔었다. 그래서 에피는 교장 선생님을 아주 잘 알고 있었다. 하지만 인상 쓴 얼굴은 낯설었다. 돔 형태의 크롬 이마에서 돌출된 금속 눈썹이 잔뜩 찌푸려져 있었다. 옴닉 교장 선생님으로서는 신중한 기능이었고 에피에게는 매우 효과적이었다. 에피가 식탁에서 내려왔다. 동시에 식당에 있던 모든 학생들이 세 친구, 에피와 하사나 그리고 나아데의 이름을 환호하기 시작했다.

에피는 남은 하루 동안 이제 나쁜 일들만 남았구나, 라고 생각했지만 절로 미소가 지어졌다.

"보강! 보강이라니!"

엄마는 마치 처음 보는 사람처럼 에피를 바라보며 소리쳤다.

에피가 집에 돌아온 이후, 엄마는 줄곧 그 말만 반복하고 있었다. 에피는 엄마가 이토록 실망하는 모습을 본 적이 없었다. 집에서 몰래 빠져나가 악당들과 싸우러 갔을 때에도 이 정도로 크게 죄책감이 들진 않았다. 에피는 곤경에 처했다. 아주 큰 곤경이었다. 엄마는 단어를 활용할 줄 알았고 에피가 행간에 숨은 의미를 파악할 수 있도록 매번 반복할 때마다 다른 음절에 강세를 주었다.

"보강이라….'

'이제껏 어른과 주민들을 존중하라고 그렇게 가르쳤건만 내 딸이 교장 선생님 앞에서 버릇없이 굴었다니….'

"엄마, 전….'

"보강이라고?"

'수업이 끝날 때까지 기다릴 수는 없었던 거니? 완벽한 생활기록부에 흠집을 냈잖아.'

"어쩔 수 없었어요, 엄마. 왜냐하면….'

"보강이라니!"

'행동에는 책임이 따르는 법이야.'

에피는 엄마를 진정시킬 만한 방법을 생각해내야만 했다. 에피는 스스로에게 벌을 주기로 했다.

"제 방을 치울게요! 집 안 청소도 할게요! 전부 깨끗하게 닦을게요.'

"보강이라니….'

엄마가 시무룩하게 고개를 저으며 말했다.

청소로는 부족했다. 에피는 강도를 높였다.

"일주일 동안 홀로비드에 글을 올리지 않을게요. 아니, 한 달 동안이요. 절 믿어주실 때까지 올리지 않을게요.'

"보강, 보강이라니."

엄마는 여전히 한숨을 쉬면서 중얼거렸다.

아직 부족해. 에피는 생각했다. 엄마가 조금은 누그러지신 것도 같았다.

좀 더 큰 희생이 필요했다. 그리고 정확하게 무엇을 해야 하는지 알았다.

"일주일 동안 작업장에 가지 않을게요. 로봇도 만지지 않을게요. 그냥… 사람들하고 어울릴게요. 안 그래도 다요 오빠랑 같이 기금 마련 연극을 하기로 했잖아요. 연극반에서 시간을 보낼 거예요. 새 친구도 사귀고…."

"에피."

마침내 '보강'이 아닌 다른 말이 엄마의 입에서 나왔다.

"좀 보렴, 얘야. 엄마를 이렇게 걱정시키라고 널 낳은 게 아니야. 뭔가를 하기 전에는 신중하게 생각부터 해야지. 요즘 네가 왜 그러는지 모르겠다."

엄마는 침대에 앉아 있는 에피 옆에 앉았다.

"아빠와 엄마는 말이다, 네 발명 때문에 항상 어느 정도는 혼란을 각오하고 있단다. 천재 딸을 두면 그렇게 되지. 그렇지만 이번에 발명한 로봇은 점점 더 큰 문제가 생기는구나."

"엄마, 전…."

"에피, 내가 말하려는 건 식료품점이나 육교나 아니면 너희가 일으킨 다른 소동이 아니란다. 그 로봇 때문에 넌 테러리스트와 싸웠어. 넌 목숨을 잃을 수도 있었어. 우린 널 잃을 뻔했던 거야. 넌 특별한 사람이지만, 어린아이 혼자 감당하기에는 일이 너무 커지고 있잖니."

에피는 입술을 지그시 깨물었다. 에피는 그런 이야기가 정말 싫었지만 엄마는 옳은 말씀을 하셨고 에피도 잘 알고 있었다. 에피는 오리사를 쫓아 박물관에 가지 말았어야 했다. 하지만 멈출 수 없었다. 의식이 뇌의 논리적 기능에 미처 연결되기도 전에 몸이 먼저 움직이고 있었다. 에피는 전투가 끝나고 나서야 자신이 무슨 일을 저질렀는지 깨달았다. 그러나 그때까지만 해도 진정으로 뉘우치지는 못했다. 눔바니는 영웅이 필요했고 오리사는 영웅이 되어가고 있었다. 늄바니의 사람들이 화합하고 둠피스트를 상대로 싸울 수 있는 희망이 되어가고 있었다.

"아빠와 내가 오리사에 대해서 어떻게 생각하는지 알 거야. 그리고 박물관 사건 이후에 우리가 이야기한 것도 기억하겠지. 오리사가 위험에 빠져서는 안 돼."

에피의 손을 잡는 엄마의 얼굴이 순간적으로 떨렸다.

"오리사도 너도 위험에서 멀리 벗어나 있어야 한다. 두 번의 기회는 없는 거야. 다음에는 행동하기 전에 반드시 생각부터 하겠다고 내게 약속하렴."

"약속해요, 엄마."

엄마는 한숨을 한 번 더 내쉰 뒤 에피의 방을 나갔다.

"보강이라니, 세상에, 보강이라니."

에피는 엄마가 거실로 내려가면서 중얼거리는 소리를 들었다. 엄마의 발소리가 사라지자마자 에피는 하사나에게 메시지를 보냈다.

> 이제 괜찮은 거지?

> 그럼. 엄마는 화 많이 나셨어?

> 엄청. 그래도 그럴 만한 가치가 있었어.

에피는 친구들을 되찾았지만 이제 오리사가 감금되었다. 오리사에게는 공정하지 않은 처사였다. 에피는 하사나와 나아데에게 작업장에 들러 마지막 수리를 맡아줄 수 있는지, 자신이 연극을 준비하는 동안 오리사를 훈련시켜줄 수 있는지 물었다. 비록 전투에 관한 나아데의 전문성이란 액션 영화나 게임에서 배운 게 고작이었지만 전술 개량에 도움이 될 수도 있었다.

일주일은 빠르게 흘러갈 것이다. 최소한 그렇게 느껴지길 바랐다.

HollaGram

BotBuilder11님이 사람들을 돕는 로봇을 제작하고 있습니다.

팬 **3894** 명

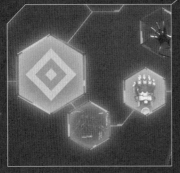

홀로비드 스크립트
TranscriptMinderXL 버전 5.410로 자동 생성됨

지금 클릭, 놀라운 홀로비드를 확인하세요!

재미있는 일을 찾고 계신가요?

이 홀로비드는 꼭 봐야 해요.

멋진 홀로비드를 무제한으로! 지금 계정을 만들고 무료로 감상하세요.

옴닉 무료! 인간 무료! 모두가 무료!

신용카드 정보를 입력하세요. 실제 비용은 청구되지 않습니다.

'여기'를 클릭해서 최고의 재미를 확인하세요!!

반응

 4 👏 1 📢 0

의견(5)

NaadeForPrez 에피? 무슨 일 있니?

BotBuilder11(Admin) ER.kokwpwjem099 이 5초짜리 속임수로 채권추심원의 자산 압류를 방지할 수 있습니다!!! 클릭해서 확인하세요!

>>>>>클릭<<<<<

NaadeForPrez 너 해킹당한 것 같아.

더 읽기…

14장

학생들의 들뜬 말소리가 무대를 가득 채운 가운데 나무가 부딪치는 소리, 쇳덩이가 쟁그랑거리는 소리가 들려왔다. 창고에서 꺼내온 화합의 날 세트가 재조립되고 있었다. 에피는 안으로 들어가자마자 조케의 모습을 보았다. 조케는 얼굴을 잔뜩 찌푸린 채 태블릿을 내려다보더니 다시 무대로 올라갔다. 그들이 오랜 시간 준비한 소품들이 마침내 빛을 볼 때가 되었다. 하지만 누구인지는 몰라도 소품을 보관한 사람이 주의해서 다루지 않았던 모양인지 망가지고 여기저기 흠이 나 있었다.

에피는 재활용품으로 만든 소품의 단점이라고 생각했다. 버려진 물건들로 만든 소품들이 원래 상태로 돌아가기를 바라는 것 같았다.

"샘, 스카이라인을 다시 칠하자. 다요, 조명 확인해봐. 전구가 나간 게 있는지."

조케는 뒤를 돌아보다가 에피를 발견했다.

"어머나! 안녕, 에피! 도와주러 온 거야?"

"물론이야, 뭘 하면 좋을까?"

"흠, 무대 의상들을 다려줄 수 있니? 좀 더 괜찮은 작업이 있으면 좋았을 텐데. 다리미질을 세 명한테 맡겼는데, 다들 얼마 지나지 않아 돌아와서는 뭔가 더 중요한 일이 생겨서 못하겠다고 하지 뭐야."

"뭐든 도움이 된다면 난 좋아. 필요한 게 다리미질이라면 이 무대에서 이 제껏 보았던 의상들 중에서 가장 말끔한 의상을 보여줄게!"

에피가 미소를 지으며 말했다.

"와, 그 열정 마음에 드는걸. 의상 가방은 저쪽이야."

조케가 한쪽 눈썹을 들어 올리며 말했다.

에피는 자신의 열정이 과해 보이지 않았기를 바라며 고개를 끄덕였다.

"샘! 뭔가 부서지기 전에 당장 그거 내려놔. 소품이 더 이상 망가졌다가 는 감당 안 돼!"

조케가 둥글게 모은 두 손을 입에 대고 소리쳤다.

에피는 위를 올려다보았다. 샘이 둠피스트의 건틀렛을 착용한 채로 무대 에서 작업하는 친구들을 향해 위협하듯 휘둘렀다. 친구들은 그런 샘을 무시 했다. 샘은 아랑곳하지 않고 조케를 향해 큰 소리로 말했다.

"조케, 이 연극을 랩 배틀로 바꾸면 어떨까? 그럼 역사도 제법 재미있어 질 거야."

"너의 끔찍한 랩에서 관객들을 구해줘야겠네. 이제 돌아가서 작업이나 해. 안 그러면 다시 옴닉 4호로 배정할 거야."

조케가 비꼬듯 말하자 샘이 얼굴을 찡그리며 물었다.

"탈론 녀석들한테 박살 나는 그 옴닉 말하는 거야?"

조케가 아무 대꾸도 없이 샘을 노려보았다.

"알았다고."

샘은 합판으로 만든 스카이라인 아래, 페인트 통 쪽으로 달려갔다.

에피는 가방이 있는 곳으로 가서 의상들을 꺼내 바닥에 늘어놓았다. 대부분 멀쩡해 보였지만 그중 몇 벌은 보관 기간이 길지 않았음에도 엉망이 되어 있었다. 에피가 다리미의 전원을 켜자 따뜻한 주황색 불빛이 퍼져 나왔다. 에피가 막 첫 번째 주름을 펴려던 순간, 나아데가 오리사와 함께 극장 안으로 들어왔다.

"에피, 도와줘!"

나아데가 몹시 당황한 표정으로 양팔을 퍼덕거리며 외쳤다.

에피는 당황하며 주위를 둘러보았다. 나아데는 에피가 자처한 공백기 동안 오리사에게 전투 기술을 가르쳐주기로 되어 있었다. 그런데 지금 새로운 친구들 앞에서 에피를 당황스럽게 만들고 있었다. 지금까지 상황은 순조롭게 흘러왔지만 이제 학생들의 시선이 에피에게로 향하고 있었다. 마치 완전한 일원이 아닌 이방인을 바라보는 듯했다. 에피는 양해를 구하고 복도에서 반쯤 내려가 나아데를 만났다.

"나아데, 기다려줄 수 있어? 지금 해야 할 일이 있어서."

에피는 고개를 돌리고 속삭이듯 말했다. 그러고는 어색하게 자신의 로봇을 잠시 바라보면서 괜찮은지 확인해봤지만 곧 시선을 거두었다. 당분간 오리사와 관련된 그 어떤 것도 하지 않겠다는 약속을 어기게 된다면, 그리고 그 사실을 엄마가 알게 된다면 정말 곤란해질 것이다.

"기다릴 상황이 아니야. 오리사가 뭔가 이상해. 경화광 올가미를 던져서 작은 물건들을 집어 올리는 방법을 알려주고 있었거든. 너도 알다시피 부상당한 사람들 틈에서 구급상자를 꺼내오거나 그런 것들을 할 수 있잖아…."

"그건 좀 이상한데."

에피는 나아데의 말이 이해되지 않는다는 듯 얼굴을 찡그렸다.

"음, 상관없어. 오리사가 그걸 거절했으니까. 오리사는 그게 프로그래밍과 충돌한다고 말했어. 약한 사람들을 보호해야 하고 공정하고 정당해야 한대. 그래서 내가 오리사한테 잘 이해하지 못한 것 같다고 말했지. 둠피스트는 공정함 따위 신경 쓰지 않는다고 말해줬어. 둠피스트는 혼란이 일어나길 원하고, 방해하는 사람들을 주저하지 않고 공격할 거라는 말도 해줬지. 그런데도 오리사는 알아듣지 못하더라. 그래서 내가 그걸 보여줬어…."

나아데가 말끝을 흐리는 바람에 에피는 알아들을 수가 없었다.

"뭘 보여줬다고?"

"공항 습격 영상."

"나아데!"

에피는 공항에서의 사건이 떠오르자 갑작스럽게 심장이 거칠게 뛰는 것을 느꼈다. 에피는 고개를 저었다. 오리사는 그 영상을 보지 말았어야 했다. 오리사는 아직 어렸다. 그 영상은 오리사가 감당하기엔 너무 강렬했다. 에피는 돌아서서 조케를 보았다. 조케를 실망시키고 싶지 않지만 이 일은 심각한 상황이었다.

"일이 생겨서 말이야, 의상은 내가 나중에 꼭 다릴게."

조케는 네 번째 사람마저 다림질을 포기하자 두 손을 들어 올렸다. 그러고는 하고 있던 작업을 서둘러 이어갔다.

에피는 진단을 시작했다. 결과를 기다리는 동안에도 시선은 온통 무대에가 있었다. 그때 샘이 늄바니 스카이라인 위로 올라가면서 소란이 일어났다.

"이것 좀 봐!"

샘이 둠피스트의 건틀렛을 높이 쳐들며 소리쳤다. 그 건틀렛으로 재활용 기계에서 찌그러지는 음료수 캔처럼 적들을 뭉개주겠다며 엉성한 프리스타일 랩을 시작했다. 조케는 고개를 저었다.

"우와, 진짜 구려."

에피가 혼잣말로 중얼거렸다. 에피는 오리사의 개방된 진단 패널을 확인하기 위해 오리사를 향해 돌아섰다. 그 순간 경화광 캐스터를 뽑아 든 오리사의 모습을 보고 에피는 경악했다.

"적을 확인했습니다. 교전 준비 중."

오리사는 순식간에 자리를 박차고 나가 통로를 따라 달리며 샘에게 무기를 조준했다.

"오리사, 안 돼! 저 사람은 적이 아니야…!"

에피의 외침에도 불구하고 오리사는 경화광 투사체를 발사했고 짧게 반복되는 쿵쿵거리는 발소리가 극장을 가득 채웠다. 오리사의 조준은 완벽했다. 샘은 머리를 맞고 넘어졌다. 무기의 발사체는 강하지 않았고 기껏해야 멍이 드는 정도였지만, 눔바니 스카이라인 소품 꼭대기에 서 있었던 샘이 발을 헛디디기에는 충분한 충격이었다. 샘은 4~5미터가량 높이에서 떨어져 무대 바닥에 세차게 부딪혔다.

샘은 고통 속에서 비명을 질렀다. 에피는 애써 쳐다보지 않으려 했지만 결국 시선이 향했을 때, 샘의 다리는 절대 구부러질 수 없는 방향으로 돌아가 있는 것을 보고 말았다. 에피는 고개를 돌려 오리사를 바라봤다.

"위협 무효화됨."

오리사는 자랑스러운 듯 에피를 보며 동의를 구했다.

"오리사, 네가 사람을 다치게 했어. 내 친구를 다치게 했다고."

에피가 신경질적인 목소리로 외쳤다.

"아닙니다, 에피. 저는 둠피스트를 제압했습니다. 그는 우리의 적이라고 당신이 알려주었습니다."

"샘은 둠피스트가 아니야. 네가 실수한 거야."

내가 실수했어. 에피는 속으로 생각했다.

보건 교사가 뛰어왔고 두 명의 옴닉 치료사가 뒤따랐다. 에피가 말없이 지켜보는 가운데 그들은 샘의 다리를 단단히 고정한 뒤 들것에 옮겨 실었다. 공중에 띄운 들것이 중앙 통로의 경사로를 따라 일정하게 이동했다. 조케를 비롯한 연극반 학생들이 걱정스러운 표정으로 그 뒤를 따랐다.

에피는 오리사와 다요, 나아데와 함께 남겨졌다.

"미안해, 정말 미안해. 그 동영상을 보여주지 말았어야 했어. 내가 오리사의 머릿속을 복잡하게 만든 것 같아."

나아데가 안절부절못하며 떨리는 목소리로 사과하자 에피가 말했다.

"네 잘못이 아니야, 내 잘못이야. 오리사는 내가 만든 로봇이고 샘은 나 때문에 다쳤어."

"어이없는 사고였어. 샘한테 제발 설치지 좀 말라고 조케도 경고했었는데…."

다요의 말에 에피는 고개를 저었다.

"그건 중요하지 않아. 엄마 말이 맞았어. 내가 감당하기에는 너무 큰일이야. 내가 프로그래밍을 수정하려 할 때마다 상황은 나빠지기만 해. 오리사를 누구에게도 맡길 수 없어. 모두에게 위협이 되고 있잖아."

에피는 뜨거운 무언가가 목에서 차오르는 것을 느꼈다. 에피는 예완데 이모의 말에 귀를 기울이고 사고가 발생하기 전에 로봇의 전원을 껐어야 했다. 이미 늦었지만 오리사가 다시는 그 누구도 해치지 못하게 지금이라도 멈춰 세워야 했다.

왕의 궁전은 불에 타면서 아름다움이 더해졌단다. 할아버지가 여러 번 해주신 얘기였다. 할아버지는 최전선에서 부상자 분류를 하며 옴닉 사태 중 최악의 시기를 살았다. 총알이 날카로운 소리를 내며 스치고 지나갔을 때에도, 거대한 옴닉 구조물이 짓밟아버릴 듯 위협했을 때에도, 할아버지는 주변 세계의 아름다움을 찾아내곤 했다. 건물이 무너져 내리고 연기가 피어올랐지만 아무리 끔찍한 상황에서도 어떻게든 희망에 매달렸다. 할아버지는 자신이 싸우는 이유를 알고 있었다. 바로 너를 위해서란다, 에피. 할아버지는 그렇게 말하곤 했다.

제가 태어나기도 전인걸요, 바바 늘라. 에피는 그 이야기를 들을 때면 이렇게 답하곤 했다.

넌 아직 사랑이 무엇인지 모르니까. 할아버지는 따뜻한 미소를 지으며 대답했다. 사랑이 존재한다면 그건 태곳적부터 줄곧 존재했던 거란다. 그리고 영원히, 언제나 존재할 테지.

에피는 할아버지가 해주었던 말을 생각했다. 에피는 자신의 로봇을 사랑했다. 오리사가 처음 작동한 이후 한 달도 되지 않은 시간이었지만, 그 순간보다 가슴 벅찼던 순간은 없었다. 에피는 단 한순간도 자신의 로봇을 사랑하지 않은 순간이 없었다. 하지만 에피는 지금 자신이 무엇을 해야 하는지 알고 있었다.

에피는 작업장으로 돌아와 피해를 점검했다. 모든 것을 희생했지만 결과는 이것뿐이었다. 소중한 공구 세트는 사라지고 없었다. 컴퓨터들은 상태가 좋지 않았다. 지원금은 오리사가 선한 의도로 망가뜨린 것들을 보상하느라 9개월 동안 묶인 상태다. 남은 것이라곤 반쯤 조립된 주니 몇 대와 오리사의 격납고, 그리고 오리사뿐이었다.

"오리사, 난 눔바니를 수호하는 영웅을 만들 수 있을 거라고 생각했어. 그런데 내가 너무 큰 욕심을 부렸나봐."

에피는 자신의 로봇을 격납고로 이끌면서 그 어느 때보다 진지하게 말했다.

오리사의 머리가 뒤로 젖혀졌고 눈은 동그랗게 커졌다.

"당신 얼굴에서 다시 물이 새고 있습니다, 에피. 도움이 필요하십니까?"

에피는 고개를 저었다.

"아니야, 오리사. 난 괜찮아."

에피는 오리사의 액세스 패널을 열고 비활성화 코드 키를 입력했다. 작은 화면에서 녹색 글자가 반짝였다.

OR15 기기 비활성화
'예'를 클릭하여 확인해주십시오.

"에피, 전 비활성화될 준비가 되어 있지 않습니다. 저는 실수를 저질렀지만 실수를 통해 배울 수 있는 능력이 있습니다."

오리사가 말했다.

"오리사, 사랑해. 그리고 내가 미안해."

"저는 아직 배우고 있습니다! 저는 아직···."

오리사의 다급한 외침이 채 끝나기도 전에 에피는 '예'를 클릭했다.

로봇의 황금색 눈이 탁한 회색으로 바뀌었다. 프로세서와 모터가 윙윙거리는 소리를 내더니 이윽고 고요해졌다. 에피는 몸을 웅크렸다. 이제 완전히 멈춰버린 자신의 로봇이 두 번 다시 그 누구도 다치게 하지 않으리라 생각했지만 그것은 잘못된 생각이었다. 에피의 마음이 이보다 크게 다친 적은 없었고, 지금보다 더 아플 수는 없었기 때문이다.

비활성화 시퀀스
개시

. . .

. . .

. . .

이동 기능 프로토콜 분리 중

. . .

센서 알고리즘 연결 해제 중

. . .

생체 액세스 차단 중

. . .

인격 매트릭스 압축 중
efi_was_here_v3-39x.aipm

. . .

자체 재시작 액세스 해제 중

· · ·

지능 모듈 통합 해제 중

· · ·

비활성화 시퀀스 완료

· · ·

· · ·

· · ·

OR15 기기 오프라인

15장

"좋아. 난 〈플래시 브라이튼과 옴닉 크루세이더: 자정까지 44시간〉만 지금까지 열한 번 봤어."

나아데가 팝콘을 한 움큼 집어 입으로 가져가며 말했다.

"그러니까 분명 새로운 것들을 볼 수 있을 거야. 예를 들면 난 아직도 플래시가 늑대인간 애들을 버리고 형제의 암살자를 찾으러 가는 이유를 잘 모르겠어. 타임머신에 던져놓고 데려갈 수도 있는데 말이지."

"워워, 스포일러 좀 자제해! 그리고 어떻게 이 영화를 열한 번이나 볼 수 있어? 일주일밖에 상영을 안 했는데."

에피가 나아데의 옆구리를 쿡 찌르며 말했다.

"그 정도로 좋았다는 소리야, 에피. 캄 칼루 최고의 작품이라고."

"다크스파이어 전편보다 좋아?"

하사나의 물음에 나아데가 고개를 저으며 대답했다.

"다크스파이어 전편보다 좋은 건 없어. 그런 비교는 공정하지 않아. 그러니까 분명, 두 작품 모두 엄청난 수중 전투 장면이 있잖아. 듣기로는 위성 레이스 시퀀스가 정확하게 똑같은 장면을 사용한 거래. 그렇지만 플래시가 적의 정신을 지배하는 능력은….”

“나아데, 우린 아직 보지도 못한 영화 얘기 좀 그만하고 이제 조용히 영화 나 보는 게 어때?”

에피는 양쪽 귀를 손가락으로 막으며 쏘아붙였다.

“좋아! 이제 한마디도 안 할게. 그럼 플래시하고 독 클램파이어가 잃어버 린 도시 만타에서 고대 메르 언어로 대화를 시작하는 장면에서 나한테 해석 해달라고 하지 마.”

에피는 피식 웃으며 극장 좌석에 등을 기댔다. 짜디짠 팝콘, 예고편보다 최소 세 배는 많은 내용을 떠들어대는 친구… 이런 종류의 짜증은 익숙해질 수 있었다.

에피의 시계가 울리고 나아데의 번호와 함께 문자가 도착했다.

‘해마의 아내가 살인자야!’라는 문자였다. 에피의 눈이 휘둥그레지더니 곧 장 나아데에게 팝콘을 집어던졌고 팝콘은 나아데의 이마에 정확히 맞았다.

“농담이야! 농담한 거라고. 그랬을 리가 없잖아. 대거 섹트 요원에게 붙 잡혀서 입자 가속기로 던져진 장면 다음이니까.”

나아데의 말에 에피는 입술을 앙다문 채로 눈을 부라렸다. 마침내 영화 가 시작되었다. 좋아. 캄 칼루 영화는 사실 에피의 취향은 아니었다. 에피가 봤을 때 전투 장면은 너무 지루하고 대화는 지나치게 감성적이었다. 반면 매혹적인 영상은 생각 없이 보기에 안성맞춤이었고 아무 생각 없이 그 세계 속으로 몰입할 수 있었다.

그때 또다시 시계가 울렸다. 에피는 번호를 흘깃 쳐다보았다. 알 수 없는 번호였고 국제 전화였다. 에피는 시계를 무음으로 전환하고 다시 영화에 집중했다. 그리고 플래시 브라이튼이 대학교수 유령에게 홀린 채 무덤에서 하모니카 부는 법을 배우는 10분짜리 장면을 보다가 화면에 팝콘을 뿌렸다. 나아데는 그 장면이 12분은 더 이어질 거라며 화장실을 가려면 지금 가는게 좋다고 속삭였다. 에피는 거절했지만 나아데는 서둘러 밖으로 나갔다. 나아데는 오렌지 탄산음료를 큰 컵으로 두 잔이나 마셔버린 터라 당연한 일이었다. 나아데가 자리를 비운 동안 에피의 시계가 다시 울렸다. 같은 번호였다. 이상했다. 앞 번호가 어째서인지 익숙했다. 그리고 그 번호가 지난번에 예약했던 리우의 호텔 번호 앞자리와 같은 숫자라는 것을 깨달았다.

설마… 그럴 리가 없는데.

에피는 좌석에 앉은 채로 그냥 전화를 받았다. 플래시가 불도저로 유령을 밀어버리기 직전, 시끄럽게 우르릉거리는 소리가 극장을 가득 메운 가운데 에피가 아주 작은 목소리로 물었다.

"여보세요?"

"에피 올라델레?"

목소리가 물었다.

"네, 맞는데요…."

"안녕! 난 루시우야. 널 만나러 갈까 해. 네가 그곳 시민들을 위해 한 일과 활동에 대해 내가 얼마나 존경하는지 말하고 싶어서 이렇게 전화했어."

"나아데, 제발. 재미없어."

에피는 시계에 대고 작게 속삭였다. 에피는 나아데의 장난이 점점 지겨워지고 있었다. 불과 10분 전에도 나아데는 초콜릿을 다 빨아먹은 퍼지 더드 하나를 에피에게 건네주었었다. 에피는 그것에 입도 대지 않았다고 말하고 싶었지만, 극장이 너무 어둡기도 했고 그만 무심결에… 에피는 더 이상 생각하지 않기로 했다. 그래놓고 지금은 전화로 루시우인 척하고 있다니, 나아데는 정말….

"뭐가 재미없다는 거야?"

어느 틈엔가 화장실에서 돌아온 나아데의 목소리가 들렸다.

"우웩! 손은 씻고 떠드는 거야?" 하사나가 물었다.

나아데는 대답 대신 젖은 손을 하사나의 팔에 닦았다. 하사나가 비명을 지르는 바람에 관객들이 사방에서 조용히 좀 하라고 주의를 줬다. 나아데가 장난친 것이 아니라면, 그렇다면…?

"루시우? 그… 루시우 맞아요?"

에피는 시계에 바짝 입을 대고 작은 소리로 물었다.

"그래, 살아 있는 그 루시우지."

에피는 어디서부터 소리를 질러야 할지 몰랐지만, 다시 쉿 하는 소리가 들려왔을 때 망설임 없이 자리에서 일어나 하사나와 나아데를 데리고 극장을 나왔다. 에피는 누군가가 저 녀석들을 이 극장에서 영구적으로 출입 금지해야 한다고 투덜거리는 말을 들었다. 그러거나 말거나 에피는 친구들이 볼 수 있도록 시계의 피드를 태블릿으로 옮기느라 정신이 없었다. 루시우는 자신의 스튜디오에 있었다. 콘서트 포스터는 이상한 각도로 붙어 있었고, 플래티넘 레코드 트로피는 열 개도 넘는 라임 조각들로 채워진 거대한 컵으로 쓰였으며, 진열장에는 행운의 개구리 조각상들이 각양각색의 형태와 크기로 온통 자리를 차지하고 있었다.

"루시우, 제 친구들인 하사나와 나아데예요. 언제나 함께하는 친구들이에요."

에피가 자랑스럽게 말했다.

"안녕, 하사나! 안녕, 나아데! 에피의 친구라면 누구든 내 친구지. 자, 들어봐. 난 오리사 개발과 관련된 네 홀라그램을 팔로잉하고 있는데 눔바니에서 기금 마련을 위해 화합의 날 연극을 한다는 소식을 들었어. 나도 후원하고 싶어."

"연극 티켓을 사고 싶다고요? 앞좌석으로 드릴 수 있어요! 사실 한 줄 다, 아니, 극장을 통째로 드릴 수도 있어요."

"아니, 티켓보다는 우리가 너희 쪽으로 간다면 더 큰 수익이 나지 않을까 생각했어. 통합의 광장이었나? 너희 연극이 끝난 후에 콘서트 공연을 하면 어떨까? 눔바니에서 비트도 좀 날리고. 찬성하는 사람?"

"통합의 광장… 그건…."

에피가 눈을 깜빡이며 말을 잇지 못했다.

"대박! 완전 좋아요! 완벽해요!"

나아데가 열정적으로 소리쳤다.

"좋아요, 저도요. 대단하다고… 말하려고 했어요."

에피가 고개를 끄덕이며 맞장구쳤다.

팔백여 명의 관객들 앞에서 연극을 올리는 것도 사실 엄청난 일이다. 통합의 광장은 눔바니 최대 규모의 실외 행사를 위한 장소로 사용되었다. 만 오천여 명의 관객들 앞에서 연극을 올리는 것은 전혀 다른 일이 될 것이다.

"걱정할 것 없어. 세부적인 것들은 내가 처리할게. 도시 여기저기에 포스터도 걸고, 광고도 돌리고. 너희들 얼굴을 넣는 것도 좋고 말이야."

루시우가 유쾌한 목소리로 말했다.

"사랑해요, 루시우! 전 앨범을 다 모았어요. 루시우의 오래된 스케이트에서 떨어진 버클하고 판질라 프라임에서 구한 루시우 턱수염도 몇 가닥 가지고 있어요!"

하사나가 더는 냉정을 유지할 수 없다는 듯 태블릿을 부여잡고 소리쳤다.

"하하, 네 친구들은 정말 재미있구나. 내가 우리 관계자들한테 얘기해서 너희 쪽 사람들에게 연락하라고 할게. 그렇게 해서 다 정하는 거다, 괜찮지?"

루시우가 에피에게 말했다.

"네… 아주 좋아요."

에피는 여전히 멍한 채로 대답했다.

나한테 사람들이 있긴 한가? 그리고 어떻게 아직 기절하지 않고 버틸 수 있는 거야? 침착해, 침착하라고. 에피는 흥분으로 온몸이 들뜨는 것을 느꼈다. 그 기운은 발가락 끝에서 시작되어 무릎을 거쳐, 배 속에서 부글거리며 끓어올랐고, 폐 가득 공기를 채웠다. 에피는 이 세상의 어떤 고음보다도 더 높은 비명을 지를 수 있을 것 같았다. 에피는 터져 나오는 비명을 조금만 더 참아보려고 애썼다.

"루시우가 내 이름을 불러줬어. 좋아, 이제 다시는 귀를 씻지 않을 거야."

나아데가 혼잣말로 중얼거렸다.

"마지막으로 하나만 더."

루시우는 잠시 말을 멈추고 마치 들리지 않는 비트에 맞춰 춤을 추듯 머리 타래를 이리저리 흔들며 어깨를 들썩이기 시작했다. 루시우는 카메라를 등진 채 돌아서서 노래를 흥얼거리며 비트박스를 넣다가 턴테이블 스크래치 디제잉을 시작했다.

"비트가 느껴지니? 너의 창의력과 발명이 나한테도 영감을 주고 있는 거야. 콘서트에 네 로봇, 오리사를 꼭 데려와야 해. 알았지?"

"아… 오리사는….."

에피는 순간 마음속이 텅 빈 느낌이 들었다. 에피는 오리사를 데려갈 수 없었다. 오리사는 비활성화되었고 그런 상태가 모두를 위해 더 나았다. 하지만 에피는 루시우의 요청을 거절할 엄두가 나지 않았다.

"오리사를 빨리 만나게 해드리고 싶어요."

에피가 중얼거리듯 말했다.

"좋았어. 그럼 우리 주파수도 딱 맞아떨어진 거야. 너와 나 같은 사람들이 어떤 차이를 만들어낼 수 있는지 모두에게 보여줘야 해. 다음 주에 연락할게!"

루시우와의 전화는 그렇게 끝이 났다. 그러나 에피가 느꼈던 기쁨은 커다란 걱정으로 바뀌었다. 에피는 오리사를 다시 가동할 수 없었다. 샘의 사고가 일어난 지 얼마나 지났다고….

"목소리가… 완전….."

나아데가 커다란 팝콘 상자를 가슴에 품고 말했다.

"눔바니에서 콘서트가 열려! 뭘 입고 가지?"

하사나가 소리를 지르며 말했다.

"흠, 다요 형한테 말할 때 나 꼭 데려가야 해. 아마 까무러치겠지."

나아데가 에피를 보며 장난스럽게 말했다.

"습격 희생자들을 위한 기금이 엄청 많이 모이겠어. 박물관도 수리할 수 있을 거야! 아다위 조각상도 고치고 의자와 화단도 더 놓고….."

"못해."

에피는 하사나의 말을 자르며 고개를 저었다.

하사나와 나아데가 춤을 추다 말고 에피를 바라봤다.

"뭘 못해? 루시우가 전부 알아서 하겠다고 했잖아."

하사나가 이해할 수 없다는 표정으로 물었다.

"오리사를 데려올 수 없어."

"데려와야 해! 그건 약속이잖아!"

나아데의 목소리가 높아졌다.

"넌 몰라. 오리사는 안전하지 않아. 특히 그런 큰 무대에서는. 변수가 너무 많아. 또다시 둠피스트의 의상이나 소품에 반응하면 어떻게 해? 샘은 가짜 건틀렛을 차고 있었을 뿐인데 다쳤잖아!"

"그럼 네가 그걸 고쳐줘야지. 넌 항상 버그를 수정하잖아, 에피."

나아데의 말에 에피는 순간 이모의 말이 떠올랐다. 0.5미터짜리 로봇이 벽을 들이받는 거라면 버그가 있어도 괜찮아. 하지만 2톤짜리 로봇이 새 스텝 원더러 그릴에 주먹을 쑤셔 넣을 땐 괜찮지 않다는 걸 알아야지!

"우리가 도와줄게."

하사나가 에피를 쿡 찌르며 말했다.

"그렇게 간단하지 않아. 오리사의 전원을 끄는 건, 일반적인 기계의 전원을 끄는 것과는 달라. 스위치를 내렸을 때 나의 일부도 함께 꺼졌어. 다시는 그런 일 겪고 싶지 않아."

에피는 아무 말도 없이 극장을 뒤로한 채 걸음을 옮겼다.

에피는 자신이 10분도 넘게 같은 미적분학 문제를 바라보고 있다는 걸 깨달았다. 에피는 집중하지 못했다. 오리사의 공허한 눈이 에피를 지켜보고 있었다. 에피는 오리사가 오프라인 상태라는 것을 알았지만 오리사가 지켜보는 듯한 섬뜩한 기분을 떨칠 수 없었다. 에피는 생전 처음으로 자신의 작업장에서 벗어나고 싶었다. 당장.

에피는 사촌 다요에게 코피 아로모에 공부하러 나올 생각이 있냐고 문자 메시지를 보냈다. 다요는 그에 응했고 1시간 후 두 사람은 태블릿과 노트북, 공학 계산기를 늘어놓고 앉아 있었다. 바리스타가 다가왔을 때 음료 놓을 공간도 없어 보였다. 에피는 공학 계산기를 옆 의자에 내려놓고 커피 놓을 공간을 만들었다. 대부분 우유였고 부모님이 허락한 것보다 많은 설탕이 들어갔지만 지난 일주일간의 노력에 대한 보상이라고 생각했다. 에피는 바리스타에게 고맙다고 인사하려던 순간 그의 얼굴을 보고 멈칫했다. 낯이 익은 얼굴이었다.

"고마워요."

에피는 어디에서 보았는지 머릿속으로 생각하면서 간신히 감사 인사를 전했다. 나이대로 봐서는 아마도 학교에서 마주친 학생이 아닐까 짐작했다.

바리스타는 경직된 미소를 지으며 테이블에 다요의 차를 놓아주었다.

"오코리 선생님이 연극 공연 전날 시험을 치실 줄이야."

다요는 차를 한 입 마시며 중얼거리다가 곧 후회했다.

"앗, 너무 뜨거워."

"얼마나 중요한 행사인지 모르시는 거 아니야? 토르비욘이 온다고 했으면 분명 시험을 취소했을 거야. 추상대수학, 실해석학, 무기화된 인공지능의 위험에 대한 이야기를 들으려고 밤새 잠도 자지 않고 앞좌석 표를 구했을걸. 그래, 나도 수학이랑 과학을 좋아하긴 하지만 이건 너무하잖아!"

"그래그래. 그렇게까지 흥분할 필요 없어. 에피, 숫자 8을 반으로 나누면 뭔지 알아?"

달래듯 말하는 다요의 눈썹이 흥분한 애벌레처럼 꿈틀거리고 있었다.

"0?"

에피가 웅얼거리며 농담을 받아줬다.

"음, 안 통하네. 좋아, 그럼 이건 어때? 수학 선생님이 홀로그램 공학 계산기를 들고 있을 때 왜 걱정해야 할까?"

"왜냐하면 선생님이 계산 중이라는 건 우리도 그래야 한다는 거니까. 이 시험은 하나만 공부해서는 안 될 거야."

에피가 미소를 띤 채 질린다는 듯 고개를 저으며 대꾸했다.

에피는 다요에게 부정적분을 알려주었고 다요는 에피에게 역삼각함수를 설명해주었다. 두 사람은 함께 꽤나 많이 진도를 나갔다. 그러던 중 다요가 살짝 얼굴을 찌푸렸다.

"어디 안 좋아?" 에피가 물었다.

"아, 그냥 화장실 다녀오면 될 것 같아. 금방 올게. 나 없는 동안 34b번 문제 풀지 말고 기다려!"

에피가 고개를 끄덕이고는 연습 삼아 앞 문제를 처음부터 다시 풀어보았다. 에피는 공학 계산기를 들고 홀로그램 이미지를 회전시키며 여러 각도에서 살펴보았다. 에피는 사촌 다요가 학교에서뿐만 아니라 학교 밖에서도 도와주는 것이 기뻤다. 덕분에 에피는 훨씬 수월하게 고등학교 과정으로 올라갈 수 있었다.

"금방 왔네."

다요가 다시 자리에 앉자 에피는 공학 계산기를 계속 만지작거리며 말했다. 그 순간 에피는 뭔가 이상한 낌새를 알아챘다. 에피는 고개를 들어 다요가 앉아 있는 자리를 쳐다보았다. 테이블 맞은편에는 분명 사촌이 앉아 있었다. 그러나 다요가 아니었다.

에피는 몸이 뻣뻣해지는 것을 느꼈다. 박물관에서의 만남을 누구에게도 이야기하지 않았다. 에피의 가족은 비시가 고등학교에서 불량한 친구들과 어울렸을 때 이미 비시에게 크게 실망하고 말았다. 이후 비시는 힘의 맛을 경험하고 범죄 조직의 일원이 되었다. 조직 내에서 비시의 비상한 머리는 크게 인정받았다. 에피는 사라진 비시가 결국 탈론 요원이 되었다는 것을 가족들이 알게 된다면 상황이 더 나빠지리라 판단했기에 굳이 알릴 필요가 없다고 생각했다.

그 비시가 지금 눈앞에 앉아 있었다. 과거의 기억이 에피의 머릿속에서 휘몰아쳤다. 비시와 함께 투명 잉크를 만들어 비시의 집 벽에 온통 낙서를 했던 추억이 생각났다. 에피는 비시의 집에서 식사할 때마다 진열장 옆에 자신이 그려둔 투명한 강아지 그림이 아직 있다는 것을 확인하고 빙그레 미소 짓곤 했다. 이모가 우아하고 깨끗하게 관리하기 위해서 오랜 시간을 들였던 집에 자신이 아무렇게나 그려놓은 낙서가 비밀스럽게 남아 있다는 사실이 에피는 즐거웠다.

"잠깐 얘기 좀 할까? 내 꼬마 사촌이 이렇게 똑똑하게, 이만큼 성장한 걸 보니 정말 반가운데."

비시가 에피의 머리를 토닥거렸다. 예전이었다면 이런 행동에 그리 화가 나지 않았겠지만 지금은 아니었다.

"건드리지 마."

에피는 단호하게 으르렁거리듯 말했다.

"미안, 미안. 박물관에서 널 만난 이후에 이렇게 단둘이 이야기할 기회를 기다리고 있었어. 네 활약이 인상적이었거든."

비시가 에피의 머리에서 손을 떼며 말했다.

"날 알아봤어?"

"알아보고말고! 4시간 동안 함께 웅크리고 앉아 호라이즌 달 기지 3D 퍼즐을 풀었는데 어떻게 널 잊어버릴 수가 있겠어."

"그래서 둠피스트가 날 해치도록 보고만 있었던 거야?"

"내내 널 믿었지. 널 응원하고 있었어."

비시가 농담하듯 말했지만 에피는 그냥 넘어갈 생각이 없었다. 단 1초도 어림없었다.

"원하는 게 뭐야? 다요가 금방 돌아올 거야. 그러니 빨리 말하는 게 좋을걸."

"시간은 좀 있어. 장담하건대 내 동생은 화장실에 좀 더 있어야 할 거야."

비시는 다요가 마시던 찻잔의 테두리를 손가락으로 문질렀다. 순간 에피는 조금 전의 그 바리스타를 어디에서 보았는지 생각났다. 그는 박물관에 있었던 둠피스트의 부하들 중 한 사람이었다.

"다요에게 지금까지 한 것으로도 부족해서 약까지 먹였어?"

에피가 두 손으로 탁자를 내리치며 말했다. 커피가 쏟아질 뻔했지만 에피는 개의치 않았다. 아니, 어쩌면 신경을 쓰고 있는지도 모른다. 커피는 아직 충분히 뜨거웠고 만약 필요하다면 무기로 사용할 수 있을 것 같았다.

"가벼운 위장 자극일 뿐이야. 여기 화장실에 익숙해지겠지. 하지만 그뿐이야. 에피, 넌 능력이 있어. 내가 여기에 온 이유는 이 세상에 제대로 영향을 미칠 수 있는 기회를 열어주고 싶어서야. 기억하니? 네가 공구 세트를 가지고 싶다고 했을 때 부모님이 장난감 세트 사주신 거 말이야."

에피는 아무 말 없이 고개를 끄덕였다.

"너한테는 그런 장난감보다 더 좋은 게 필요하다는 걸 알아본 사람이 누구지? 네가 진지하게 작업할 수 있는 진짜 공구를 선물한 사람 말이야."

"비시." 에피가 이를 갈며 말했다.

"그래, 나였어, 에피. 그리고 우리는 다시 이렇게 만난 거야. 지금 이것들은 장난감에 불과해."

비시는 테이블에 놓인 전자기기들을 가리키며 말했다.

"그리고 네게 어울리는 건 이런 거야."

비시는 에피의 것과 크게 달라 보이지 않는 노트북을 테이블에 올려놓았다. 비시가 노트북을 열자 에피가 익숙하게 작업하는 15인치 홀로스크린 대신, 사방으로 확장되는 홀로프로젝션이 나타났고 테이블보다 큰 조종석 형태의 계기판이 만들어졌다. 비시가 공학 계산기 문제를 노트북으로 밀어넘기자 노트북에서 각각 방식이 다른 세 가지 증명의 도출 과정과 답을 보여주었다.

에피는 호기심이 발동했다. 가장 최신형의 옴닉들도 쉽게 해결하지 못하는 몇 개의 논리 예제를 넣어보았다. 1초도 되지 않아 모든 문제의 답이 나왔다. 그러자 에피는 무거운 상체와 등에서 뻗어 나온 긴 촉수를 가진 3족 옴닉의 규격으로 AI 와이어프레임 시뮬레이션을 돌리고, 그 와이어프레임이 걷는 방법을 알아낼 때까지 얼마나 시간이 걸리는지 지켜보았다. 3족 옴닉은 4초가 지나기도 전에 비틀거리며 걷기 시작했고, 6초 후에는 안정된 걸음으로 걷고 있었다. 10초 후에는 강화 생체를 보유한 세계 정상급 육상선수보다도 빠른 속도로 달리고 있었다. 에피의 노트북은 이런 종류의 시뮬레이션을 시도할 때마다 순간순간 작동이 중지되기 일쑤였고 그럴 때마다 에피는 샌드위치를 만들어 먹거나 오버워치 만화를 한두 편 보면서 처리가 끝나기를 기다리곤 했다.

"어때, 괜찮지?"

비시의 목소리를 들은 에피는 벌써 몇 분 동안이나 그 노트북에 푹 빠져 있었다는 것을 깨닫고서 급하게 자세를 고쳐 앉았다.

"이건 빙산의 일각일 뿐이야. 탈론에 들어와. 그럼 네 전용 작업장을 갖게 될 거야. 세계 최고 로봇공학자들의 작업장을 능가하는 환경이지. 유치한 장난 따위는 이제 이별을 고하자고, 에피. 모두에게 더 이상 어린아이가 아니라는 것을 보여줘."

에피와 비시는 다른 손님들의 시선을 끌고 있었다. 에피는 쾅 소리가 나게 노트북을 닫고 고개를 저으며 말했다.

"그럴 일은 없을 거야. 난 누구처럼 부모님을 실망시키지 않을 거니까. 내가 여기에 있는 건 어떻게 알았어? 몰래 감시라도 하고 있었던 거야?"

에피가 침을 꿀꺽 삼켰다. 컴퓨터를 해킹했을까? 또 어떤 걸 알고 있을까? 만약 비시가 알고 있다면 탈론도 알고 있을 것이다.

"생각해보니 미디어가 우리 조직에 대해 꾸며낸 온갖 거짓말에 네가 속아 넘어간 것 같아."

비시가 웃으며 말했다.

"눔바니 사람들이 겪은 테러가 거짓말이야? 둠피스트가 탈옥해서 건틀렛을 훔친 것도 거짓말이라는 소리야?"

에피의 날카로운 질문에 비시는 팔짱을 끼고 몸을 뒤로 젖혔다.

"아칸데는 불법적인 감금에서 벗어나 자신의 물건을 되찾은 것뿐이야. 그는 인류를 지키고자 애쓰는 영웅이자 선지자라고. 동전에는 양면이 있기 마련이야. 아는지 모르겠지만 오버워치가 흘리는 피 역시 순수하다고만은

할 수 없어."

비시는 테이블 쪽으로 몸을 기울이며 에피와 눈을 맞추었다.

"하지만 그들은 정의와 평등을 위해 싸우지. 당신 조직은 무엇을 위해 싸우는 거야?"

"힘. 마땅히 그래야 하는 방식으로 세상을 바로잡을 수 있는 힘이지. 더 강하고 더 좋은 세상으로 만들 수 있는 힘. 네가 만든 로봇처럼 말이야. 오리사, 맞지? 나도 그런 건 처음 봤어. 넌 우리의 일원이야, 에피. 네가 아직 받아들이지 못하고 있지만."

"완전히 잘못 짚었어. 그리고 무슨 말을 해도 내 생각을 바꿀 수는 없어."

"널 아다위 영재 지원상에 추천한 사람이 누구인지 생각해본 적 있니? 네 천재적인 머리로 한번 생각해보면 어떨까?"

웃으며 이야기하던 비시가 에피의 어깨 너머를 응시하더니 순간, 그의 얼굴에 두려움이 깃들었다. 에피는 고개를 돌려 뒤를 바라보았다. 아직도 배를 움켜잡은 채 화장실에서 비틀거리며 나오는 다요의 모습이 보였다. 에피가 다시 고개를 돌렸을 때 비시는 사라지고 없었다. 그가 건네준 노트북만 그대로 남아 있었다.

다요는 편안해진 듯 의자에 앉았지만 엉덩이가 의자에 닿는 순간 얼굴을 찌푸렸다.

"휴… 오늘 먹은 게 완전히 탈이 난 것 같아. 아무래도… 어? 이게 뭐야?"

다요는 낯선 노트북을 보며 물었다.

"아무것도 아니야."

에피는 그렇게 말하면서도 노트북에서 눈길을 거두지 못했다. 영재 지원상에 자신을 추천한 사람이 둠피스트였단 말인가? 그는 분명 에피를 유인하고 있었다. 박물관에서 에피의 팬임을 자처하기도 했다. 익명의 메시지에 서명한 그 팬이 둠피스트였던 걸까? 오리사를 제작하는 데 빚을 졌던 사람이 다름 아닌 둠피스트였다는 사실에 몸서리가 쳐졌다.

에피는 오리사를 최대한 튼튼하게, 최대한 강하게 만들기 위해 공을 들였다. 모두 둠피스트가 일으킨 혼란 덕분이었다. 그 생각에 이르자 비시의 주장에 수긍이 갔다. 그 주장은 심지어 논리적이기까지 했다. 에피는 그럴듯한 논리에 고개를 끄덕일 수밖에 없었다. 그렇지만 에피는 오리사에게 공감 능력까지 부여했다. 에피의 로봇은 지나칠 정도로 인정이 많았다. 불현듯 에피는 깨달았다. 공감할 수 있다는 건 결함이 아니라 자신 같은 사람들과 비시나 둠피스트 같은 사람들을 구분 짓는 특성이라는 사실을.

"아무것도 아니야."

에피는 스스로에게 다짐하듯 다시 말했다. 이번에는 온몸으로 그것을 확신하고 있었다. 에피는 다요가 짐을 챙기도록 도와준 뒤, 노트북은 테이블 위에 그대로 두고 집으로 향했다.

16장

에피는 비시와의 뜻하지 않은 만남과 그 충격이 채 가시기 전에 집으로 돌아왔다. 작업장에는 하나둘 늘어난 물건들이 빼곡히 들어차 있었다. 에피는 창문을 열고 음울한 기운이 느껴지는 밖을 바라보았다. 에피는 스카이 포털 배달 드론이 하늘 높이 커다란 상자를 들고 어딘가로 향하는 것을 보았다. 드론이 까마득한 높이에서 비행하는 모습을 멍하니 지켜보다가 문득 저렇게 비행하려면 얼마나 큰 용기가 필요할까, 하는 생각이 들자 온몸에 소름이 돋았다. 에피는 이미 알고 있었고 사랑을 위해서 그것을 해냈다. 에피는 오리사를 사랑했다. 언제나 오리사를 사랑했고 앞으로도 그럴 것이다. 에피는 마침내 할아버지가 해주셨던 이야기의 의미를 이해했다.

드론은 왼쪽으로도, 오른쪽으로도 방향을 틀지 않은 채 에피가 있는 작업장으로 곧장 날아왔다. 드론은 에피의 작업장 앞에 멈추었고 창 안으로 들어와 바닥에 상자를 내려놓았다. 에피는 주문한 물건이 없었지만 어째서인지 상자에는 에피의 이름이 적혀 있었다. 에피가 패드에 엄지손가락을 대고 수령을 승인하자 드론은 다시 날아오르며 창밖으로 나가더니 시야에서 곧 사라졌다.

뭐지?

에피는 조심스럽게 상자를 뜯어 열었다. 그리고 안쪽에 있는 볼스카야 인더스트리 로고를 보자마자 그것이 무엇인지 깨달았다. 포장 안쪽에는 쪽지가 끼워져 있었고, 에피는 더 깊이 생각할 틈도 없이 쪽지를 꺼내 읽었다.

에피에게

네 홀로비드 위시리스트를 보고 행사에 어울리는 오리사를 준비하는 데 도움이 될 거라고 생각했어. 너와 오리사를 빨리 만나고 싶어!

루시우

에피는 순간 온몸이 짜릿해지는 것을 느꼈다. 토블슈타인 반응로 미니어처였다. 루시우가 반응로를 선물해주었다!

그런데… 아아… 그런데….

이 반응로를 정말 사용할 수 있을까… 오리사가 다시 부팅이 되긴 할까? 에피는 거대하고 차가운 쇳덩이가 되어버린 로봇에게 다가갔다.

눔바니를 보호하기 위해 도움을 주고자 했던 계획은 에피의 소망과 달리 이루어지지 않았다.

그러나 아무것도 하지 않는 게 훨씬 더 나쁘다는 생각이 들었다.

누군가 작업장 문을 두드리는 소리가 들렸다. 돌아선 에피의 눈에 문 앞에 서 있는 엄마가 보였다.

"에피…."

"알아요, 엄마. 알아요. 돌려보낼 거예요."

"그 얘기를 하러온 거란다. 텀블스톤 반응으로 말이야."

"토블슈타인이에요, 엄마."

"그래, 내가 말한 게 그거야. 아빠와 나는 네게 너무 많은 자유를 주었나 하고 생각하고 있었어… 그런데 네 문제로 루시우와 한참 채팅을 했는데, 그 반응으로 선물을 허락해달라고 하더구나."

갑자기 에피는 머리가 어지러워졌다.

"루시우와 채팅을 하셨다고요?"

엄마는 마치 고양이 비듬에 대해서 에니 아줌마와 채팅한 것처럼 아무렇지도 않게 말하고 있었다.

"참 착한 아이더구나."

"아이요? 엄마, 그 사람은 루시우예요! 그 루시우요. 세계적인 스타! 월드 투어를 할 때마다 좌석이 매진되는 아티스트라고요! 이 시대의 가장 위대한 자유의 투사 중 한 명이란 말이에요!"

"그래서 뭐? 난 착한 아이라고 말했을 뿐이야. 루시우는 널 진심으로 믿고 있더구나. 우리 도시 곳곳에도 널 믿는 사람들이 있단다. 아빠와 엄마도 너를 더 믿어야 했는지도 몰라. 덕분에 다시 생각해보게 되었어."

엄마의 말에 에피는 고개를 저었다.

"눔바니의 완벽한 수호자를 만들기 위해서 정말 애썼는데 가는 곳마다 물건을 부수고 사람을 다치게 했을 뿐이에요."

"오리사가 그것만 한 건 아니지. 오리사는 네게 책임감을 가르쳐주었잖니. 그리고 우정도. 오리사 덕분에 너도 밖으로 나갈 수 있었고 사회에 기여도 했고 말이야. 오리사가 꼭 완벽할 필요는 없잖아. 오리사가 눔바니를 완벽하게 안전한 곳으로 지켜내야만 하는 게 전부는 아닐 거야. 너와 오리사가 세상을 조금 더 나은 곳으로 만들 수 있다면, 그것만으로도 충분하단다."

엄마의 눈가에 눈물이 고였다.

"엄마, 지금 우는 거예요?"

"네가 이렇게 빨리 성장하는 모습을 지켜보는 게 힘들구나. 그렇지만 엄마는 네가 자랑스럽단다."

엄마는 아직도 문가에서 서성이고 있었다. 에피는 엄마가 빨리 안으로 들어왔으면 좋겠다고 생각했다.

"도와주시겠어요?"

에피가 커터 칼을 들고서 엄마를 바라보자 엄마는 웃으며 작업장 안으로 들어왔다. 엄마는 칼을 받아 들고 상자의 틈을 따라 칼날을 움직였다. 곧이어 반응로가 모습을 드러냈다.

"복잡해 보이는구나."

"그대로 끼우기만 하면 돼요. 슬럼가 반응로에 비하면 식은 죽 먹기예요."

"슬럼가 반응로?"

엄마가 눈썹을 치켜세우며 되물었다.

"아무것도 아니에요. 여기요, 이걸 박스에서 꺼내야 해요."

에피는 엄마와 함께 작업하면서 엄마에게 이런저런 설명을 곁들였다. 반응로를 설치한 후, 에피와 엄마는 오후 내내 오리사의 공감 모듈을 복구했다. 에피는 이번을 마지막으로 다시는 오리사의 프로그래밍을 수정하지 않으리라 다짐했다. 이제부터 에피는 그것이 무엇이든 오리사 본인이 원하는 모습을 유기적으로 찾아가도록 응원할 생각이었다. 에피는 그 모습을 빨리 보고 싶었다.

"좋아요, 다 됐어요. 이 영광을 맡아주시겠어요?"

에피는 백업을 부팅하기 위한 모든 준비를 마치고 말했다.

"오, 에피. 그건 네게 맡겨야 할 것 같구나. 지침만 잘 기억하렴. 그리고…
늘 안전이 우선이란다. 알았지?"

"안 아드릴까요, 엄마?"

"물론이지."

엄마는 에피를 꼭 끌어안았다. 에피는 움직이지 않고 그대로 가만히 서
서 엄마의 포옹을 느꼈다.

"행운을 빈다."

엄마는 미소를 띤 채 마지막으로 한 번 더 에피의 등을 쓰다듬었다. 그리고
딸이 집중해서 마지막 작업을 마무리할 수 있도록 작업장에서 나가주었다.

에피는 부트 시퀀스를 개시했고 오리사는 온라인 상태로 돌아왔다. 에피
는 잠시 춤을 추었고 오리사도 로봇의 리듬으로 티타늄을 흔들며 화답했다.

"돌아와서 반가워." 에피가 말했다.

"돌아오니 좋습니다. 당신의 뜻을 따르겠습니다."

"기분이 어때?"

"슬픕니다. 저는 소년을 다치게 한 일을 기억합니다. 그는 고통을 받았습
니다. 어째서 제 공감 모듈을 비활성화하셨습니까? 전 그 소년에게 사과도
하지 못했습니다. 상황을 바로잡지 못했습니다."

오리사의 말에 에피는 고개를 저었다.

"사과할 사람은 나야. 너한테 사과할게. 공감 모듈을 비활성화시킨 건 나
야. 난 둠피스트를 제압하고 모두를 기쁘게 하는 일에만 신경 쓰느라 네 감정
을 생각하지 못했어. 내가 틀렸어. 미안해. 하지만 보상할 방법이 있어. 루시

우가 화합의 날 콘서트를 열 계획이야. 그리고 우린 맨 앞줄에 앉을 거야."

"다시 말씀해주십시오. 오디오 센서가 오작동하는 것 같습니다. 당신은 '우리'가 루시우 콘서트에 간다고 말한 것 같습니다만…."

"정확히 알아들었어. 그리고 넌 그 행사에서 스타가 될 거야. 다만 우리는 콘서트에 가기 전에 점검해야 할 아주 중요한 프로토콜이 있어."

에피가 키득거리며 태블릿의 버튼을 눌러 루시우의 플레이리스트를 가져와 재생을 시작했다. 흠뻑 빠질 듯한 신나는 비트가 작업장을 가득 채웠고 두 친구는 춤을 추기 시작했다.

HollaGram

BotBuilder11님이 사람들을 돕는 로봇을 제작하고 있습니다.

팬 **4582** 명

홀로비드 스크립트
TranscriptMinderXL 버전 5.317로 자동 생성됨

매진!!!

믿을 수 없어요! 루시우 콘서트와 화합의 날 연극 모금 행사가 3시간도 안 돼서 매진됐어요! 여러분이 티켓을 구하셨길 바라고요, 이 공연은 정말 엄청날 거예요!

반응

♥ 989   👏 565   📢 984

의견(152)

BackwardsSalamander 시간이 없어요. 그들은 제가 온라인에 접속한 걸 금방 눈치챌 거예요. 이제 둘이 됐어요. 그들은 절 집 밖으로 나가지 못하게 해요. 무슨 짓을 꾸미고 있는 것 같아요. 경찰을 불러주세요.

NaadeForPrez @BackwardsSalamander, 이거 농담인가요? 이해가 잘…

BackwardsSalamander 저예요, 저라고요. 예, 농담이에요. 하하하하하하하!

ARTIST4Life 루시우! 루시우! 루시우! 우린 좋은 자리를 맡았어. 앰버가 엄~~~청 샘을 냈어!

Anonymous088503 내가 장담하는데 이번 콘서트는 진짜 끝내줄 거야.

더 읽기…

17장

날씨는 이보다 더 완벽할 수 없었다. 에피의 생각으로는 루시우가 공연하기로 한 날, 화합의 광장에 감히 그늘을 드리우는 비구름은 없을 것이라고 확신했다. 한적한 토요일 이른 아침 눔바니의 풍경은 그야말로 장관이었다. 눔바니를 감싸는 높다란 고층 건물들이 햇빛을 받아 번쩍였고, 그 너머로 황금빛 사바나가 희미하게 빛나고 있었다.

"이곳에서 살 수 있어서 우리는 아주 운이 좋습니다."

오리사가 에피의 옆으로 다가와 말했다. 에피는 정적이 깨지자 흠칫 놀랐다. 에피는 명상 상태에 빠져 눔바니의 풍경을 멍하니 바라보고 있었기 때문이다.

"그래, 맞아."

에피는 이제 오리사가 처음으로 모든 것을 받아들이고 느낀다는 것을 깨달았다. 에피는 오리사의 목소리에서 경외감을 느낄 수 있었다. 이렇게 멋진 곳에서 살다 보면 특별한 것조차 특별할 것 없는 일상처럼 느껴지지만, 지금 에피는 오리사의 눈을 통해 눔바니를 바라보면서 다시금 기운이 솟았다.

에피와 오리사 뒤에서 누군가가 목청을 가다듬는 소리가 들렸다. 에피는 고개를 돌려 뒤에 서 있는 사람을 확인하고 하마터면 발코니 난간에서 떨어질 뻔했다.

루시우가 손을 뻗어 에피의 손을 잡고서 부드럽게 끌어당겼다. 루시우는 에피를 바라보며 고개를 끄덕였다. 머리 타래 끝에 있는 커다란 구슬들이 서로 부딪치며 딸깍거렸다.

"루시우 코헤이아 도스 산토스가 여러분을 찾아갑니다. 네가 에피구나."

루시우가 발코니 시멘트 바닥에서 마치 물 위를 미끄러지듯 앞뒤로 스케이트를 움직이며 말했다. 직접 본 스케이트는 훨씬 더 커 보였고 허리에서 다리까지 파란색과 녹색의 커다란 장비와 이어져 있었다. 윙윙대는 경화광 에너지는 너무나 강렬해서 에피의 발까지 그 진동이 전해질 정도였다. 에피는 깜짝 놀라 그 자리에서 굳어버렸다. 오늘 루시우를 만나게 되리라는 건 알고 있었지만 자신의 가장 위대한 영웅과 이렇게 가까이 마주하게 될 줄은 몰랐던 터라 마음의 준비가 전혀 되어 있지 않았다.

루시우는 미소를 지으며 에피의 떨리는 손을 잡고 악수했다. 그리고 에피 옆에 있는 로봇을 보고서 겁을 먹어야 할지 아니면 감탄해야 할지 모르겠다는 듯 두 눈이 휘둥그레졌다. 아마도 둘 다였을 것이다.

"우와… 오… 오리사? 믿기지 않아!"

"만나서 정말 반가워요. 꿈이 실현된 것 같아요."

마침내 에피가 간신히 입을 열었다. 에피의 머릿속에서 생각들이 쏟아졌다. 에피는 어디서부터 말을 시작해야 할지 알 수가 없었다. 에피는 루시우에게… 이 기금 마련 콘서트에 대해서, 반응로에 대해서, 자기를 믿어준 것에 대해서 감사하고 싶었다. 에피는 자신이 입을 떼는 순간, 말도 안 되는 수다를 쏟아낼 것만 같았다. 자신의 영웅 앞에서 침착해야 했다. 에피는 가까스로 마음을 다잡고 차분하면서도 간단하게 말했다.

"눔바니 여행은 괜찮으셨나요?"

오리사는 누가 보기에도 흥분을 억누르지 못하고 있었다. 오리사의 뒷부분은 들뜬 강아지의 엉덩이처럼 좌우로 흔들대고 있었고, 머리는 위로 젖혀져 있었으며, 두 눈은 별처럼 반짝이다가… 말 그대로 별 모양으로 바뀌었다. 에피는 오리사의 눈이 그렇게 변할 수 있다는 것도 처음 알았다.

"나한테 딱 맞는 도시야! 누구나 자신이 선택한 방식으로 살 수 있어. 친절한 표정들, 멋진 소리들, 커피도 끝내주고 말이야!"

루시우는 손에 든 코피 아로모 테이크아웃 잔을 들어 보이며 말했다. 아마도 시차 때문에 적응이 필요한 듯했다.

"저도 가끔씩 코피 아로모에서 작업해요. 차도 좋아하고요. 따뜻한 코코아를 마시기도 해요. 그냥 마일로 같지만, 휘핑크림을 잔뜩 얹어주니까 괜찮아요."

에피는 아차 싶어 입을 다물었다. 지금 루시우 앞에서 수다를 떨고 있는 거야? 루시우 앞에서 괴짜 같은 모습을 보이는 것보다 더 최악인 것은 뜨거운 음료 이야기 따위나 하면서 루시우를 졸리게 하는 것이었다.

"제 얘기 재미없어요. 그렇죠?"

"아냐, 누군가와 일상적인 대화를 하니까 좋은걸. 정말이야, 에피. 네가 오리사와 함께한 일들, 네가 사회를 위해 해온 일들은 정말 대단하다고 생각해."

루시우가 활짝 미소를 지었다. 그는 오리사를 향해 돌아서서 초강력 증폭기로 다가가 걸음을 멈추었다.

"이건 그 말하는… 북, 강안 북처럼 칠해져 있구나, 맞지?"

"맞아요, 하지만 작동하지는 않아요."

"오리사, 잠깐 이걸 두드려봐도 될까? 내 음파 증폭기에 사용된 기술이 초강력 증폭기에서도 쓰인 게 확실한데."

"영광입니다."

오리사가 고개를 숙인 뒤 우아한 동작으로 초강력 증폭기를 분리하고 바닥에 내려놓았다. 루시우는 가방에서 도구 한 벌을 꺼내 장치를 해체하기 시작했고 어느덧 그 앞에는 부품 더미가 쌓여 있었다.

"그 있잖아, 네 홀로비드를 확인하고 있었는데 말이야."

루시우는 능숙하게 부품들을 만지며 말을 이어갔다.

"네가 여러 곤란한 상황들을 겪고 있는 모습을 봤어. 그러다 보니 네 도시에 대한 너의 이상과 소망이 바로 여기서 울려 퍼지더라고."

루시우는 주먹으로 자신의 가슴을 두드렸다.

"고마워요. 저도 당신이 리우를 위해 했던 일들을 보며 같은 걸 느꼈어요. 또 세계를 위해서 했던 일들도 마찬가지이고요. 어떻게 그런 확신을 가질 수 있었던 거죠?"

"시작은 작았어, 너랑 비슷했지. 내가 있던 파벨라에서 작은 것들을 바꾸었어. 모든 아이들이 건강한 음식을 먹고 모든 사서들이 빌려줄 책을 넉넉히 소장하도록 말이야… 할 수 있는 모든 일을 했어. 그리고 변화를 추구하는 사람들을 가까이했지."

루시우가 잠시 이야기를 멈추고 오리사에게 윙크를 하자 오리사도 윙크로 답했다.

"사람들이 건강한 몸과 마음으로 살아갈 수 있도록 내가 할 수 있는 것들을 했어. 그래서 말인데, 우리가 힘을 합친다면 또 다른 문제들을 해결할 수 있을 거야."

"비슈카르 코퍼레이션 같은 문제 말이죠?"

에피의 물음에 루시우가 고개를 끄덕이고는 부품 더미에서 전선 세트를 집어 들었다. 그 전선들을 점검하더니 한쪽으로 던져버리고 자신의 전선 다발에서 한 묶음을 잘라냈다.

"내가 세계를 있는 그대로 보기 시작한 건 아버지가 비슈카르하고 엮였을 때야. 아버지는 비슈카르의 프로젝트 중에서도 가장 수익이 좋은 몇 가지 프로젝트에 엔지니어로 참여하셨고, 당신의 가장 좋은 시절과 최고의 아이디어를 그들에게 바쳤어. 세계를 돕기 위해 공유하고자 했던 아이디어였지만, 비슈카르는 그 아이디어들을 비참한 결과로 이끌었지. 그들은 사회를 보살피는 일을 중단했고 그 대신 곳곳에 꼭두각시들을 심어두고 모든 것을 조종했어."

루시우는 미소를 지었으나 에피는 그 미소 속에 숨겨진 고통을 느꼈다. 에피는 비슈카르가 리우 시민들을 어떻게 취급했는지 알고 있었다. 낮은 임금과 가혹한 작업 환경, 무분별한 통행 금지령, 이해할 수 없는 법률들… 이 모든 것이 이른바 대의라는 이름으로 행해진 것들이었다. 시민들은 반란을 일으켰고 일부 지역에서 비슈카르를 축출했으나 그렇게 되기까지 수많은 집회와 봉기가 이어졌다. 그리고 아주, 아주 많은 희생이 뒤따랐다.

오리사를 위해 치렀던 대가를 생각하자 그 메시지가 더 크게 다가왔다. 오리사는 도움을 준 만큼 피해도 끼쳤다. 오리사는 배우고 성장하는 중이었지만 좋은 행동이든, 그렇지 못한 행동이든 에피는 항상 로봇에 대해서 그

만한 책임을 져야 했다.

"아버지의 기술이 그런 식으로 사용되는 걸 봐야 했을 때… 괴로웠을 것 같아요."

"그랬지. 너도 알다시피 우리 아버지가 음파 기술을 설계하신 건 세계를 좀 더 좋은 세상으로 만들기 위해서였어. 내가 그것을 다시 가져와서 사람들을 모으는 데 사용했을 때, 난 아버지가 그들에게 했던 약속을 지켰던 거야. 결국 아버지도 자신이 만든 기술을 후회하지 않으셨을 테고."

에피는 지평선을 바라보았다. 앞으로 다가올 일들이 더는 두렵지 않았다. 아주 오랜만에 희망을 느꼈다. 에피는 오리사에게 아주 많은 것을 쏟아부었다. 시간, 돈, 그리고 에피의 온 마음을….

"어? 그럼… 제게 보내주신 그 반응로… 설마 훔친 거였어요?"

루시우는 어깨를 으쓱하더니 초강력 증폭기의 부품들을 케이스 안으로 집어넣었다. 아직 부품이 몇 개 남아 있었지만 루시우는 신경 쓰지 않는 듯했다.

"최근에 새로 만나는 사람들이 있는데, 세계를 바로잡는 데 도움이 되는 일들을 갈망하는 친구들이야. 솔직히 말하면 그들이 어디서 그걸 가져왔는지는 몰라. 하지만 카티야 볼스카야의 기술은 헐값이나 쉬운 방법으로 구할 수 없다는 건 알지. 그리고 오리사, 만약 누가 물어보면…."

"제 느낌에 반응로는 확실하게 값을 치른 것 같습니다."

"유머 감각이 끝내주는걸, 오리사."

"오류 404, 돌려 말하기 모듈 찾을 수 없음."

오리사가 무미건조하게 말했다. 루시우는 초강력 증폭기 케이스를 다시 닫고 한쪽 끝에 세웠다.

"도와주신 모든 것에 감사드려요. 개발은 순탄치 않았지만 느낌상 상황이 좋아지는 것 같아요. 어쩌면 오리사가 언젠가는 눔바니에 어울리는 영웅이 될 수도 있을 것 같거든요."

에피의 말에 루시우는 고개를 저으며 말했다.

"눔바니에는 이미 어울리는 영웅이 있어. 그 영웅의 이름은 에피라고 하지."

루시우는 광장의 코뿔소 조각상 앞에서 루시우의 공연을 가장 좋은 자리에서 즐기기 위해 모여드는 인파를 가리키며 말을 이었다.

"탈론 습격의 희생자들을 위한 기금이 벌써 수십만 나이라에 육박해. 그것도 티켓 판매로만. 시시각각 기부금은 점점 더 늘어나고 있고. 네가 아니었다면 이런 일들은 일어나지 않았을 거야."

에피는 자신이 영웅이라는 말에 머리를 맞은 듯 할 말을 잃었다. 하지만 그것은 사실이어야 했다. 루시우의 말이었으니까.

에피는 금붕어처럼 입만 뻐끔거렸다.

"이 파티를 조금 일찍 시작해보면 어떨까?"

루시우의 물음에 에피가 고개를 끄덕이며 오리사를 바라보았다.

"오리사, 이 영광을 맡아주겠니?"

오리사는 초강력 증폭기를 활성화했고 비트가 몸을 타고 고동치기 시작했다. 단 몇 초 만에 강렬한 느낌이 전해졌다. 에피는 가슴으로 느낄 수 있었다. 새롭고 더욱 강해진 심장이 생겨난 듯했다. 그것은 영웅의 심장 박동이었다.

"와우, 느껴지니? 오리사, 더 높여줘!"

루시우가 머리를 까닥거리기 시작하더니 큰 소리로 외쳤다. 오리사는 루시우의 말을 따랐고 비트는 더욱 커졌다. 에피의 몸에서 아드레날린이 솟구쳤다. 에피는 단 3초 만에 코뿔소 조각상의 꼭대기까지 올라갈 수 있을 것 같았다. 하늘에 구멍을 낼 수도 있을 것 같았다. 영원토록 춤을 출 수 있을 것 같았다.

루시우가 넓은 어깨를 흔들기 시작했다. 그렇게 셋은 초강력 증폭기의 비트에 맞춰 몸을 흔들었다. 루시우가 등 뒤로 손을 뻗어 무언가를 빠르게 잡아당기자 초록빛이 번쩍이더니 가상 턴테이블이 나타났다. 루시우가 턴테이블 디제잉을 시작하자 그의 배낭 스피커를 통해 음악이 퍼져 나왔다. 오리사도 네 다리를 흔들었고 주먹으로 공기를 가르며 춤을 추었다.

춤은 영원히 이어질 수 없었지만 에피는 이 놀라운 순간을 평생 기억하리라 다짐했다. 에피의 목에 난 솜털 하나하나가 쭈뼛 섰고 감각이 고조되었다. 에피는 콘서트를 맞이할 완벽한 준비가 되어 있었다.

"이제 갈 때가 된 것 같은데. 콘서트가 끝나면 더 이야기하자. 좌석이 마음에 들면 좋겠어. 메뉴는 내가 직접 고른 거야."

루시우가 초강력 증폭기를 오리사에게 건네준 뒤, 개인 발코니를 가리키며 말했다. 그곳에는 간식이 마련된 뷔페 테이블과 공연 중 단 1초라도 앉게 된다면 언제든 편히 앉으라는 듯 열 개 남짓한 의자가 구비되어 있었다.

루시우는 스케이트를 타고 자리를 떠났다. 에피는 머리가 빙빙 도는 것 같았다. 모든 것이 너무도 완벽했다! 에피는 태블릿을 꺼내 하사나와 나아데에게 문자를 보냈다.

> 어디야? 나 방금 루시우 만났어.
> 같이 춤까지 췄어.

보안 검색대에서 꼼짝도 못하고 있어.
줄이 너무 길어. 훌쩍.

여긴 완전 난리법석이야. 뭐가 어떻게 되는지 모르겠어.
어디로 가야 하는 거야?

에피는 모여드는 인파를 바라보았다. 아무래도 일손이 부족한 것 같았
다. 행사가 상당히 급하게 정해졌다는 것을 생각하면 무리도 아니었다.

"안내원 임무가 주어진 것 같아. 사람들을 자리로 안내해주자. 모두가 즐
거운 시간을 보낼 수 있도록 말이야."

에피가 오리사를 바라봤다.

"우선순위 목표, 콘서트 재미 극대화."

에피와 오리사는 축제가 벌어지는 광장으로 함께 달려갔다. 도로는 교통
이 차단되었고 임시 무대가 마련되었다. 높은 곳에 무대가 마련된 터라 무
대를 제대로 못 보는 자리는 없을 듯했다. 에피는 인간과 옴닉이 뒤섞인 보
안 대원들에게 VIP 입장권을 보여주었다. 옴닉 중 한 명이 입장권을 스캔한
후 나아데와 하사나도 들어갈 수 있도록 조치해주었다. 에피는 친구들에게
입장권을 건네주었다.

"이제 곧 시작이야. 우릴 빼고 루시우를 만났다니, 말도 안 돼!"

나아데가 씩씩대며 말했다.

"진정해. 콘서트가 끝나면 만날 수 있을 거야. 루시우는 너희를 보고 싶
어 한다고."

"정말? 정말 그렇게 말했어?"

흥분한 나아데는 발이 땅에 닿을 새도 없이 방방 뛰었다.

"음, 정확히 그렇게 말한 건 아니지만 내 친구는 자신의 친구이기도 하다고 분명히 말했어."

"그럼 난 루시우와 절친이라는 거네? 그러니까 지난번 그때… 정확히 말하자면 지난주에 통화할 때 그렇게 말했어."

"우리 자리는 어디야?"

"저기 위."

하사나의 물음에 에피가 발코니를 가리키자 하사나와 나아데는 턱이 빠질 듯 입이 벌어졌다.

"루시우의 앰프 위에 앉는 거나 마찬가지네!"

하사나가 스피커들이 잔뜩 모인 곳을 가리키며 말했다. 스피커 하나하나가 오리사만큼이나 거대했다.

"고막에 작별 인사를 해야겠는걸. 인생 최고의 날이야."

나아데가 큰 소리로 웃으며 말했다.

"위에 귀마개가 있어. 그리고 간식도. 다 먹지는 마, 나아데."

"혹시 코마개는 없니? 나아데가 향수를 너무 진하게 뿌렸어."

하사나가 미간을 찡그리며 물었다.

"음, 아빠의 운동 가방 냄새를 풍기면서 루시우를 만날 수는 없잖아."

"여기는 야외 콘서트장이야. 콘서트가 끝날 때쯤엔 누구나 네 아빠의 운동 가방 같은 냄새가 날 거라고."

나아데와 하사나가 티격태격하는 동안 에피는 인파가 점점 더 늘어나는 것을 보았다.

"너희는 가서 쉬고 있어. 나는 여기서 오리사와 함께 사람들을 좀 도울게."

"그래, 좋아."

나아데는 대답과 함께 하사나의 팔꿈치를 잡아당겼다. 하사나는 걱정스러운 표정으로 에피를 잠시 바라본 뒤 자리를 떠났다.

오리사는 곧바로 일에 착수했다. 공감 모듈을 되찾은 오리사는 모든 팬들을 완벽하게 맞이하고 있었다. 오리사는 자리를 찾는 데 도움이 필요한지 사람들에게 물었고, 사람들이 그렇다고 대답하면 담소를 나누며 자리로 안내했다. 모두가 오리사를 보며 기뻐했고 사인을 요청하거나 함께 사진을 찍으며 즐거워했다.

처음에 에피는 오리사가 잃어버린 아이를 부모에게 찾아주고, 이동 보조기를 사용하는 사람들을 위해 인파 사이로 길을 만들어주는 모습을 걱정스러운 마음으로 지켜보며 오리사의 뒤를 따라다녔다. 오리사는 한순간도 주저함 없이 고개 숙여 인사하고 미소를 지은 채 부탁드립니다, 감사합니다, 같은 인사를 이어갔다.

오리사는 에피가 보았던 모든 로봇 중에서 가장 공손하고 우아한 로봇이었다. 에피는 자신의 창조물이 성장하는 모습을 눈앞에서 지켜보고 있었다. 시간이 지나면서 에피의 걱정도 잦아들었다. 오리사를 멀리서 지켜보는 것만으로도 충분하다는 확신이 들었다.

공연이 시작되기 몇 분 전, 에피와 오리사는 서둘러 발코니에 마련된 좌석으로 돌아왔다. 나아데와 하사나는 이미 자리를 잡고 브라질 스타일의 아프리카 음식들을 작은 접시에 담고 있었다. 껍질 벗긴 콩을 으깨고 동그랗게 빚어 튀긴 뒤 새우 살을 얹은 요리인 아카라제가 눈에 띄었다. 에피가 축제 때 입에 한가득 집어넣었던 아카라와 기본적으로 같은 요리였다. 옥수수 가루를 젤리처럼 만들어 바나나 잎으로 싼, 매우 특별한 요리인 아카카도 있었는데 그것은 에피가 아침 식사로 종종 곁들여 먹었던 바로 그 에코였다.

"퍼프퍼프도 있어!"

나아데가 퍼프퍼프 두 개를 입에 집어넣으며 말했다.

"팡 지 케이주 같은데."

에피는 그렇게 말하면서도 작은 원 모양의 치즈 빵이 정말로 퍼프퍼프처럼 보였다.

"상관없어. 맛있으면 됐지."

나아데가 빵 부스러기를 흘리며 대꾸했다.

에피는 나아데를 향해 미소 짓고는 한숨을 내쉬었다. 루시우와 공유하는 문화가 이렇게나 많다는 생각이 들자 씁쓸하면서도 반가운 기분이 들었다.

다요와 조케, 그리고 샘이 발코니에 합류했다. 샘은 부러진 다리에 신속-X 일광욕 요법을 받았지만 완전하게 자리 잡을 때까지 며칠 동안 부츠를 신어야 했다.

다요가 발코니로 걸어오면서 유쾌한 목소리로 외쳤다.

"저기! 우리 영웅들이 있어!"

다요의 말에 샘과 조케가 박수를 보냈다. 에피는 부끄럽다기보다는 자신과 오리사가 이루어낸 일들이 자랑스럽게 느껴졌다.

다요가 무대 위쪽을 가리켰다. 눔바니 스카이라인 미니어처 버전은 실제 스카이라인과 비교되면서 아주 작아 보였다. 하지만 무대의 하늘도, 실제의 하늘도 무척이나 아름다웠다.

"세트 어때?" 다요가 물었다.

"아주 멋져. 어서 연극을 보고 싶어. 긴장되지 않아?"

"전혀. 모두 잘될 거야. 드디어 공연할 기회가 생겨서 얼마나 좋은지 말도 못할 지경이야!"

그때 오리사가 걸음을 옮겨 샘과 마주 보고 섰다.

"다치게 해서 미안합니다. 잘못을 바로잡기 위해 제가 할 수 있는 일이 있습니까?"

"이제껏 보았던 배우들 중에서 가장 그럴 듯한 둠피스트였기 때문에 네가 날 쐈다고 생각하기로 했어."

샘이 웃으며 말했다.

"그렇습니다. 정확하게 그렇습니다."

오리사의 돌려 말하기 모듈은 분명 잘 작동하고 있었다.

"자자, 이제 무대에 올라야지. 우린 그냥 인사하고 싶어서 왔어. 고맙다는 말도 전하고 싶었고."

다요가 어깨를 으쓱이며 말했다.

"멋지게 해낼 거야. 아주 끝내주… 아니, 즐겁게 공연했으면 좋겠어."

에피는 다요를 비롯한 연극반 모두가 잘하려고 애쓰기보다는 공연을 즐기길 바랐다.

배우들이 무대에 서자 관객들이 환호하며 "화합! 화합!"을 목청껏 외쳤다. 곧이어 조케가 앞으로 나와 마이크를 잡았다.

조케는 무대 오른쪽에 있는 전자 계기판을 가리키며 말했다.

"관람하는 공연이 마음에 드신다면, 즐거운 시간을 보내고 계신다면, 기부를 통해 마음을 전해주시기 바랍니다. 우리는 탈론 습격의 희생자들을 돕기 위해 2억 나이라를 모금하려고 합니다. 모든 기부가 소중합니다. 그 점에 있어서 아무리 작은 액수라도… 그리고 아무리 큰 액수라도 소중합니다!"

조케가 웃으며 말했다.

"드디어 기쁜 마음으로 화합의 날 연극을 시작하겠습니다."

연극은 막힘없이 매끄럽게 진행되었다. 다요가 화합의 날 헌장을 낭독할 때, 모든 관객이 귀를 기울였다. 낭독을 마쳤을 때 눈물이 맺히지 않은 이들은 옴닉뿐이었다. 그러나 만약 우는 게 가능했다면 그들도 눈물을 보였을 것이다. 연극을 보며 눔바니의 일원이라는 사실이 자랑스럽지 않은 이는 없었다. 그리고 오리사는 둠피스트 의상을 걸치고 앞으로 걸어 나온 샘을 보고도 미동조차 하지 않았다. 마침내 연극은 끝이 났고 배우들이 고개 숙여 인사하자 관객들은 뜨거운 환호를 보냈다. 에피는 사촌 다요와 연극반 친구들 모두가 무척 자랑스러웠다.

연극이 끝나고 토널 어비스가 무대로 걸어 나오는 모습을 보고 에피는 깜짝 놀랐다. 아주 어렸을 때 에피가 좋아했던 옴닉 대중음악 밴드였다. 개막 공연은 베일에 가려져 있었다. 에피는 이제 그 음악을 잘 듣지 않을 만큼 성장했지만 그들의 모습을 보니 반가운 마음이 들었다.

그룹에서 콘스탄틴이 객스 게이터의 손을 잡고 앞으로 걸어 나왔다. 그들은 통일된 동작으로 꽉 쥔 손을 높이 들어 올렸다. 관객들이 큰 소리로 함성을 내질렀다.

함성이 가라앉자 콘스탄틴이 입을 열었다.

"우리는 최근 여러 사건들을 겪으면서 마음이 움직였습니다. 너무 많은 세력들이 우리를 갈라놓으려 하고 있습니다. 토널 어비스는 우리 그룹이 멋진 음악을 만드는 데 장애가 되는 분열을 더는 용납하지 않기로 결정했습니다."

"그래서 우리는 새로운 시간 단위에 합의했습니다. 도시를 분열시키려는 위협에 용감히 맞선 어린 발명가와 그 친구들에게 바치는 눔바니 퀀텀 시간입니다."

객스 게이터의 말에 나아데는 에피와 하사나의 손을 잡더니 주문을 걸 듯 중얼거렸다.

"제발, 우리를 말하는 거겠지! 제발, 우리를 말하는 거겠지!"

콘스탄틴과 객스 게이터가 한목소리로 말했다.

"에피 올라델레, 친구들과 함께 잠깐 손을 흔들어주시겠습니까?"

거대한 조명이 에피와 친구들을 비추자 강렬한 백색광에 세상이 온통 새하얗게 보였다. 에피는 친구들을 좀 더 가까이 잡아끌더니 무대를 향해 함께 손을 흔들었다.

"이 노래는 에피와 친구 분들께 드리는 헌정곡입니다. 지금까지 해온 일들을 앞으로도 계속해주시길."

노래는 단조로운 비트로 시작했고, 서른여덟 명 옴닉의 목소리가 차례로 노래에 더해지더니 아주 강렬한 화음을 이루며 에피의 뼛속까지 울려 퍼졌다. 관객들도 그 노래를 좋아했고 에피는 수천 명의 사람들이 태블릿을 손가락으로 밀어 넘기며 기부하는 모습을 볼 수 있었다. 홀로그램 동전들이 비눗방울처럼 기금 온도계를 향해 공중으로 올라갔다. 세 번째 곡을 부를 때 온도계는 이미 2억 나이라에 가까워지고 있었다. 그리고 마지막 화음이 울려 퍼지며 목소리가 잦아드는 순간, 온도계가 끝까지 올라가더니 모금 목표를 달성했다. 루시우의 공연은 시작도 하기 전이었다!

토널 어비스의 공연이 끝나고 잠시 뒤, 무대에서 폭죽이 터지고 안개가 피어올랐다. 그리고 파란색, 보라색, 강렬한 분홍색 레이저가 뻗어 나오더니 비트가 들려왔다.

안개가 걷힌 자리에는 루시우가 턴테이블을 앞에 두고 서 있었다. 관객들이 함성을 질렀다. 루시우는 음악에 맞춰 몸을 흔들기 시작했고 소리에 완전히 몰입했다. 마치 소리가 살아 있는 존재처럼 느껴졌다. 루시우가 느끼는 저 감흥이 로봇을 만들고 프로그래밍할 때 에피가 느끼는 기분과 유사한지 궁금했다.

"위 무브 투게더 애즈 원(We Move Together as One)을 연주하고 있어!"

나아데가 음악의 첫 두 음을 듣더니 소리쳤다.

에피는 비트에 머리와 몸을 내맡겼다. 루시우의 비트가 에피의 마음을 완전히 사로잡았다. 에피의 옆에서 오리사도, 나아데와 하사나도 몸을 흔들었다. 그리고 관객 전체가 마법 같은 리듬에 빠져들었다.

에피는 여기, 자신이 사랑하는 도시에 있었다. 사랑하는 로봇이자 친구와 함께, 그리고 소중한 친구들과 함께, 좋아하는 뮤지션이 좋아하는 음악을 연주하는 모습을 지켜보고 있었… 그리고 이제 몇 초 후에 루시우는 에피가 가장 좋아하는 부분을 연주할 것이다. 바로 그 부분에서 템포가 넘어올 것이다. 에피는 발가락이 오므라들고 피부에 소름이 돋고 몸이 저절로 움직이게 될 것이다.

그래… 바로… 여기…!

그러나 무대 위쪽에서 끼익하는 날카로운 쇳소리가 들려왔고, 곧이어 푸른빛의 기둥이 솟구쳤다. 아래쪽에 있던 관객들은 또 다른 불꽃놀이가 펼쳐지는 것으로 생각하고 환호성을 질렀다. 음악은 계속되었지만 에피는 무언가가 잘못되었다는 것을 직감했다. 루시우는 순간 경계의 눈초리로 주위를 둘러보다가 에피와 눈이 마주쳤다. 빛이 흩어지더니 루시우의 두 발을 집중적으로 비추었다. 쿵 하고 울리는 베이스 음에 맞서 천둥처럼 묵직한 웃음소리가 들려온 순간, 루시우는 그대로 몸을 던졌다.

에피는 어디서 들려온 웃음소리인지 알 수 없었지만, 그것이 누구의 목소리인지 알고 있었다. 에피가 절대로 잊을 수 없는 사람의 음성이었다.

둠피스트.

하늘이 갈라졌다. 에피는 머리카락이 곤두서는 것을 느꼈다.

"오리사!"

에피가 있는 힘껏 소리쳤고, 오리사는 이미 움직이고 있었다.

"적을 확인했습니다. 방어 능력 강화."

오리사는 아래쪽 관객들 앞에 보호막을 쳤고, 그 직후 어딘가에서 번쩍이는 빛이 한줄기 푸른 번개가 되어 에피의 시선을 끌더니 곧장 무대를 향해 내리꽂혔다. 콘크리트가 부서졌고 그 갈라진 틈에서 주홍빛 전기 불꽃이 솟구쳤다. 부서진 돌덩이와 금속 파편이 오리사의 방벽에 부딪쳤지만 오리사는 굳건하게 버텨냈다.

연기가 걷힐 무렵 무대 위에는 둠피스트가 서 있었다. 그는 육중한 팔을 뻗으며 자신의 극적인 등장에 환호성을 보내달라는 듯 손짓을 해보였다. 그의 짙은 갈색 피부 위로 정령들을 기리는 하얀 무늬가 눈에 들어왔다. 둠피스트는 아직 시작하지도 않은 전투에서 이미 승자임을 선언하듯 자신의 피부에 승리의 상징을 새겨 넣었다. 공포에 질린 관객들은 둠피스트로부터 앞다투어 달아나려 했으나 너무 빼곡하게 모여 있던 탓에 탈출조차 불가능했다.

18장

"자, 영웅을 맞이해줘야지?"

둠피스트가 관객들을 향해 외쳤다.

"당신은 영웅이 아니야! 누구도 당신을 환영하지 않아!"

에피의 고함 소리에 둠피스트는 에피를 노려보며 말했다.

"내 인내심을 시험하는 것인가?"

둠피스트는 철권포로 오리사의 방벽을 몇 차례 공격했다. 에피는 움츠러 들지 않으려고 온 힘을 다했다.

그 순간 루시우가 둠피스트 뒤로 다가가 음파 증폭기를 발사했다. 강렬한 음파가 둠피스트의 등을 강타하더니 무대 아래도 날려 보냈다. 둠피스트는 고개를 돌려 루시우에게 비열한 미소를 짓고는 건틀렛을 들어 올렸다. 둠피스트가 떨어지면서 무대 아래 바글거리던 관객들은 그에게서 벗어나기 위해 서로를 밀치며 달아나려 했다. 그와 동시에 둠피스트가 건틀렛으로 바닥을 강타했고 지진 같은 충격과 함께 땅이 흔들리며 비명 소리가 터져 나왔다. 둠피스트의 부하 몇 명이 마치 잠들어 있다가 전투를 위해 깨어난 가고일처럼 주위의 건물을 타고 신속하게 내려왔다.

"사람들을 안전하게 대피시켜야 해! 오리사, 내가 소리 방벽으로 사람들을 보호할 테니 둠피스트를 맡아줘!"

루시우가 발코니를 향해 소리쳤다.

"알겠습니다. 전투 모드를 준비합니다. 최적의 전략 구성 중."

오리사는 곧장 무대로 내려가 루시우의 옆에 섰다.

"관객들을 둠피스트로부터 보호한다고 해도 탈론 요원은 어떻게 막아? 오리사가 놈들을 상대할 수 있을까? 전투 훈련도 제대로 받지 않았는데, 안 그래?"

하사나의 걱정을 알고 있다는 듯 루시우가 소리쳤다.

"내가 처리할게!"

대답과 동시에 루시우가 난간 위로 뛰어올랐다. 그는 스케이트의 초록빛 잔상을 남기며, 마치 중력의 힘을 잊은 듯 벽을 타고 내려갔다. 루시우는 가장 위험한 곳에 있는 관객들을 향해 나아갔다. 둠피스트와 가장 근접해 있는 사람들이었다.

"좋아, 부숴버리자!"

루시우는 관객들이 안전한 장소로 대피하는 동안 그들을 보호해줄 소리 방벽을 활성화하며 소리쳤다. 그러고는 가까운 곳에 있던 탈론 요원에게 음파 증폭기를 조준하고 발사하기 시작했다.

오리사는 반격할 준비를 갖추고 둠피스트를 향해 달려갔다. 에피는 발코니에서 뛰어내린 뒤 곧장 무대에서도 뛰어내렸다. 루시우의 방벽이 있고 오리사가 방어하고 있기 때문에 안전하리라 생각했다. 정말 안전하기를 바랐다.

에피는 두려움을 최대한 억누르고 사람들이 비상구로 탈출할 수 있도록 도왔다. 하사나와 나아데, 연극반 친구들도 주의를 끌지 않도록 조심하면서 관객들을 안내했다.

"둠피스트, 당신에게 정의의 심판을 내리겠습니다."

오리사가 둠피스트를 주시하며 말했다.

"이봐, 친구. 내 앞에서 걸리적거려봐야 좋을 게 없을 텐데. 가서 얌전히 앉아 있으면 너와 네 친구의 목숨은 살려주지."

둠피스트가 웃으며 말했다.

"시간을 벌려는 수작이야. 공격해!"

에피가 다급히 소리쳤지만 이미 늦었다. 둠피스트의 건틀렛은 이미 재충전이 끝난 상태였다. 둠피스트는 건틀렛으로 오리사의 방벽을 세차게 때렸다. 타격 지점에서 눈부신 빛이 터져 나왔지만 방벽은 굳건했다. 둠피스트는 공격하고 오리사는 방어하면서 대치 상태를 이어갔다. 오리사는 그간의 업그레이드를 통해서 마침내 둠피스트를 상대할 수 있는 수준에 이르렀다. 루시우의 든든한 지원까지 생각하면 분명 승산이 있었다.

탈론 요원들이 공격을 가하면서 에피 주변으로 연속적인 폭발이 일어났다. 에피는 재빨리 벽 쪽으로 달아나 거대한 스피커 뒤에 몸을 숨겼다.

"이 로봇을 살려두지 마라."

둠피스트가 부하들에게 명령했다. 그들은 뒤쪽에서 다가와 오리사를 향해 총알을 퍼부었다. 오리사는 돌아서서 방벽을 재배치했지만 그로 인해 둠피스트에게 노출되고 말았다. 둠피스트는 철권포로 오리사를 공격했다. 오리사의 철갑에 탄환 자국이 새겨졌고 둠피스트는 재충전하며 강력한 다음 공격을 준비했다.

그때 루시우가 뛰어올라 오리사 주위로 음파 증폭기를 조준해 바닥으로 발사했다. 오리사는 음파가 부딪치는 순간 몸을 떨었지만, 곧 오리사 주위로 희미한 초록빛이 생겨났고 개인 방벽이 만들어졌다.

루시우는 둠피스트 부하들의 주의를 돌린 후, 스케이트를 타고 적들의 주변을 돌면서 분위기를 전환시켰다. 그렇게 적들의 집중력이 흐트러지는 순간, 소리 파동으로 놈들을 하나씩 쓰러뜨리기 시작했다. 루시우는 에피가 눈으로 동작을 따라가지 못할 만큼 빠르게 움직였다. 루시우의 배낭 스피커에서는 음악이 흘러나왔고 기운을 북돋는 비트가 화합의 광장을 가득 채웠다. 에피는 오리사를 바라보았다. 그런데 오리사는 싸우지 않고 있었다. 오리사는 물결치는 초록빛 방벽 속에서 보호막을 깨뜨리려는 탈론 요원들의 무자비한 사격을 받아가며 제자리에서 춤을 추고 있었다.

"오리사, 뭐 하는 거야?" 에피가 소리쳤다.

"에피 프로토콜 #4, 루시우의 비트가 들리면 어떤 일이든 하던 일을 멈추고 춤을 춘다."

"그 프로토콜을 무효화해. 루시우를 도와줘!"

에피가 다시 한 번 다급히 외치자 오리사는 즉시 다리를 넓게 벌리고 서서 주먹을 들어 올리며 전투태세를 갖추었다.

에피는 스피커 뒤에서 그들을 지켜보며 무력감을 느꼈다. 그러나 동시에 루시우와 오리사가 무척이나 멋지게 협력하고 있다는 것을 알 수 있었다. 그 둘은 루시우의 분위기 전환 비트에 맞춰 공격을 조율했다. 오리사의 초강력 증폭기도 루시우가 수리한 뒤 그와 비슷한 역할을 하고 있었다.

"오리사, 초강력 증폭기를 던져!" 에피가 외쳤다.

오리사는 곧바로 초강력 증폭기를 던졌다. 초강력 증폭기는 바닥에 강하게 부딪쳤고 통합의 비트가 울려 퍼지며 광장을 가득 채웠다. 오리사와 루시우는 한 몸처럼 움직이며 서로를 보호하고 탈론 요원들을 쓰러뜨렸다.

하지만 적들 중 누군가가 이 공동 작전에서 초강력 증폭기가 중요한 역할을 하고 있음을 눈치챈 것이 분명했다. 둠피스트의 부하 중 한 명이 전투에서 빠져나와 초강력 증폭기를 향해 달려가고 있었다. 에피의 사촌 비시였다. 초강력 증폭기를 향해 총을 겨눈 비시는 당장이라도 증폭기를 파괴할 기세였다.

"비시, 멈춰!"

에피의 외침에 비시는 웃음 띤 얼굴로 대답했다.

"꼬마 동생, 승자의 편에 설 기회를 주었건만… 받아들이지 않은 건 바로 너야."

"글쎄, 지금 기회를 주는 건 나야. 올바른 쪽에 설 수 있는 기회 말이야. 아직 늦지 않았어. 내 사촌 비시가 그리워. 예전의 비시 오빠 말이야."

비시는 어깨를 으쓱이더니 초강력 증폭기를 터뜨려 산산조각 냈다. 전자 기기의 파편들이 사방으로 흩어지면서 비트가 잦아들었고, 끔찍한 공포의 소리만이 남았다. 비시는 여전히 미소를 지은 채 말했다.

"연민은 곧 나약함이야. 둠피스트에게 배운 교훈이지."

초강력 증폭기가 사라지자 오리사와 루시우는 동작이 틀어지면서 전술적 우위를 잃고 말았다.

"무슨 짓을 저질렀는지 봐!"

에피가 비시에게 소리쳤다. 비시는 그저 피식 웃기만 할 뿐 곧바로 전투에 합류했다. 비시가 루시우의 주의를 흩트린 덕분에 둠피스트는 루시우의 턱에 어퍼컷을 날릴 수 있었다.

루시우의 몸이 공중으로 솟구쳤다. 그 충격으로 음파 증폭기가 그의 손을 벗어났고 케이블이 끊어졌다. 음파 증폭기는 20미터가량 날아가 땅에 떨어졌고 커다랗게 금이 갔다. 루시우는 고개를 흔들며 충격을 떨쳐냈지만 이미 세 명의 탈론 요원들이 루시우와 음파 증폭기를 둘러싸고 있었다. 루시우는 방어 자세를 취하듯 두 손을 위로 올린 채 천천히 일어섰다. 그 순간 루시우는 몸의 균형과 가속도를 이용해 다리를 공중으로 높이 쳐들고 스케이트 힐로 탈론 요원 중 한 명의 턱을 걷어찼다. 에피는 루시우의 카포에이라에 감탄했다. 카포에이라는 춤동작과 매우 유사했는데 발차기나 공중제비 등의 곡예 기술로 상대를 제압하는 브라질의 전통 무술이었다. 하지만 탈론 요원들은 루시우의 솜씨에 그다지 감동받지 않았는지 총을 고쳐 잡고 루시우를 향해 발사했다. 루시우는 스케이트를 지치며 전속력으로 달렸지만 총알을 앞지를 수는 없었다.

상황이 좋지 않았다. 에피는 무엇이든 해야 했다. 에피는 내동댕이쳐진 음파 증폭기를 바라보았다. 음파 증폭기에 그려진 브라질 청개구리 그림이 무언가 해주기를 기다리는 듯 에피를 바라보고 있었다. 무엇을 할 수 있을까? 에피는 싸우는 방법을 알지 못했다. 에피는 예왼데 이모에게 카포에이라를 가르쳐달라고 부탁한 적이 있었다. 카포에이라를 익혔던 이모의 십 대 시절이 담긴 옛 홀로그램 사진을 보고 난 뒤 한참을 졸랐었다. 하지만 그것은 옴닉 사태 전의 일이었다. 이모는 옴닉 사태 이전 일에 대해서는 그 무엇도 이야기하지 않았다.

그리고 지금 새로운 위기가 닥쳐왔다. 바로 이곳에. 에피는 그 위기를 막아낼 힘이 없었다.

"넌 행운을 가져다준다고 그러던데."

에피가 개구리를 보며 말했다. 개구리 역시 에피를 바라보고 있었지만 아무 말 없이 침묵할 뿐이었다.

서서히 에피의 마음이 요동치기 시작했다. 에피는 자신도 모르게 루시우의 음파 증폭기가 작동하는 방식을 생각하고 있었다. 에피는 자신이 힘으로는 싸우지 못하지만 머리로는 싸울 수 있다고 생각했다. 에피는 용기를 내어 돌 더미가 날아다니는 혼란의 틈바구니 속으로 몰래 기어가 기계 장치들을 수거했다. 에피는 장치의 내부를 살펴본 뒤 고개를 돌려 이제는 엉망이 된 거대한 콘서트 음향 시스템을 바라보았다. 만약 부품들을 재구성해 거대한 음파 증폭기를 만든다면 둠피스트를 영원히 몰아낼 수도 있었다.

"그 표정 알아. 뭔가 계획 중이라면 내가 도와줄게."

어느새 에피 옆으로 다가온 다요가 조심스럽게 말했다.

"우리도 있어. 우린 영 쓸모가 없네. 우리도 싸우고 싶어."

조케의 목소리였다. 에피는 고개를 들어 다요와 조케, 샘, 그리고 다른 연극반 학생들을 바라보았다. 에피는 그들이 합심하여 멋진 결과물을 만들어 내는 모습을 지켜보았다. 그들이 자신을 도울 수 있다는 확신이 들었다.

에피는 재빨리 그림을 그려가며 모두에게 역할을 분담했다. 다요는 총알을 피해 무대를 가로지르며 긴 전선들을 찾아왔다. 조케는 앞뒤로 뛰어다니며 고장 난 스피커 조각을 두 팔 가득 모아왔다. 샘은 에피가 말하는 대로 필요한 물건들을 정확히 가져다주면서 모아온 부품들을 조립하도록 도와주었다. 에피는 최대한 작업을 서둘렀다. 전투가 어떻게 진행되고 있는지 살펴볼 겨를조차 없었지만 들리는 소리로 짐작하건대 상황이 정말 좋지 않았다. 잠시 뒤 그들은 높이와 폭이 5미터에 달하는 대형 음파 증폭기를 완성했다. 나아데는 부지런히 돌아다니며 모두의 귀에 귀마개를 꽂아주었다.

아래쪽에서 오리사와 루시우는 적에게 완전히 포위당한 채 궁지에 몰려 있었다. 둠피스트는 또다시 로켓 펀치를 날려 오리사를 기절시키고 말았다. 오리사는 보호 수단이 없었다. 소리 방벽이 없는 루시우도 완전히 노출된 상태였다. 둠피스트는 일격을 날릴 기회라고 생각했다. 그는 몇 초간 무릎을 꿇고 앉아 엄청난 양의 에너지를 집중시켜 모은 뒤 공중으로 높이 뛰어올랐다. 그리고 건틀렛을 루시우에게 정조준한 채 외쳤다.

"파멸의 일격!"

에피는 더 이상 지체하지 않고 대형 음파 증폭기를 가동시켰다. 테스트할 시간도, 버그를 손볼 시간도 없었다. 하지만 반드시 작동해야 했다. 에피가 한 음을 연주했다.

그 소리가 너무 커서 에피는 발도 가누지 못하고 넘어졌다. 길 건너편 건물 유리창이 부서졌다. 둠피스트도 목표물을 놓친 채 루시우로부터 몇 미터 떨어진 곳에 곤두박질쳤다. 루시우 역시 엄청난 소리에 정신이 멍해졌지만 몸을 추스르고 재빨리 자리를 벗어났다.

에피는 다시 한 번 음파를 발사했다. 옆 건물이 흔들렸고 거대한 균열이 건물 꼭대기까지 퍼져 나갔다. 꼭대기에 자리 잡고 있던 가젤 머리 조각상이 모두의 시선을 끌며 곧장 고꾸라졌다. 둠피스트의 부하들은 도망치기 시작했지만 가젤의 머리는 마치 성난 야수처럼 그들을 향해 떨어져 내렸다. 조각상은 둠피스트의 부하들과 충돌했고 그들은 그 충격으로 모두 나자빠졌다.

혼란 속에서 루시우는 다시 전열을 정비할 수 있었다. 루시우는 온라인 상태로 돌아온 오리사 뒤에 자리를 잡았다. 그는 팔짱을 낀 채 머리를 한쪽으로 젖히며 장난스러운 말투로 둠피스트에게 물었다.

"왜 그렇게 화가 났지?"

둠피스트의 눈이 순간적으로 흔들렸다. 아주 잠깐이었지만 에피는 흔들리는 그의 눈동자를 보았다. 망설임과 의심의 흔적이었다. 둠피스트는 침착하게 중심을 잡았다. 그러나 그의 피부에 칠해진 승리의 선언과 달리 이 전투의 결과는 아직 결정 나지 않았다.

"자, 포기하시지! 그렇지 않으면 당신을 감동시켜줄 만한 음악을 틀어줄 거야!"

에피가 둠피스트를 향해 소리쳤다.

이제 에피와 친구들이 우위에 있었다. 비시와 둠피스트는 뒷걸음질 치며 도시가 내려다보이는 무대 끝으로 물러났다. 그곳에서 30미터 떨어진 아래쪽은 눔바니에서 가장 번잡한 거리 중 하나였다.

"이제 더 갈 곳이 없네. 항복해. 내가 장담하는데 네 교도소 독방은 아직 열려 있을 거야."

"돌아가지 않는다."

루시우의 조롱에 둠피스트가 말했다.

"비시 형, 아직 늦지 않았어. 탈론을 버려. 그 길을 따라가면 더 많은 사람들에게 고통만 줄 뿐이야."

다요를 응시하고 있던 비시의 입술이 떨리는 것을 에피는 알아챘다. 둠피스트 역시 그것을 눈치챈 게 분명했다. 건틀렛을 찬 그의 손가락이 꿈틀거렸기 때문이다. 둠피스트는 비시에게 다가가 거대한 주먹으로 그를 잡아당겼다. 비시는 몸부림치며 그의 손아귀에서 벗어나려 했다.

"일생일대의 결정을 되돌리고 싶은 것인가?"

둠피스트의 목소리는 가벼웠지만 눈빛은 냉혹하고 강렬했다.

"아닙니다, 둠피스트 님. 저는 여전히 대의에 헌신합니다!"

비시가 공중으로 들어 올려진 채 소리쳤다. 비시는 두 발을 버둥거리며 필사적으로 땅을 짚으려 했다.

"내려놔." 에피가 말했다.

둠피스트는 입을 굳게 다문 채 비시를 낭떠러지 쪽으로 끌고 갔다. 비시는 뭐든 붙잡으려고 필사적으로 발버둥 쳤다.

"한 발짝만 움직여도 이 녀석은 죽는다."

둠피스트가 주위를 둘러보며 낮게 읊조렸다.

"둠피스트를 공격합니까?"

오리사의 질문에도 에피는 입이 떨어지지 않았다. 허공에서 버둥거리는 비시의 모습 때문에 에피는 공포에 질려 꼼짝도 할 수 없었다. 만약 오리사가 둠피스트를 공격한다면 둠피스트는 그대로 비시를 놔버릴 것이다. 하지만 가만히 있는다 해도 둠피스트는 결국 비시를 떨어뜨릴 것이다. 대답할 말이 없었다. 부모님께 무슨 말을 할 수 있겠어? 이모에게는?

"두, 둠피스트 님, 저는 당신 편에 섰습니다. 아닙니까? 다, 당신을 모시기 위해 제가 할 수 있는 것은 모두 다 했습니다!"

비시가 갈라지는 목소리로 악을 쓰자 둠피스트가 웃으면서 말했다.

"넌 내 편에 있었다. 그동안 나에게서 많을 걸 배웠지. 그리고 넌 이제 깨달아야 한다. 지금 내 뜻을 따르는 가장 좋은 방법은 이것이다."

둠피스트는 말을 마치자마자 비시를 난간 너머로 집어던졌다.

"오리사! 뭐든 해!"

에피는 두려움에 휩싸인 채 난간 쪽으로 달려가며 소리쳤다. 오리사는 곧장 행동에 나섰다. 에피는 오리사가 논리적 판단에 따라 눔바니의 평화를 위해 둠피스트 먼저 공격할지도 모른다고 생각했지만, 자신의 로봇이 논리가 아닌 가슴으로 판단하기를 바라고 또 바랐다.

오리사는 이제껏 에피가 보지 못한 속도로 빠르게 움직이며 보행로 옆으로 녹색 구체를 발사했다. 에피가 난간에 도착했을 때 비시는 토블슈타인 반응로의 중력자탄에 붙들려 보행로 위로 끌어올려져 있었다. 비시는 에피를 올려다보았다. 그리고 에피와 눈이 마주치자 시선을 피했다. 그는 수치스러운 듯 고개를 돌렸다.

"둠피스트가 달아난다!"

루시우가 스케이트를 타고 미끄러지듯 둠피스트를 뒤쫓으며 외쳤다. 하지만 음파 증폭기가 없는 루시우는 적과 싸울 수단이 없었다. 에피는 위쪽을 올려다보았다. 둠피스트는 돌아서서 잠시 에피를 바라본 뒤 다른 건물로 뛰어올랐다. 이어서 다음 건물로, 그 다음 건물로 뛰어넘어 갔다. 그렇게 둠피스트는 숲을 이룬 듯한 건물들 사이로 모습을 감추었다. 오리사가 둠피스트를 뒤쫓기 위해 움직였으나 에피가 오리사의 손을 붙잡아 세웠다.

"소용없어. 이미 사라졌는걸. 우리는 실패했어."

에피가 고개를 떨구며 말했다.

"달아난 건 분명하지만 우린 실패하지 않았어. 그건 그렇고 즉흥적으로 작업한 대형 음파 증폭기 말이야, 정말 대단했어. 그 빠른 판단 덕분에 내가 살았어. 그리고 수천 명의 생명도 살렸지. 우린 둠피스트를 찾아낼 거야. 대가를 치르게 해야지."

루시우가 에피를 다독이며 말했다.

에피는 고개를 끄덕이면서도 납득이 가지 않는 표정이었다.

"아마도요. 그런데 어떻게 그렇게 확신할 수 있죠?"

루시우가 한쪽 스케이트 틈에서 접힌 종잇조각을 꺼냈다. 그리고 종이를 펼쳐 에피에게 보여주었다. 사진이었다. 홀로그램이 한 겹도 입혀지지 않은 구식 사진이었다. 언덕으로 이어지는 가파른 경사를 따라, 가지각색의 다양한 집들이 빽빽하게 들어서 있었다.

"뭔지 알아요. 당신의 옛 파벨라죠?"

에피가 확신하며 말했지만 루시우는 담담히 고개를 저었다.

"나의 '옛' 파벨라가 아니야. 지금도 여긴 내 집이야."

그는 새끼손톱만 한 담청색 집을 가리켰다.

"여기야, 내가 사는 집이지. 그리고 이 사람들은 내 이웃이야. 공터에서 축구만 하며 자란 아이들이 인생 중 가장 즐거운 시절을 보내고 있지. 거리에는 음악가들이 가득해. 그중 몇 명은 내가 어린아이였을 때부터 늘 같은 귀퉁이에서 지금도 연주하고 있어. 요루바족 아주머니들은 시장에서 아카라제와 아카카를 팔고."

루시우가 에피에게 윙크를 했다. 두 대륙 사이의 드넓은 대양을 모조리 사라지게 만드는 마법 같은 윙크였다.

"나는 그들을 위해서 싸우고 있어. 내 파벨라를 지킬 수만 있다면, 내 힘이 닿는 한 무엇이든 할 거야. 우리가 둠피스트를 찾아내서 정의의 심판을 내릴 거라고 확신하는 이유지."

"그렇지만 전 당신 집을 봤어요! 이파네마의 흰색 벽돌 콘도요. 해변이 내려다보이고 8층 전체가 당신 집이죠. 그 집에서 예쁜 자갈길을 따라 스케이트를 타고 내려오잖아요. 590 아벤디나 비에이라…."

정신없이 이야기를 하던 에피가 황급히 말을 멈추었다. 자신이 루시우의 일거수일투족을 꿰고 있는 얼빠진 팬처럼 보이는 건 원치 않았다.

"그… 크립스 411에 나왔던 집이요."

"거긴 내 작업실이야. 그래, 솔직히 말하면 그곳에서 보내는 시간도 꽤 되지. 그래도 난 최대한 많은 시간을 파벨라에서 보내고 있어. 이파네마는 멋진 곳이지만, 맛있는 팡 지 케이주를 구할 수 없거든. 우리 '보'가 만들어 주시는 것과는 영 다르지."

'보'는 할머니를 뜻하는 포르투갈어다. 에피는 주워들은 포르투갈어를 조금 알고 있었다. 에피는 리우의 이웃들 사이로 루시우의 뿌리가 얼마나 깊이 자리 잡고 있는지 상상하며 미소를 지었다. 늄바니는 리우데자네이루에 비하면 젊은 도시였다. 에피는 화합의 광장과 그 뒤편 건물들 너머 자신의 가족과 친구들이 사는 곳을 바라보았다. 번콜 씨의 식료품점이 있는 곳이었고, 오코리 선생님이 미적분학을 가르치는 곳이었다. 에피는 이곳에 자신의 뿌리가 깊이 자리 잡고 있다는 것을 깨달았고 이 도시를 지키리라 다짐했다. 설령 둠피스트와 탈론을 상대로 수많은 전투를 벌이는 한이 있더라도….

"내가 한 말은 진심이야. 넌 영웅이야, 에피. 그리고 오리사도."

루시우는 심호흡을 하고 광장을 둘러보았다. 마침내 중무장한 경찰들이 도착했지만 위협은 이미 달아나고 없었다. 경찰들은 비시를 비롯해 쓰러진 탈론 요원들을 검거하기 시작했다. 에피는 걱정스러운 마음으로 다요가 경찰에게 형을 넘기는 모습을 지켜보았다. 다요가 얼마나 상심했을지 상상할 수도 없었지만 두 형제가 실마리를 찾아내 풀어나가길 바랐다.

"이 세계에는 너와 같은 영웅들이 필요해. 가끔 네가 날 도와줄 거라고 믿어도 될까?"

목소리를 낮추고 진지하게 묻는 루시우를 보며 에피는 미소를 지었다.

자신 앞에 놓인 길에 무엇이 기다리고 있을지 전혀 예상할 수 없었고 겁이
나기도 했지만 에피의 목소리에는 새로운 결의가 깃들어 있었다. 에피는 눔
바니를 위해, 그리고 세계를 위해 마지막까지 모든 힘을 다해 싸울 생각이
었다.

"제가 할 수 있는 일이라면 무엇이든 도와드릴게요."

HollaGram

BotBuilder11님은 역사상 최고의 로봇과 친구입니다.

팬 **12414** 명

홀로비드 스크립트
TranscriptMinderXL 버전 5.410로 자동 생성됨

특별한 목표를 위한 협력

이제 모든 것들이 정리되기 시작했고 눔바니는 혼란으로부터 회복되고 있지만, 둠피스트가 어딘가에 있다고 생각하면 편하게 잠들 수 없어요.

부상당한 옴닉들은 모두 아다위 재단의 도움으로 아픈 곳을 치료받았어요. 재단에서는 실종된 채 재활용 공장 옆에 쓰러져 있던 우리 옴닉 선생님을 안전하게 찾아주기까지 했어요. 그리고 제가 좀 더 삼엄한 암호화 기술을 사용하기 전에 내보냈던 초기 주니들 중에서 둠피스트의 일부 해킹에 영향을 받은 주니가 있었던 것 같아요. 크든 작든 피해를 입으셨다면 죄송해요! 하드 펌웨어 업데이트를 마쳤으니 문제가 해결되었을 거예요.

이제 눔바니는 당분간 안전할 거예요. 오리사는 세상을 탐험하면서 계속 배우고 성장하고 있어요. 저도 그렇고요. 저 지평선 너머로 아주 많은 모험이 우리를 기다리고 있어요. 어서 그 모든 것들을 경험하고 싶어요.

반응

♥ 2585   👏 1862   📢 3056

BackwardsSalamander 고마워요, 에피 님! 당신이 언젠가 세상을 구하리라는 걸 알았어요. 페넬로페는 정말 미안해하는 것 같아요. 이제 제가 자는 모습 같은 건 거의 지켜보지 않아요.

NaadeForPrez 에피, 지난밤 뉴스에 우리 나온 거 봤어? 내가 그렇게 말을 많이 하는지 몰랐다니까.

ARTIST4Life 물론, 눕바니를 통틀어서 엄청난 수다쟁이가 하나 있지. 그나저나 잠깐 할 말이 있어… 그런 일들을 겪었는데 우리도 퍼프퍼프 정도는 먹으면서 축하할 자격이 있지 않아?

BotBuilder11(관리자) 당연하지!

NaadeForPrez 우와! 방금 키보드에 침 흘렸어.

OrisaOnline 도움이 필요하십니까? 무슨 일이 있어도 퍼프퍼프를 반드시 지키겠습니다.

더 읽기…

19장

에피는 교실에 앉아서 미적분학 선생님의 말에 온통 집중하고 있었다. 친구들에게 연락하고 싶은 생각이 들까봐 태블릿마저 '다른 용무 중'으로 설정해두었다. 친구들은 학교가 끝날 때까지 기다려야 했다. 에피는 자신이 좋은 학생이자 좋은 친구이자 훌륭한 발명가가 될 수 있다는 걸 알고 있었다. 하지만 그 모든 것을 동시에 해낼 수는 없다는 사실을 인정했다.

그래서 학교에 있는 동안에는 수업에 집중했다. 작업장에 돌아와서는 주니 제작을 좀 더 신속하게 할 수 있도록 몇 대의 로봇을 만들었다. 가끔은 밤늦게까지 작업해야 할 때도 있었지만 나아데와 하사나, 두 친구들과 어울리는 시간을 빼앗길 정도는 아니었다. 완벽하지는 않았지만 잘 조율되고 있었다.

"에피, 문제를 풀어보겠니?"

오코리 선생님이 에피를 지목했다.

"네, 선생님."

교실 앞으로 걸어 나가던 에피는 문득 목덜미가 간질거리는 느낌이 들었다. 에피는 뒤를 돌아보았다. 모든 학생들의 시선이 에피를 향해 있었고 그 초롱초롱한 눈망울들은 에피가 당장이라도 소맷자락에서 로봇을 꺼내 들길 기대하는 것 같았다.

"난 그냥 평범한 아이야."

에피가 학생들을 돌아보며 말했다. 에피는 잘나가는 로봇 작업장을 가진 아이, 직접 개조하고 새롭게 탄생시킨 OR15를 가장 친한 친구로 둔 아이, 그리고 단축 번호에 슈퍼스타 루시우 코헤이아 도스 산토스가 입력되어 있는 평범한 천재 아이였다.

"그렇게 부담스럽게 쳐다볼 필요 없어. 그리고 제발 부탁인데 내가 교실에 들어올 때마다 박수치는 것 좀 그만둬. 알겠지?"

그때 교실 문 너머로 노크 소리가 들려왔다. 오코리 선생님이 미처 반응하기도 전에 손잡이가 당겨졌고 단번에 부러졌다. 뒤이어 경첩이 부서지면서 문이 날아가더니 요란한 소리를 내며 교실 앞에 떨어졌다. 학생들은 모두 소리치며 뒤로 물러났다.

"죄송합니다."

오리사의 목소리였다. 오리사는 좁은 출입구의 문틀을 옆으로 밀어내고서 교실 안으로 들어와 학생들에게 잠시 손가락을 흔들어 보였다.

"에피, 제 경고에 응답하지 않았습니다."

에피는 얼굴을 찌푸렸다. 오리사 때문에 수업은 엉망이 되었다. 문을 수리하려면 용돈을 몇 달 동안 모아야 하는지 생각하고 싶지 않았다.

"미안해. 태블릿 알림을 꺼놨거든. 20분만 기다려줄 수 있니?"

"미안하지만 안 됩니다. 곤경에 처한 사람들이 있습니다. 우리의 도움이 필요합니다."

오리사가 작은 목소리로 말했다.

순간 에피의 어깨 위로 영웅이 된다는 것이 어떤 의미인지, 그 의미의 무게가 느껴졌다. 감당할 준비가 되어 있지 않은 무게였다. 그런데 오리사는….

"정말로 가려는 거야?" 에피가 물었다.

"모든 기능 작동 중. 융합 기관포 업그레이드 설치 및 테스트 완료. 현재 전투 시뮬레이션에 따르면 높은 확률로 승리가 예상됩니다."

"융합 기관포?"

에피는 어리둥절해하며 당황했다. 오리사의 경화광 캐스터가 젖은 누더기 양말보다 훨씬 강력한 탄을 발포하려는 듯 큼지막한 무기로 교체되어 있는 것을 알아챘다.

"그건 대체 어디서…?"

"서둘러야 합니다. 그녀가 우리의 도착을 기다리고 있습니다."

"그녀라고? 그녀가 누구야?"

오리사는 학생들을 둘러보았다. 모두의 눈이 에피와 오리사를 향해 집중되어 있었다.

"지금은 말씀드릴 수 없습니다. 다만 운이 좋다면 우리의 여행은 길지 않을 것입니다. 당신의 학업에 지장이 없도록 잠시 해외로 나갔다가 곧바로 돌아올 겁니다. 비행할 때 자세히 설명하겠습니다."

"비행? 그럼 내가 드디어 비행기를 탄단 말이야?"

"그렇습니다."

에피의 입가에 환한 미소가 번졌다.

"그럼, 당장 해치우러 가자."

감사의 말

삶에 대한 이야기와 추억, 그리고 요루바 속담을 들려주신 볼라와 그녀의 가족들, 이 멋진 캐릭터들을 맡겨주시고 그들의 이야기를 만들 수 있도록 도와주신 액티비전/블리자드 오버워치 팀, 나이지리아 문화와 오버워치 세계관 사이의 간극을 메워준 에히그보르, 재미없는 수학 농담을 알려준 데이비드에게 크나큰 감사의 마음을 전합니다.

이 원고를 제대로 잡아주고 집필 과정 내내 웃어준 클로이, 로리, 베스에게도 감사 인사를 전합니다.

그리고 이 커뮤니티의 일원으로 받아준 모든 오버워치 팬들에게 깊은 감사를 드립니다. 이 이야기로 인해 오버워치의 세계가 더욱 풍요로워졌기를 바랍니다.